读客

读客当代文学文库

当代文学看读客，名家名作都在这

百鸟朝凤

肖江虹 著

河南文艺出版社
·郑州·

图书在版编目（CIP）数据

百鸟朝凤 / 肖江虹著 . —— 郑州：河南文艺出版社，
2023.9
ISBN 978-7-5559-1541-6

Ⅰ . ①百… Ⅱ . ①肖… Ⅲ . ①中篇小说 – 小说集 – 中
国 – 当代②短篇小说 – 小说集 – 中国 – 当代 Ⅳ .
① I247.7

中国国家版本馆 CIP 数据核字 (2023) 第 093767 号

百鸟朝凤

著　　者	肖江虹
责任编辑	丁晓花
责任校对	梁　晓
特约编辑	蔡雅婷　　葛雨馨
策　　划	读客文化
版　　权	读客文化
封面设计	刘小梅　　刘立圣
出版发行	河南文艺出版社
印　　刷	嘉业印刷（天津）有限公司
开　　本	890mm×1270mm 1/32
印　　张	8.75
字　　数	196千
版　　次	2023年9月第1版　2023年9月第1次印刷
定　　价	49.90元

目　录

百鸟朝凤　　　　　　　　　　001

我们　　　　　　　　　　　　070

天堂口　　　　　　　　　　　127

喊魂　　　　　　　　　　　　146

犯罪嫌疑人　　　　　　　　　202

百鸟朝凤

一

过了河，父亲再一次告诫我，说不管师傅问什么，都要顺着他，知道吗？我点点头。父亲蹲下来给我整了整衣衫，我的对襟短衫是母亲两个月前就做好的，为了让我穿上去看起来老成一些，还特地选了藏青色。直到今天离开家时，母亲才把新衣服给我换上。衣服上身后，父亲不满意，蹙着眉说还是没盖住那股子嫩臭味儿。看起来藏青色的短衫并没有拉长我来到这个世界上的日子。毕竟我才十一岁，这个年龄不比衣服，过过水就能缩短或抻长的。

一大早被母亲从床上掀下来的时候，还看见她一脸的怒气，她对我睡懒觉的习惯深恶痛绝。可临了出门，母亲的眼神里却布满了希冀、不舍，还有无奈。父亲则决绝得多，他的理想就是让我做个唢呐匠。我们水庄是没有唢呐匠的，遇上红白喜事，都要从外庄请，从外庄请也不是容易的事情，如果恰好遇上人家有预约，那水庄的红白喜事就冷清了。没有了那股子活泛劲头，主人

001

面子上过不去，客人也会觉得少了点什么。所以被请来的唢呐匠在水庄都会得到极好的礼遇，烟酒茶是一刻不能断的，还得开小灶。离开那天，主人会把请来的唢呐匠送出二里多地，临别了还会奉上一点乐师钱，数量不多，但那是主人的心意。推辞一番是难免的，但最后还是要收下的。大家都明白这是规矩，给钱是规矩，收钱是规矩，连推辞都是规矩的一部分。

听母亲说，父亲想让我做一名唢呐匠其实并不完全为了钱。母亲说父亲年轻时也想做一名唢呐匠，可拜了好多个师傅，人家就不收，把方圆百里的唢呐匠师傅都拜遍了，父亲还是没有吹上一天的唢呐，人家师傅说了，父亲这人鬼精鬼精的，不是吹唢呐的料。许多年过去了，本以为时间已经让父亲的理想早就像深秋的落叶腐化成泥了，可事实并不是这样。自我懂事起，我就发现父亲看我的眼神变得怪怪的，像蹲在狗肉汤锅边的饿痨子，摩拳擦掌，跃跃欲试。有一次，我的老师在水庄的木桥上遇见了父亲和我，他情绪激动地给父亲反映，说我从小学一年级到五年级，数学考试从来没有超过三十分。我当时就羞愧地低下了头，想接下来理所当然地有一场暴风骤雨。老师说完了，父亲点点头，很大度地挥挥手说三十分已经不错了。然后牵起我走了。走到桥下，他回头看了一眼身后可怜的一头雾水的教书匠，嘿嘿干笑了两声。教书先生哪里知道，水庄的游本盛对他儿子有更高远的打算。

我确实不喜欢念书，我们水庄大部分娃子和我一样不喜欢念书，刚开始还行，渐渐地就冷了。主要是听不懂，比如我们的数学老师，自己都没有一个准，今天给我们一个答案，明天一早站在教室里又小声地宣布，说同学们，昨天我回去在火塘边想了一宿，觉得昨天那个题目的答案有鬼，不正确，所以吓得一夜都没睡安稳，今天特地给大家纠正。我们就笑一回。后来又听说数学老师其实也只是个小学毕业的，更有甚者说他根本连小学都没有读毕业。我们就无可奈何地生出一些鄙夷来。鄙夷的方式就是不上课，漫山遍野地去疯。

我不喜欢念书，可我也不喜欢做唢呐匠，我也说不清为什么不喜欢做唢呐匠，可能是从小到大总听见父亲在耳边灌输唢呐匠的种种好，听得多了，也腻了，就厌恶了。而且我断定，我的父亲之所以希望我成为一个吹唢呐的，目的就是图那几个乐师钱。

二

翻过大阴山，就能看见土庄了。那就是我未曾谋面的师傅的家。我们这一带有五个庄子，分别叫金庄、木庄、火庄、土庄，再加上我们水庄，构成了一个大镇。按理这个镇子该叫五行镇才对，可它却叫无双镇。未来师傅的宅子在一片茂盛的竹林中，翠绿掩映下的一栋土墙房。我曾经从爷爷的旧箱子里翻出一本绣像《三国演义》，里面有一幅画，叫三顾茅庐的，眼前的这个场景就和那幅画差不多。通往土墙房的路一溜的坦途，可父亲却发出吭哧吭哧的喘气声，他额头上还有针尖大小的汗珠，两个拳头紧紧握着。我看了他一眼，父亲有些不好意思起来，他想我定是把他的紧张看破了，于是他就露出一个自嘲的讪笑。

面子有些挂不住的父亲就转移话题。福地啊！父亲说，你看，左青龙，右白虎，后朱雀，前玄武，一看就不是一般人家。

我想笑，可没敢笑出来，父亲是不识风水的，连引述有关风水的俗语都弄错了。这几句我也是听水庄的风水先生说过，不过人家说的是前朱雀，后玄武。我想父亲真的是太紧张了，他怕自己小时候的悲剧在下一代的身上重演。我顿时有了一些报复的快感，想师傅要是看不上我就好了，最好是出门了，还是远门，一年半年的都回不来。

看见我左摇右晃的二流子步伐，父亲在身后焦急地吼，天杀的，你有点正形好不好！师傅看见了那还了得。

父亲的运气比想象的要好，土庄名声最显赫的唢呐匠今天正好在家。

我未来师傅的面皮很黑，又穿了一件黑袍子，这样就成了一截成色上好的木炭。他从屋子里踱出来的时候燃了一袋旱烟，烟火滋滋地乱炸。我很紧张，怕那点火星把他自己给点燃了。他大约是看出了我的焦虑，就抬起一条腿，架到另一条腿的膝盖上，把鞋底对着天空，将那半锅子剩烟杵灭了。做这样一个难度很大的动作只是为了杵灭一锅烟火，看来我未来的师傅真是一个不简单的人。

焦师傅，我叫游本盛，这是我儿子游天鸣，打鸣的鸣，不是明白的明。父亲弓着腰，踩着碎步向屋檐下的黑脸汉子跑过去，跑的过程中又慌不迭地伸手到口袋里摸香烟，眼睛还一直对着一张黑脸行注目礼。可怜的父亲在六七步路的距离里想干的事情太多了，他又缺乏应有的镇定，这样先是左脚和右脚打了架，接着身体就笔直地向前仆倒，跌了一嘴的泥，香烟也脱手飞了出去，不偏不倚地降落在院子边的一个水坑里。我的心一紧，赶忙过去把父亲扶起来。父亲甩开我扶他的手，说扶我干什么，快去给师傅磕头啊！我没有听父亲的，毕竟我认识父亲的时间比认识师傅的时间要长，于情于理都该照看刚从地上爬起来的水庄汉子。主意打定，我仍然不屈不挠地挽着父亲的手臂。我抬起头，父亲的额头上有新鲜的创口，殷红的血珠正争先恐后地渗出来，我一阵心酸，眼泪就下来了。

师傅摆摆手，说磕头？磕什么头？他为什么要给我磕头？这个头不是谁都能磕的。

父亲哑然，很难堪地从水坑里捡起香烟，抽出一支来，香烟身体暴涨，还湿答答地落着泪。

这——？父亲伸出捏着香烟的手为难地说。

屋檐下的师傅扬了扬手里的烟锅子说，我抽这个。

我、父亲，还有我未来的黑脸师傅，三个人就僵立着，谁都不说话，主要是不知道说什么。还是屋檐下的木炭坦然，不管怎么说这始终是他的地盘，所以他的面目始终都处于一种松弛的状态。他看了看天空，我也看了看天空，他肯定觉得今天是个好天气，我也觉得今天是个好天气。太阳像个刚煎好的鸡蛋，有些耀眼，我未来的师傅就用手做了一个凉棚，看了一会儿太阳，又缓慢地填了一锅烟，把烟点燃后，他终于开口了。

哪个庄子的？他问话的时候，既不看我，也不看父亲，但父亲对他的傲慢却欣喜若狂。父亲往前走了两步，说水庄的，是游叔华介绍过来的。父亲把"游叔华"三个字做了相当夸张的重音处理。游叔华是我的堂伯，同时也是我们水庄的村长。

我听见唢呐匠的鼻子里有一声细微的响动，像鼻腔里爬出来一个毛毛虫。他继续低头吸烟，仿佛没有听见父亲的话。看见游村长的名号没有产生想象中的震撼力，父亲就沮丧了。

多大了？唢呐匠又问。

我的嘴唇动了动，刚想开口，父亲的声音就如响箭般地激射过来：十三岁。比我准备说的多出了两岁。怕唢呐匠不相信，父亲还做了补充：这个月十一就十三岁满满的了。

唢呐匠的规矩你是知道的，十三岁是个坎。唢呐匠说。

知道知道。父亲答。

这娃看起来不像十三岁的啊。唢呐匠的眼睛很厉害。

这狗东西是个娃娃脸，自十岁过来就这样儿，不见熟。

嗯！唢呐匠点了点头。看见唢呐匠表了态，父亲的眉毛骤然上扬，他跑到屋檐下战战抖抖地问：您老答应了？

哼！还早着呢！

我原本以为做个唢呐匠是件很容易的事情，拜个师，学两段调儿，就算成了，可照眼下的情形来看，道道还真不少呢！

院子里摆了一张桌子，桌子上放了一个盛满水的水瓢，水瓢是个一分为二的大号葫芦。唢呐匠递给我一根一尺来长的芦苇秆，我云里雾里地接过芦苇秆，不知道唢呐匠到底什么用意。

用芦苇秆一口气把水瓢里的水吸干，不准换气。我未来的师傅态度严肃地对我说。

我看了看父亲，父亲对着我一个劲儿地点头，牙咬得紧紧的，他的鼓励显得格外地艰苦卓绝。

我把芦苇秆伸进水里，又看了看他们两个人，唢呐匠的眼神和父亲的眼神形成了鲜明的对比，自然而平静，像我面前的这瓢水。

我提了提气，低头把芦苇秆含住，然后一闭眼，腮帮子一紧，一股清凉顿时排山倒海地涌向喉咙。我睁开眼，看见瓢里的水正急速地消退，开始我还信心满满的；等水消退到一半的时候，气就有些喘不过来了；水只剩下三分之一的时候，不光气上不来，连脑袋也开始发昏了，胸口也闷得难受，我像就要死了。

快，快，快，不多了。是父亲的声音，像从天外传来的。

终于，我一屁股坐倒在地，仰着头大口地喘气。我又看见太阳了，是个煎煳的鸡蛋。

等太阳重新变成黄色，我听见父亲在央求唢呐匠。

您老就收下他吧！父亲带着哭腔说。

他气不足，不是做唢呐匠的料子。

他气很足的，真的，平时吼他两个妹妹的声音全水庄都能听见。

唢呐匠笑笑，不说话了。

这时候我看见父亲过来了，他含着眼泪，咬牙切齿地抄起桌上的水瓢，劈头盖脸地向我猛砸下来。

你个狗日的，连瓢水都吸不干，你还有啥能耐？水瓢正砸在我脑门上，我听见了骨头炸裂的声音。我高喊一声，仰面倒下，太阳不见了，只有一些纷乱的蛋黄，还打着旋地四处流淌。

怎么样？他叫的声音够大吧？气足吧？父亲的声音怪怪的，阴森潮湿。

我努力睁开眼，又看见了父亲高高扬起的水瓢。

叫啊！大声叫啊！父亲喊。

我不知道父亲为什么要这样。我做不成唢呐匠怎么会令他如此气急败坏。

正当我万分惊惧的时候，我看见了一只手。

那只手牢牢攥住了父亲的手腕。

三

好多年后师傅对我说，你知道当初我为什么收你为徒吗？我说你老人家心善，怕我父亲把我给活活打死了。师傅摇头，说你错了，我收你为徒是因为你的眼泪。我说什么眼泪？师傅说你父亲跌倒后你扶起他时掉的那滴眼泪。

父亲走了，看着他离开的背影我顿时有一种无助的感觉，以往天天看见他，没觉得他有多重要，被他揍了还会在心里偷偷骂"狗日的游本盛"。现在才发现父亲原来是极重要的。他就像一棵树，可以挡风遮雨，等有一天自己离开了这棵大树，才发现雨淋在身上是冰湿的，太阳晒在脸上是烤人的。

从此以后，我就是一个人了。看着父亲渐渐变淡变小的背影，我忍不住哭了一场。师傅站在我旁边，伸出一只手搭在我的肩上，轻轻拍了拍。我心里一热，哭得更厉害了。

晚上吃饭，师傅给我介绍了师娘。师娘很瘦，也黑，走起路来左摇右晃的，像根煮熟的荞麦面条。师娘话多，饭桌上问了我好多事情，都是关于水庄的，还说她有个亲戚就住在我们水庄。和师娘比起来，师傅的话则少了许多，一顿饭时间就说了两句话。我端碗的时候他说：吃饭。我放碗的时候他又说：吃饱。

吃完饭，我主动把碗刷了。在刷碗的过程中我偷偷探头看了看坐在堂屋里的师傅和师娘，当时师娘对着我站的位置指指点点，还不住地点头，脸上也有些不易觉察的笑容。师傅却不为所动，他只是一个劲儿地抽烟，喷出来的烟雾也浓，让我想起在水庄和父亲烧山灰的日子。我明白师娘的笑容和我刷碗的行动有关。而我刷碗的行动又和临出门那晚母亲油灯下的唠叨有关。母亲说：出门在外不比在家，要勤快，眼要尖，要把你那根全是懒肉的尾巴夹好。

刷完碗师娘对我说，她的三个儿子都成家分出去了，家里就他们两老，所以我该做些力所能及的事情。

晚上我躺在床上，想明天就要吹上唢呐了，有一些兴奋，又有一些惶恐，总觉得我的人生不该就这样拐弯的，我还没有玩够，我还是个娃儿，娃儿就该玩的。想起我的伙伴马儿他们，此刻他们肯定正在水庄的木桥边抓萤火虫，把抓来的萤火虫放进透明的瓶子里，走夜路时可以当马灯用。

一早，我还在梦里捉萤火虫，就听见了两声剧烈的咳嗽声。咳嗽声是师傅发出来的，我一惊，知道这是起床的信号。师傅毕竟不是亲爹，没有像父亲一样冲进来掀开被窝照着屁股就一顿猛扇。我想他一定还当我是客人，所以方式也就间接一些。穿上衣服走出门，我先喊了一声站在屋檐下的师娘，正在淘蚕豆的师娘对我点了点头。打完一个哈欠我才发现太阳还在山那头浴血挣扎，我心里头就上来了一些怨气，想这太阳都还没有出来呢，就得爬起来。在家虽然被父亲扇屁股，但那时太阳都老高了啊。看见我嘴脸不好看，师娘说你师傅到河湾去了，你也去吧！

顺着师娘指的方向，我看见了土庄的河湾。土庄虽然叫土庄，可河湾却比水庄的还要大，河岸四周有烟柳，烟柳我们水庄也有，远远地看去像团滚圆的烟。烟柳四四方方地抱着一团翠绿的河湾，几只纯白的水鹤在河湾上悠闲地飞来绕去。师傅站在河滩上，静静地看着水面，他的身影很孤寂，也很渺小。

师傅从河岸边齐根折来一根芦苇，去掉顶端的芦苇须，把足有三尺长的芦苇秆递给我，说过去把河里的水吸上来，记住，芦苇秆只能将将伸到水面。开始我以为这是件极简单的事情,一吸我才知道没有那么简单。我脸也红了,腿也软了,小肚子都抽筋了,还是没能吸上一滴水。我回头看了看师傅,师傅脸色灰暗,说等你把水吸上来了就可以回家了。

天黑尽了我才回到师傅家,师傅和师娘守着一盏如豆的油灯。看我进屋来,师娘端给我一碗饭,饭还没到我手里,师傅说话了。

水吸上来了?

我摇摇头。

那你回来搓球啊?师傅猛地立起来,把手里的旱烟杆往地上狠狠地一掼。他的脸本来就乌黑,此刻就更黑了。

我现在才意识到这个黑脸男人是认真的。

我的晚饭被师傅扒掉了半碗,虽然师娘一直给我说情,说天鸣他爹可是交足了生活费用的,再说娃儿在吃长饭呢!

娃?老子哪个徒弟不是娃过来的?老子当初拜师的时候,三天没有饭吃呢!

夜晚我躺在床上痛快地哭了一回,哭完了就想父亲的绝情,想完父亲的绝情又想母亲的好。想着想着就睡着了,睡着好像没多久又听见了咳嗽声。我爬起来凑到窗户边,发现山那边连太阳浴血的迹象都还没有。

此后十多天,我天天攥着根芦苇秆在河滩上吸水。有往来的土庄人隔得远远地就喊,焦三爷又收新徒弟了。还有的喊,这个娃子能成焦三爷的弟子,看来是有些能耐的。我听见他们的喊声里有酸溜溜的味道,肯定是自己的娃没能让师傅看上。这样我有了一些信心,就把吸水这个世间最枯燥的活儿有模有样地干了起来。

大约是一个黄昏，我记得那天河滩上的水鹤特别多，沿着水面低低地滑翔，在一片耀眼的绿中拉出一尾又一尾炫目的雪白。我像之前千百次地吸水一样，一沉腰，一顿足，一提气，竟然牢牢地咬住了一股冰凉。我把嘴里的水来回渡了渡，又把它轻轻地吐到掌心里，不错的，我把水吸上来了。看着掌心的一窝清澈，我恍若隔世，一股说不清道不明的东西在心窝子里上下翻滚，喉咙慢慢就变得硬硬的了。我撒腿疯了似的向师傅的土墙小屋跑去，跑到院子里，师傅正坐在屋檐下编苇席。

　　吸上来了。我一字一顿地说。

　　本来以为师傅会笑一个，然后点点头，说这下你可以吹上唢呐了。但不是这样的。师傅听我说完，从脚边堆积的芦苇里挑出一根最长的，掐头去尾递给我。我把芦苇秆立起来，比我还要高，我疑惑地看着师傅，师傅依然认真地低头编着苇席，半晌才抬起头对我说，去啊，继续吸。

四

　　到土庄两个月零四天，蓝玉来了。

　　蓝玉来的头天晚上，土庄下了一场罕见的暴雨。第二天一大早我起得床来，看见院子里跪着一个男娃子。他的全身上下都湿透了，衣裤上沾满了黄泥。在他的身边，是一个三十出头的汉子，也披着一身的潮湿，他两个手不停地搓着，眼睛跟着师傅转。这个时候，我的师傅正在牛圈边给牛喂草，他大把大把地把青草扔给圈里的牛，还在院子里过来过去的，就是不看院子里的蓝玉和他的父亲，仿佛院子里的两个人只是虚幻的存在。我看出了蓝玉父子的尴尬，想起自己刚来到这个院子的情景，就有些同情院子里的人。

这个时候，蓝玉抬起了头，向我这边看了一眼，我给了他一个浅浅的微笑，一脸黄泥的蓝玉也笑了。他的笑意很薄很轻，仿佛往湖面上扔了一块拇指大小的石子荡起来一层涟漪。好多年后蓝玉还在对我说，当时跪在泥水里的他都有了天地崩塌的感觉，他已经打定回家的主意了，不管他的父亲同不同意他都准备回家了，就是因为我的那个微笑，他留了下来。

师傅同意收下蓝玉，是在蓝玉的父亲两个膝盖也重重地跌落在泥地里后。当时师傅正抱着一捆青草往牛圈边去。那个异样的声音至今还犹然在耳，我看见蓝玉的父亲两腿一屈，接着他面前的水被砸得稀烂，咚，一个院子都颤抖起来。师傅回过头就僵在那里了，然后他说你起来吧，我可以试试他是不是吹唢呐的料，不行的话，你还得把娃领回去。

和我相比，蓝玉的测试多出了好几项内容。除了吸水，还有吹鸡毛，师傅把一片鸡毛扔到天上，要蓝玉用嘴把鸡毛留在空中，一袋烟的工夫不能掉到地面。还有就是打靶，含上一口水，对着桌上的木牌，在四步外的距离用嘴里的水把木牌射倒。我很为蓝玉担心，因为我连一瓢水也是吸不完的。

蓝玉轻描淡写地就完成了测试，不仅我惊讶，连师傅都有些惊讶了。虽然他把这种惊讶包裹得很严实。当蓝玉把桌上的木牌射倒后，他的两条眉毛很迅速地彼此凑了凑，眉间也多出来一条窄而深的沟壑。我至今都承认，我的师弟蓝玉的天分比我要高得多。

蓝玉留下来了，和我住一张床。师傅还郑重地把我介绍给了蓝玉，说这是你师兄，师兄师弟，就要像亲兄弟一样的，懂不懂？蓝玉点了点头，我也点了点头。

晚上蓝玉在床上问我，吹唢呐好玩吗？我说不知道，蓝玉惊讶地翻起来说你怎么会不知道呢？你不是都来两个月了吗？我说我还没吹上一天的唢呐呢！那你在干啥？蓝玉问。喝水，喝河湾的水。我答。

打蓝玉来后，土庄的河湾边吸水的娃由一个变成了两个。土庄人从河湾过就大声说焦三爷又收徒弟了，焦家唢呐班人强马壮了。

在我们吸水的这段日子里，师傅和他的唢呐班共出了十多趟门，整个无双镇都跑遍了。我和蓝玉还认识了焦家唢呐班的师兄们。我的大师兄年纪和我父亲差不多，师傅让我和蓝玉叫他大师兄，我们都有些不好意思，毕竟他是个满脸胡须的大人。我们怯怯地喊罢，大师兄摸摸我们的脑袋，然后看着师傅笑笑。师傅说磨磨都能出来。大师兄又笑一回，他笑的时候嘴咧得很大，胡子满脸跑，他把唢呐凑到嘴里，唢呐的苇哨和铜围圈就不见了。

接活后出门的前一晚，焦家班照例是要吹一场的。院子里摆上一张桌子，桌子上有师娘煮好的苦丁茶和炸好的黄豆。师傅和他的徒弟们散坐在院子里，大家先聊一些家常。聊家常的时候有一个人声音最大，说话像打雷，他是我的二师兄。据师娘讲，二师兄是师傅最满意的徒弟，天分好，也刻苦，特别擅长吹丧调，能在灵堂把一屋子人吹得流泪抹眼。聊一阵子天，师傅就咳嗽两声，众人会意，各自从布袋子里抽出唢呐。第一步是调音，看看唢呐音调对不对。然后师傅起调，如果接的是红事，就吹喜调，喜调节奏快，轻飘飘地在院子里奔跑；如果接的是白事，就吹丧调，丧调慢，仿佛泼洒在地上的黏稠的米汤。等到师傅独奏的那一段，我和蓝玉的眼窝子都有了一窝水。

无双镇大部分人家接唢呐都是四台，所谓四台，就是只有四个唢呐手合奏；比四台讲究的是八台，八台除了四个唢呐手，还有一个鼓手、一个钵手、一个锣手、一个钞手。八台不仅场面大，奏起来也气势非凡。师娘告诉我，如果练的是八台，土庄的人都会来，聚在院子里，屏声静气地听完才散去。毕竟八台一是难度大，二是价钱高，一般人家是请不起的，土庄人近水楼台，运气好的话一年能听上一两回。我又问师娘，有比八台更厉害的吗？师娘笑笑，说有，我问：是什么？

《百鸟朝凤》，师娘答。

怎么个吹法？我问。

独奏！师娘说这话的时候神情肃穆。

独奏？谁独奏？我和蓝玉惊讶地问。

夜风撩着师娘的头发，她的表情像一本历史书，好久她才说，当然是你们师傅。

五

三个月了，我用一人多高的芦苇秆把河湾的水吸了上来。可我还是没有吹上唢呐。师傅只是让我和师娘下地给玉米除草。土庄六月的天气似乎比水庄的要热得多，我们水庄这个季节都是湿漉漉的。在玉米地里，我对师娘说土庄不如水庄好，我们水庄没有这样热，师娘就哈哈地笑，笑完了说游家娃是想家了。中午收工回家，经过河湾的时候，我的师弟蓝玉扎着马步在河湾上吸水。蓝玉是有天分的，他才来一个月，就接到师傅递给他的一人多高的芦苇秆了。我到这一步比蓝玉整整多用了一个月时间。

吃完晚饭，蓝玉去刷碗，自从他来了以后，刷碗这个活儿就是他的了。刚开始我还觉得好，想终于可以不用刷碗了。可没过两天师傅对我说，跟你师娘下地吧。才下了半天的地，我又想念刷碗了。蓝玉刷碗的声音特别响，刷碗这活儿我是知道的，磕磕碰碰发出些声响是难免的，但绝没有这样大的声响。连提个水壶，蓝玉都要弄得惊天动地的，一弓腰，就发出嗐的一大声，仿佛他提起来的不是一个水壶，而是一扇石磨。很快，蓝玉就从厨房出来了，他甩了甩两只湿漉漉的手，眼睛看着师傅和师娘，他的意思是告诉我们，该他的活儿已经干完了。

蓝玉得到了师娘的夸奖，师娘说蓝玉刷碗动作比天鸣麻利。顿了顿师娘又说，麻利是麻利，但没有天鸣刷得干净。

蓝玉不仅话多，也会讲。他坐在师傅和师娘的中间给他们讲他们木庄的奇怪事，师娘被他逗得哈哈大笑，连师傅一直绷着的脸都会不时舒展开来。我没有蓝玉的嘴皮子，就在旁边一直闷坐着。师娘好像看出来了，就对我说，天鸣是不是想家了，想家的话就回去看看吧。她说这话的时候眼睛一直盯着师傅，我想是这个事情她做不了主，在征求师傅的意见。一提到回家，我的眼窝就一阵发热，我真想家了，想父母，还有两个妹妹，他们肯定也在想着我的。

我目不转睛地看着师傅，老半天师傅才说，早去早回。

我又回到水庄了。

以前觉得水庄什么都不好，现在一脚踏进水庄的地界，我发现水庄什么都好。水庄的山比土庄的高，水比土庄的绿，连人都比土庄的耐看呢。

走进我家院子，母亲正蹲在屋檐下剁猪草，父亲站在楼梯上给房顶夯草。一看见我，母亲就扔掉手里的活跑过来，她摸摸我的头，又摸摸我的脸，说天鸣回来了，还瘦了。母亲的手有一股青草的腥味，但我觉得特别好闻。我好久没有看见母亲的脸了，好像黑了不少。看着母亲，我的眼睛就模糊起来。

本盛，天鸣回来了。母亲对着父亲喊。

父亲没有从楼梯上下来，他弯下腰看看我，又继续给屋顶夯草。

好好的，回来做啥？父亲的声音顺着楼梯滑下来。

师傅让我回来的。我直着脖子说。

啥？你个狗日的，烂泥糊不上墙。父亲把夯草的木片子高高地摔下来，破成了好几块。

娃好好的，你骂他干啥？母亲说。

好好的？好好的能让师傅赶回家？父亲从楼梯上下来，还腾出一只手狠狠地对着我戳。你啊，你啊，你——父亲发出的声音像被他嚼碎了吐出来的。

晚上母亲给我做了一顿腊肉，还不让两个妹妹多吃，拼命把好吃的往我碗里夹。父亲在饭桌上不停地对我翻白眼，像要活吞了我似的。什么时候回去？母亲把碗里最后一片腊肉夹给我问。早去早回，师傅说的。我说。真的？父亲把头歪过来问，我点点头。这时候水庄的游本盛才笑了，还用筷子敲了敲我的后脑勺，轻轻地。我发现，这顿饭父亲的筷子一直没有伸到肉碗里，我把母亲给我的最后一片腊肉夹起来放进了父亲的碗里，父亲笑得更欢了，说那就恭敬不如从命了。

月亮上来了，两个妹妹都睡了。我和父亲母亲坐在院子里，我给他们讲了土庄的好多事情。

爸，你知道唢呐除了四台和八台，还有什么吗？我问父亲。

父亲笑了笑，然后看了看母亲，母亲也笑了笑。

莫非还有十六台？母亲说。

我摇摇头，说唢呐吹到顶其实是独奏呢！你们知道叫什么吗？

这时候我看见父亲的笑容不见了，他的目光跑到月亮上去了，面容也变得复杂了。好半天他才把目光转向我，说你知道我为什么要送你去学唢呐吗？

我摇头。

就是要你学会吹《百鸟朝凤》。

我惊讶了，就兴奋地说原来你也知道《百鸟朝凤》啊！还表态说你们放心，我学会了回来吹给你们听。

没有那样简单，你师傅这十多年来收了不下二十个徒弟，可没有一个学会《百鸟朝凤》的。父亲说。

很难学吗？我问。

倒不是，这个曲子是唢呐人的看家本领，一代弟子只传授一个人，这个人必须是天赋高、德行好的，学会了这个曲子，那是十分荣耀的事情。这个曲子只在白事上用，受用的人也要口碑极好才行，否则是不配享用这个曲子的。

咱家天鸣能学会吗？母亲问。

父亲摇摇头，走了。院子里只剩下母亲和我，还有天上的一轮残月。

六

回到土庄我才知道,蓝玉已经把河湾里的水吸上来了。

一回来蓝玉就兴冲冲地问我用长芦苇吸上河湾的水用了多久,我掰着指头数了数说一个半月多一点吧。我用了十天。蓝玉骄傲地说。我心里就有些神伤了,说师傅都说了的,你的天分比我好。蓝玉就拍拍我的肩膀,说你也很好的。

但是我发现我真的不好。

蓝玉吸上水后本来也和我下地的,可下地才几天,事情就发生了变化。

我清楚地记得那天有好大好大的雾,气势汹汹的,整个土庄都不见了。我还没起床,就听见蓝玉的尖叫声,我翻了个身,想多睡一阵子。蓝玉总是起得比我早,甚至比师傅师娘还早,为此他还得到了师傅的夸奖。说实话,我也想像他那样起得早的,我也想得到师傅的夸奖的,可我就是起不来,硬着头皮爬起来也是昏昏沉沉的,好一阵子满世界都在乱转。到后来我索性不起来了,夸奖也不想要了,只要让我多睡一会儿就阿弥陀佛了。

起来,快起来,土庄不见了。蓝玉跑进来摇我。

嗯!我咕哝一声,没理会他。

天鸣,土庄没有了。他干脆把我的被窝抱走了。

无奈,我只好起来,走到屋外我才发现土庄真的不见了。

那是我一生中见到的最大的雾,天地都给吃掉了,连站在我面前的蓝玉也消失了。一眼的白,那白还泛着湿。我没有见过有这样气势的大雾,连呼吸都不顺畅了。我凑近蓝玉,他正用两只手拼命地捞悬在空中的白,像一只巨大的蜘蛛,被自己拉出来的丝给网住了。

你们两个进来。师傅在里屋喊。

我和蓝玉折进屋，师傅说今天雾大下不了地了，正好我有事情要交代。

师傅从床下拉出一个锈迹斑斑的铁皮箱子，他打开箱子，我和蓝玉都凑过去看，屋子里光线不好，只能看个大概，反正里面都是唢呐，大大小小、长长短短的唢呐。师傅弯下腰不停地翻检着箱子里面的家什，挑啊拣啊，终于，他抽出了一支略短一些的唢呐，把唢呐放进嘴里，唢呐就发出长长的一声呜——。师傅直起腰来，把唢呐递给我身边的蓝玉，说从今天开始你就不用下地了，专心吹唢呐吧，先把它吹响，我就教你基本的调儿。

蓝玉当时的样子我都没法子形容，接过唢呐的那一刻，昏暗的屋子里竟然划过两道亮光，那是从蓝玉眼睛里出来的。我看见蓝玉握着唢呐的手在轻轻地抖动，然后他笨拙地把唢呐塞进嘴里，腮帮子一鼓，唢呐就放出来一个闷屁；又一鼓，又出来一个闷屁。

我想师傅接下来该给我派发唢呐了，说不定是支长的呢，比蓝玉的长。我就定定地盯着师傅的手，希望他能抓住一支长的唢呐不放，再放到嘴里试一试，然后递给我。但我是不会像蓝玉那样没有一点定力的，当场就放几个闷屁显摆，我会找个没人的地头悄悄放。

师傅是拿出了唢呐，拿出来还不止一支，拿一支出来，他先是吹吹，然后卷起袖口拭擦一番，又放回去；又捡起一支吹拭一番，照例又放回去。我眼珠子都瞪直了，总是希望下一支就是我的，开始看见短的还害怕，怕他递给我，我想要一支比蓝玉长的。可随着箱子里翻剩下的唢呐越来越少，我的心就开始绷紧了，想短的也成，就是拇指长短的我也收。

砰的一声，师傅合上了他的箱子。

我没有吹上唢呐。晚上我对蓝玉说我要回家了。蓝玉说你不是刚回过家吗？我说我不想学吹唢呐了。我现在才知道，师傅其实是看不上我的。

土庄的夏天没有水庄的好看，可土庄的秋天却老有味儿了。土庄的山是小了些，可山上都有树，种类也繁多，常青的松和落叶的枫抱在一起，夏天还是整齐的绿，到秋天枫树就醉了。就这样，一个一个红绿间杂的山丘一排儿地往远方去了，像一排生动的省略号。我背着行李顺着省略号一直走，边走边哭，我悲伤极了，来土庄都这样老长的日子了，我就是吹不上唢呐，却成了焦家的长工。又想我连唢呐都没有摸过就回到水庄，水庄人肯定要笑我了。还有，我最担心的还是父亲，我这样回去倒不是怕他揍我，我是怕他会活活气死。

我是偷偷走的，从土庄不见了的那天起，我就想走了。昨天晚上，我的师弟蓝玉又爬到床上吹了一回唢呐，他吹的时候还拿眼睛瞟着我，眼角得意地往上翘。我知道他是在我面前显摆，可我不恨他，因为换着我我也是想显摆的。蓝玉的脑袋很大，所以他很聪明，他现在都能把师傅教给他的丧调吹得我眼窝子发潮了。吹到精彩的地方他还会停下来给我讲，这是滑音，这是长调。每天我和师娘下地，他就爬到我干活的地头，猴样地蹿上草垛子，呜呜啦啦地就吹开了。回家的路上，我一身的疲惫，连走路都摇晃着，蓝玉却活蹦乱跳，像早晨刚刚抽上露水的青草儿样鲜活。

我走了，谁都不知道我走了。我走的时候蓝玉还抱着他的唢呐在床上说梦话呢。本来我想跟他道个别的，可我又怕他大呼小叫的惊动了师傅师娘。出门我才发现天还没亮，四处都是让人心悸的黑。我摸索着在屋檐下坐下来，坐下来就想在土庄的这些日子，想师傅和师娘。师娘是个好人，像母亲，在地里还不让我多干活，吃饭老往我碗里夹菜。我最不留恋的就是师傅，我还偷偷给他起了外号，叫焦黑炭。焦黑炭没有一点好，整天绷着脸不说，还不让我吹唢呐。想了好多，我的心里五味杂陈，喉咙一硬，就悄悄呜呜地哭起来，一直哭到天色微明，回家的路也能见着了，我才站起来离开，走出一段回头看了看，眼泪又下来了。

终于要离开土庄了，我这辈子怕是当不上唢呐匠了。想起上次回家时给父亲和母亲表的态，说一定学会那首《百鸟朝凤》，回家吹给他们听。但是眼下的情形别说《百鸟朝凤》了，就是一段稀松的丧调都没有学会。我觉得我最对不起的人就是水庄的游本盛了，他一心一意地送他的儿子学唢呐，可他的儿子学了差不多半年，连用唢呐放两个闷屁的机会都没有，这让水庄人知道了还不笑掉大牙？又伤心了一回，却没有让我放弃回家的念头，反正迟早都是要一无所成地回家的，晚回不如早回，早回还能给家里帮把手。

又看见了水庄，横在天地间，安静得像熟睡的孩子。再拐一个弯，就到我们水庄的地界了。我走的是下坡路，路细而窄，弯弯拐拐，像截扔在山坡上的鸡肠子。路两边有一溜的火棘树，那些枝枝蔓蔓都不安分地往路上凑，这让本就狭窄的小路都快看不见了。

拐过弯，我听见路坎下有说话的声音。踮起脚，我看见老庄叔正领着一群人在他的新房上夯草。干活的人里还有我的父亲，水庄的游本盛。我悄悄地从火棘树下钻过去，把身子隐在草丛里。

天鸣最近没回家？老庄叔问父亲。

吹着呢！好多调调都会了。父亲声音很大。

以前我还没看出天鸣这娃是吹唢呐的料呢！老庄叔又说。

天鸣可比我强，我这娃不要看他平时不吭不响的，做起事情来可一点不含糊。父亲说，前不久回来还气粗地给我和他老娘表态，要吹《百鸟朝凤》呢！

老庄叔就笑一回，他知道父亲是在吹牛，就说，《百鸟朝凤》！《百鸟朝凤》！我都好多年没听过了，上一次听还是十多年前，火庄的萧大老师去世，焦三爷给吹过一次。那场面，至今还记得，大老师的亲戚学生在院子里跪了黑压压一片，焦三爷坐在棺材前的太师椅上，气定神闲地吹了一场，那个鸟叫声哟，活灵活现的！

等天鸣学回来了，我让他吹给你们听。父亲许愿。

那样我们水庄就长脸了，本盛也长脸了，我就是担心，天鸣有没有那个福气，这《百鸟朝凤》一代弟子就传一个人呢。老庄叔说。

你们可以不相信天鸣，我是相信我的娃的。父亲说。

我蛇样地从草丛里梭出来，我不想回家了，我想吹唢呐，从来没有像此刻这样想吹唢呐。

我顺着原路爬到山顶，回头看了看水庄。远处近处有袅袅的炊烟，水庄醒过来了。

回到土庄，师傅正在院子里磨刀。看见我失魂落魄地站在院子边的土墙下，师傅说：你师娘到地里去了，你也去吧！

七

师傅把唢呐递给我。是一支小唢呐，哨子是用芦苇制成的，芯子是铜制的，杆子是白木的，铜碗的部分则有些斑驳了。我摩挲着它，这支唢呐比蓝玉的要小，但我已经很满足了，我终于吹上唢呐了。我使劲揪了一下大腿，生生地疼。

这是当年我师傅给我的，是我的第一支唢呐。师傅蹲在大门口吸着旱烟说。

别看它个儿小，但是调儿高，唢呐就是这样，调儿越高，个儿就越小。师傅吐出一口烟雾接着说。

我点点头，门口的师傅渐渐就模糊了。

冬天来了，土庄也热闹了。我和我的师弟蓝玉把土庄整天搅得呜呜啦啦的。河湾边、草垛上，还有庄子西边的大青石上，都能听见破烂的唢呐声，破烂的声音主要是我吹出来的，蓝玉吹的唢呐声已经很悦耳了。他吹的时候，过往的土庄人会停下来仔细听一听，听完了就远远地喊焦家班后继有人了。我则没有这样的待遇，过往的土庄人听见我的唢呐声拔腿就跑了，我就和蓝玉哈哈地笑。

师傅很吝啬，每次教给我的东西都少得可怜，一个调子就要我练习十来天。

焦家班又接活了。出门的前一晚，一班人围在火塘边，木桌上还是有苦丁茶和炒黄豆。我和蓝玉一人抱着一支唢呐坐在人群中，血都滚热了。我们终于成为焦家班的一员了，也许要不了多久，我们就可以和师兄们一起到很远很远的地方去了。大家演奏完，大师兄就说两个师弟来的时间也不短了，也该露一手了。我有些怯，因为我吹得实在是不好，就推说让师弟先来吧。蓝玉也不推辞，像模像样地先抖一抖衣袖，两手举着唢呐，往前一推，再徐徐地把哨子凑进嘴里，像一个老练的唢呐手。蓝玉吹奏得确实好，我觉得和师兄们都差不多了。他演奏的是一段喜调，曲子轻快地在屋子里跳跃，他的脑袋和调子一起左摇右晃的，吹得一屋子喜气洋洋。吹奏完了，大师兄就摸蓝玉的大脑袋，说不得了不得了，其他师兄也说好，只有师傅不说话，大口大口地吸烟。

蓝玉吹完了，一屋子人都看着我，我的心突突地跳，握着唢呐的手也沁出好多的汗来。二师兄对着我点点头，我知道他是在鼓励我。我战战抖抖地把唢呐塞进嘴里，呜呜地憋出几个滑音和颤音，然后低下头，说我就会这点了。

一屋子都无话了，只有油灯在轻轻地跳动。师兄们都神情肃穆地看着师傅，师傅还是低着头吸烟。好半天二师兄才低低地对师傅说，师傅恭喜您了。师傅把旱烟伸到凳子腿上按熄，说好了今天就到这里，散了吧，明天还要赶远路呢！

我不知道二师兄为什么要恭喜师傅，我吹得那样烂，这样久了也只会吹一些基本的音调，师傅还一副不依不饶的样子，每天就只要我钉着几个调儿吹。

就几个调儿，我把冬天吹来了。

今年的第一场雪总算来了，都孕育了好几天了，直到昨夜才落下来。半夜我和蓝玉都听见了雪花滑过窗棂的声音。我和蓝玉都睡不着。我们睡不着倒不是等这场雪。在黑夜里大大地睁着眼睛，是等天亮后激动人心的一刻。昨天晚上，焦家班围在火塘边奏完最后一曲调子后，师傅对大家说：明天天鸣和蓝玉也和我们一起出门吧！

蓝玉推开窗户对我说，落雪了，不知道我们木庄是不是也落雪了呢？我说我们水庄肯定是落雪了的，每年这个时候，雪落得可大了，漫天遍野地飞，一个庄子都陷下去了。

我起得很早，草草地抹了一把脸，小心翼翼地把唢呐装好。我装唢呐的布袋子是师娘缝的，碎花青布，唢呐刚好能放进去，可熨帖了；蓝玉的唢呐也有布袋子，是藏青棉布缝制的，后来我才发现，装蓝玉唢呐的布袋子的前身是师傅的内裤。这个秘密我一直没有给蓝玉讲，再后来我又发现，我的布袋子是师娘贴肉的裤衩改的。

今天要去的人家请的是白事。我刚装好唢呐，接客就到了。来接唢呐的是两个年轻人，比我和蓝玉大不了多少，嘴边刚刚长出来一些茸毛，他们一人背着一个背篓，怯生生地站在院子边。我们无双镇就是这样的，请唢呐要派接客，接客要负责运送唢呐匠的工具，等活结束了，还得送回来。

很快，我的七个师兄就到了，看来主人请的是八台，七个师兄加上师傅刚好八个。我和蓝玉当然还不能上阵，蓝玉其实是够了的，但师傅说了，先跟一段再说。两个接客很麻利地把锣啊鼓啊的全装进背篓，看我和蓝玉怀里还抱着唢呐，就伸过手来说，都装上吧。我不让，说自己拿就成了，反正也不重的。接客不让，说哪有唢呐匠自己拿东西的道理，我们金庄没有这规矩，无双镇也没有这规矩。我还想推让，师傅在旁边说，给他吧，不依规矩，不成方圆。

主人姓查，金庄漫山遍野散落的人家差不多都姓查。

我们被安排进一个单独的屋子，屋子很紧凑，还有两个炭火盆。屁股还没有坐热，师傅就对大家说："捡家伙，开锣！"说完就往院子里去了。

我终于能目睹唢呐匠们正儿八经的八台大戏了。焦家班在院子里呈扇形散坐着，师傅居于正中，他的目光左右扫视了一番，众人会意，齐齐进入了状态。一声锣响，焦家班在金庄的唢呐盛会拉开了序幕。我此时听到的唢呐声和昨天晚上的预演有极大的差别，师傅和他的一班弟子个个全神贯注。唢呐声在高旷的天地间奔突。先是一段宏大的齐奏，低沉而哀婉；接着是师傅的独奏，我第一次听到师傅的独奏，那些让人心碎的音符从师傅唢呐的铜碗里源源不断地淌出来，有辞世前的绝望，有逝去后看不清方向的迷惘，还有孤独的哀叹和哭泣。尤其是那哭声，惟妙惟肖。一阵风过来，撩动着悬在院子边的灵幡，也吹散了师傅吹出来的哀号，天地间陡然变得肃杀了。

　　一直在院子里劳作的人群过来了，没有人说话，目光全在师傅的一支唢呐上。渐渐有了哭声，哭声是几个孝子发出来的。没多久，哭声变得宏大了，悲伤像传染了似的，在一个院子里弥漫开来，那些和死者有关的、无关的人，都被师傅的一支唢呐吹得泪流满面。

　　一曲终了，有人递过来一碗烫热的烧酒，说焦师傅，辛苦了，润润嗓子吧。

　　开过晚饭，主人过来了，先是眼泪汪汪地给师傅磕了一个头，说这冰天雪地的你们还能赶过来送我老爹一程，我谢谢你们了。

　　"他生前是我们查家的族长，可德高望重了！"主人爬起来说。

　　师傅点点头。

　　"做了不少好事，我都数不过来。"主人又说。

师傅又点点头。

"焦师傅，你受累，看能不能给吹个《百鸟朝凤》？"主人把脑袋伸到师傅面前问。

师傅摇摇头。

"钱不是问题！"

师傅还是摇摇头。

磨了好一阵子，师傅除了摇头什么都不说。主人无奈，只好叹着气走了，走到门口又心有不甘地回头问："我老爹真没这个福气？"师傅抬起头说："你去忙吧！"

主人走了，二师兄看着师傅说："师傅，查老爷子德高望重呢！"师傅的鼻腔哼了哼："知道查姓为什么是金庄第一大姓吗？以前的金庄可不光是查姓，都走了，散到无双镇其他地头去了，这就是查老爷子的功劳！"

接下来几天，我和蓝玉就进天堂了。顿顿有肉吃，其间我和蓝玉还偷喝了烧酒，焦家班坐到院子里吹奏的时候，我还和蓝玉躲在屋子里抽烟。烟是主人家偷偷塞给我们的，我和蓝玉本来是不收的，可主人家不干，非得塞给我们。

离开那天，死者的几个儿子把焦家班送出好远，临了就把一沓钱塞给师傅。师傅就推辞，结果两个人在分手的桥上你来我往地斗了好几个回合，师傅才很勉强地把钱收下来。

几个师兄则站在一边木木地看着，眼神倦怠，眼前这个场景他们已经看够了。

八

春天降临了。

乡村的春天总是和仪式有千丝万缕的联系。像我们无双镇，春天一露头，就有拜谷节，播撒谷种的前一夜，每个村子的老老少少都要带上祭品，去本村最大的一块稻田里供奉谷神。拜谷节过去没几天，就该是迎接灶神爷的日子了，猪头是不能少的，还有小米糍，听老人们说，天上是没有小米糍的，人间全靠这点东西留住他老人家了。把灶神爷安顿好，就是晒花节了，太阳公公和花仙一起供奉，因为有两个神仙，供品自然不能少，蜂蜜、白米、干菊花，还有圆圆的玉米饼。太阳还没有出来，一庄人早就遥对着太阳升起的地方把供品摆放妥帖了，等那抹血红一上来，大家就整齐地磕头作揖，好听的话也会说不少，庄稼人没野心，就是祈求有个好年成。

晒花节刚过，土庄又热闹了。人们槐花串似的往焦三爷的院子里跑，扛凳子搬桌子的。遇上闲逛的路人，就有人招呼："焦三爷传声了！"路上的人一听，一张脸就怒放了，随即融入队伍，往焦三爷的院子迤逦而来。

土庄人等这个盛况的日子已经很久了。

无双镇的唢呐班每一代都有一个班主，上一代班主把位置腾给下一代是有仪式的，这个仪式叫"传声"。不传别的，就传那首无双镇只有少数人有耳福听到过的《百鸟朝凤》。接受传声的弟子从此就可以自立门户、纳徒授艺了，而且，从此就可以有自己的名号。比如受传的弟子姓张，他的唢呐班子就叫张家班；姓王，则叫王家班。总之，那不仅仅是一门手艺，更是一种荣耀，它似乎是对一个唢呐艺人人品和艺品最有力的注脚，无双镇的五个庄子都以本庄能出这样一个人为荣。

这个仪式最吸引人的还不是它的稀有，而是神秘。在仪式开始之前，没有人知道谁是下一代的唢呐王。所以，焦家班所有的弟子都是要参加这个仪式的，连他们的亲人都会从四里八乡赶来参加，因为谁都可能成为新一代的唢呐王。

人实在太多了，师傅的院子都装不下了，于是屋子周围的树上都满满当当地挂满了"人参果"。我和我的一班师兄弟坐在院子正中间，两边是我们的亲人，我父母，还有两个妹妹都来了；我的师弟蓝玉坐在我的旁边，他的家人也来了，比我的父母还来得早些。他们的脸上都是按捺不住的期待和兴奋。

屋檐下有一张八仙桌，八仙桌的下面是一头刚宰杀完毕的肥猪。此刻，这头猪是供品，仪式结束后，它将成为全土庄人的一顿牙祭。猪头的前面有个火盆，火盆里的冥纸还在燃烧。师傅坐在八仙桌后面。他一直在闷着头抽烟，师傅的烟叶是很考究的，烟叶晒得很干，吸起来烟雾特别大。很快，师傅的一张脸就不见了，他的半截身子都隐在一片雾障中，像一个踏云的神人，我竟然生出一些隐约的幻意。

良久，师傅才站起来，四平八稳地杵灭手里的烟袋，对着人群，平伸出双手往下压了压。喧闹的人群瞬间就安静下来。往地上吐了一口痰，师傅发话了。

"我快要吹不动了，可咱们这山旮旯不能没有唢呐，干够了，干累了，大家伙儿听一段还能解解乏。所以啊，在咱们这地头唢呐不能断了种。我寻思了好久，该找一个能把唢呐继续吹下去的人了！"师傅咳嗽了两声，停了停，下面又开始有响声了。

这个时候我偷偷地侧目看了看蓝玉，我发现蓝玉也在偷偷地看我，他的嘴角还淌着一些笑。四目相对，我的脸唰地就红了，像是心里某种隐秘的东西被戳穿了似的。蓝玉的脸没有红，他的脑袋抬得更高了，像一只刚刚得胜的大公鸡。我就生起一些不快，想还没见底呢，咋知道水底是不是石头？又想想，我的这班师兄弟里，也只有蓝玉最适合了，他人精灵，天分高，也勤苦。反正最后是他我也不会惊奇的。最后我觉得我那几个师兄也可怜，为什么师傅不全给传了呢？那样就整齐了，人人有份，个个能吹《百鸟朝凤》，焦家班、蓝家班、游家班，还不响亮死啊！

师傅又开腔了："我这几年收了不少徒弟，大大小小的，个个都有些活儿，出活也带劲，没给吹唢呐的丢人。"顿了顿师傅接着说："我们吹唢呐的，好歹也是一门匠活，既然是匠活，就得有把这个活传下去的责任，所以，我今天找的这个人，不是看他的唢呐吹得多好，而是看他有没有把唢呐吹到骨头缝里，一个把唢呐吹进了骨头缝的人，就是拼了老命都会把这活保住往下传的。"师傅又咳嗽了两声，对旁边的师娘点了点头，师娘过来递给师傅一个黑绸布袋子。师傅接过来，小心翼翼地从里面抽出来一支唢呐。远远地我就感觉到了这支唢呐该有些年龄了，铜碗虽然亮得耀眼，却薄如蝉翼，杆子是老黄木的，唢呐的杆子一般就是白木，最好的也就是黄木，能用这样色泽的老黄木制成的唢呐，足见它的名贵。乡村人一般是见不到这样的稀罕货的。

"这支唢呐是我的师傅给我的，它已经有五六代人用过了，这支唢呐只能吹奏一个曲子，这个曲子就是《百鸟朝凤》。现在我把它传下去，我也希望我们无双镇的唢呐匠能把它世世代代地传下去。"师傅举着唢呐说。

院子里一点声音都没有，我只听见我的师弟蓝玉的喘息声，所有的眼睛都盯着师傅手里的那支唢呐。我相信这一刻的土庄是最肃穆的了，这种肃穆在了无声息中更显得黏稠，我最后只能听见自己的呼吸声了。

我侧目看了看我的师弟蓝玉，他紧缩着脖子，脑袋像花骨朵儿似的。慢慢地，他的脖子被拉长了，成了一朵盛开的鲜花，花朵正期待着雨露的降临，焦虑、渴望在稚嫩的花瓣间涌动着。蓦然，盛开的鲜花枯萎了。几乎就在一眨眼间，正准备迎风怒放的花儿无声地凋谢了，花瓣起来了一层死灰，花秆儿也挫短了半截。这朵刚才还生机蓬勃的花儿，转眼间铺满了绝望的颜色。悲伤一下从我的心底涌起来，我的师弟蓝玉，迅速地在我眼睛里枯萎，他的目光慢慢地转向了我。我能看懂他的眼神，有不信、不甘、绝望，当然，还有怨恨，可我看到的怨恨很少，很稀薄，星星点点的。

这时候我的父亲，水庄的游本盛在旁边喊我："你呆了，师傅叫你呢！"

父亲的声音像耍魔术的使用的道具，充满了意外和惊喜。

九

蓝玉走了，披着一身绚烂的朝霞，向着太阳升起的地方去了。我站在土庄的土堡上，看着他的身影逐渐变小变淡。太阳明天还是要升起的，可我却见不到我的师弟蓝玉了。蓝玉在我的生命里出现和消逝都突然得紧，仿佛那个落雨的日子，蓝玉就该出现在我的面前，又仿佛这个炫目的黄昏，他本就一定要离去。

昨天的晚饭很丰盛，有师娘做得最好的土豆汤，师娘做土豆汤是要放番茄的。番茄在无双镇不叫番茄，叫毛辣角，毛辣角又是土庄特有的小个儿毛辣角，樱桃样。师娘把剁碎的毛辣角和土豆搅拌在一起，还放了半勺猪油，颜色血红，喝起来酸酸的，很开胃。另外，还有蓝玉最喜欢的灰灰菜，灰灰菜是凉拌的。我在水庄没有见到过这种野菜，蓝玉说他们木庄也没有。嫩嫩的灰灰菜在水里飞快地跑过一趟，晾干后凉拌，居然有鲜肉的味道。

饭桌上师娘不停地往蓝玉的碗里夹菜，一盘灰灰菜差不多都到蓝玉碗里了。蓝玉很得意，不停地对我撇嘴，还故意咂吧出嘹亮的声音。师傅吃饭是没有响动的，他每一个动作都很小心，在饭桌上你都感觉不到他的存在。直到他把一筷子灰灰菜夹到蓝玉的碗里，我才发现师傅一直都是在饭桌上的。师傅的这个动作让我和蓝玉的嘴合不上了。要知道，焦家班的掌门人没有给人夹菜的习惯。他总是静悄悄地在饭桌上干他该干的事情，不要说夹菜，就是话也极少说的，有客人他也只是两句话，开饭时说吃饭，客人放碗时说吃饱。师傅看见了我和蓝玉的惊讶，就对蓝玉说，多吃点，这种灰灰菜只有土庄才有的。

我忽然有了一种不祥的预感。这种预感在晚饭后终于得到了证实。

师傅照例在油灯下吸烟，蓝玉就坐在他的面前。

"睡觉前把东西归置归置，明天一早就回去吧！"师傅对蓝玉说。

蓝玉低着头抠指甲，不说话。

"差不多了，红白喜事都能拿下来的。"师傅又说。

"师傅，是我哪里没有做好吗？"蓝玉问。

"你做得很好了，你是我徒弟中悟性最好的一个。"

"那你为什么要赶我走？"蓝玉终于哭了。

"你我的缘分就只能到这里了！"师傅叹了口气说。

"蓝玉不要哭，没事就到土庄来，师娘给你做灰灰菜吃。"师娘也有了一窝子眼泪。

"我吹得比天鸣都好，天鸣能学《百鸟朝凤》，我为什么不能？"蓝玉咬着牙说。他力气太大了，把左手的中指都抠出血来了。

师傅眼睛一亮，忽然又暗淡下去了。他站起来拍了拍屁股，烟袋悬在嘴上，背着两只手离开了，走到门边才把烟袋从嘴里拿出来，回过头说睡吧，明天还有事情干呢！这话听上去是对师娘说的，又好像是对屋子里所有的人说的。

睡在床上，我有很多的话想对蓝玉说，可又不知道说什么好。一直到天亮，我们谁都没有说一句话。焦家班的传声仪式结束后，蓝玉很是难过了一阵子。没多久他就缓过来了，他对我说，只要还留在师傅身边，他就一定能吹上《百鸟朝凤》。我是相信蓝玉的，我知道师傅传我《百鸟朝凤》是因为我老实，不传给蓝玉是觉得蓝玉花花肠子多。其实师傅是不对的，蓝玉天分比我好，他确实是比我精灵了一些，可人精灵点有什么不好的呢？我打心眼里希望师傅能把《百鸟朝凤》传给蓝玉，我也这样对蓝玉说过，可蓝玉不领情，还说我挤对他呢！

现在师傅要让蓝玉走了。我的师弟最后的希望也就没有了。

蓝玉走的时候就是寻不见师傅。蓝玉在屋子里找了一圈也没寻着，师娘说定是下地去了。蓝玉就在院子里给师娘磕了六个

头，说师娘，我给你磕六个吧，你和师傅各自三个，我一并磕
了。师娘把蓝玉扶起来，眼泪就哗哗地下来了。蓝玉走了，背着
一个包袱，狠狠地转了一个身，留给我一个瘦削的背影。

蓝玉不见了，师傅从屋子后面的草垛子后转了出来。我回头
看见了他，他对我说，从今天开始，我教你《百鸟朝凤》吧。

十

游家班到底是哪一年成立的我忘了。那年我好像十九岁，
抑或二十岁？我经常在夜晚寻找我的唢呐班子成立时候的一些蛛
丝马迹。暗夜里抽丝样出来的那些记忆大抵都和我的唢呐班子无
关，倒是一些无关紧要的事件从记忆的缝隙里顽强地冒出来，堵
都堵不住。

最深刻的当数我的堂妹游秀芝和人私奔。秀芝是我四叔的闺
女，一直是个老实的乡下女娃，脸蛋一年四季都红扑扑的，见到
生人就红得更厉害了。之前没有一点迹象表明她要离开生她养她
的水庄。那个普通的早晨，我四叔发现他的闺女不见了。一家人
慌张地找了一天也没有寻着。后来有人告诉四叔，天麻麻亮看见
秀芝和赵水生一起翻过了水庄后面的那座大山。赵水生是水庄赵
老把的儿子，刚脱掉开裆裤就和他老子去了远方，听说是个大城
市。秀芝读书的时候和他是同桌，受过他不少欺负，我还替秀芝
揍过这龟孙子一顿呢！

毋庸置疑，赵水生拐走了秀芝。

四婶哭了好几场，说姓赵的这几天跑过来和秀芝两个躲在屋

子里嘀嘀咕咕，感觉就不对头，然后就骂姓赵的，骂完姓赵的又骂自个儿的闺女；四叔则是每日都杀气腾腾的样子，多次表态要活剐了姓赵的。一年后事情才出现好转。秀芝寄回来了一封信，信里说她很好，在深圳的一家皮鞋厂上班，一个月能挣半扇肥猪，还照了照片，照片的背景是一个大水塘，比水庄的水塘可大多了。后来才知道，那不是水塘，是大海。

我很奇怪，为什么我的记忆里都是和游家班成立无关的事件。为此我陷入了长时间的自责，并试图用记忆来缓解这种不安。可是在梳理属于游家班的丝丝缕缕时，却让我陷入了更大的危机中，因为这些记忆没有一丝亮色；相反，它像一面轰然坍塌的高墙，把我连同我的梦都埋葬掉了。

不知道出师四年还是五年后，师傅把他的焦家班交给了我。

那天师傅对一屋子的师兄弟们说：从今后，无双镇就没有焦家班了，只有游家班。一屋子的眼睛都在看着我，我很茫然，手足无措。他们的眼神都带着笑，善良而温暖。可我却感到害怕。我不知道我该干什么、能干什么，我只知道今后这一屋子人就要在我稚嫩的翅膀下混生活了。我想起了六七岁放羊的经历，父亲把七八只羊交给我，对我说，给我看好了，丢了一只你就甭想吃饭。我特别害怕山羊漫山遍野散落的情景，总是希望它们紧紧地拢成一团。在路上我就和山羊们商量好了的，可一上了坡它们就没有规矩了，眼里只有茂盛的青草，哪儿草好就往哪儿奔，弄得我眼里尽是颗粒状的白。到回家的时候，这些白就更稀疏了。我那时除了哭，真是没其他的好办法。

而此时，那个叫游本盛的男人正挑着一对箩筐在水庄的山路上轻快地飞奔。他对遇见的每一个人重复着一句话：天鸣接班了，今后无双镇的唢呐就叫游家班了。他说这句话时除了自豪，更有一个伟大的预言家在自己预言降临时的自负。

猝然而至的交接像一场成人礼，从那天起，我眼里的水庄褪去了一贯的温润，一草一木都冰冷了，那些整日滑上滑下的石头也变得尖锐而锋利。

十一

游家班接的第一单活是水庄的毛长生家。

过来接活的是长生的侄儿。一进院子就给我父亲派烟，父亲把香烟吸得有滋有味的，一脸的幸福。这是他的唢呐匠儿子严格意义上给他带来的第一次实惠，滋味自然是与众不同的。

我刚从屋子里出来，父亲就冲着我喊："八台哟！"

"我叔是啥人？别说八台，十六台也不在话下的。"接活的说。

父亲白了长生侄儿一眼："你妈的，哪有十六台？"

长生侄儿咧了咧嘴，说："现在不是天鸣做主吗？自个儿造啊！别说十六台，捋出个九九八十一台也行啊！"

父亲这回笑了，快意地猛吸了一大口烟，他从蹲着的长条木凳子上一跃而下，说："那倒是。"

我点了师傅和几个师兄的名字，长生侄儿就蹦跶着去通知了，走的时候又给父亲派了一支烟。父亲接过香烟说："你龟儿子脚程放快些，晚上要吹一道的哟。"

其他几个师兄都来了，师傅和蓝玉没有来。长生侄儿说他好说歹说说到口水都干了，师傅还是不来，只推说身子不太利索。我没有问他蓝玉为什么没有来。

我家屋子不大，寨邻来了不少，把一个院子堵得满满的，都想看看游家班的第一次出活预演。大庄叔也来了，父亲还单独给了他一条独凳子和一碗浓茶。大庄叔一脸的笑，说真没想到这唢呐班的当家人会是天鸣这崽儿，平时十棍子敲不出一个屁，吹起唢呐来还叫喳喳的呢！当年你爹说你能吹上《百鸟朝凤》老子还不相信呢，看来你游家真的是祖坟上冒青烟了。

几个师兄话不多，一直笑，父亲给每个人都倒了一碗烧酒，还不停地催促说喝啊喝啊润润嗓子啊！

水庄的夜晚好多年没有这样热闹了。四支唢呐呜呜啦啦地吼。奏完一曲丧调，人群里有人喊说天鸣整一曲《百鸟朝凤》给大家听听。我说那不行，师傅交代过的，这曲子是不能乱吹的。人群又起来一阵哄，老庄叔把凳子往我面前挪了挪，说就整一段，给大伙儿洗洗耳朵，这曲子当年萧大老师走的时候我听焦三爷整过一回，那阵势真他奶奶的不得了，能把人的骨头都给吹酥了。我还是摇头，父亲站在我身后对大家说今天就到这儿吧，以后机会多的是，天鸣保证给大家吹。老庄叔看见父亲发了话，也站起来说对对对，不依规矩不成，以后听的时间还多，散了吧都。

人群散了去，我对几个师兄说，这是游家班第一次接活，不能砸了，再走几遍吧。

远远地就看见了长生，他头上顶着一块雪白的孝布站在院子边等我们。看我们过来，长生给每个人派了一支烟，自己也啜上一支。我说，老人家什么时候走的？长生喷出一口烟，笑着说这个月都死三四次了，死去没多久又缓了过来，直到昨天早晨才算是死透。旁边一个老人干咳了两声，说长生，快行接师礼呀！接师礼就是磕头。长生回头看了看旁边的老人，说接什么卵师呀！天鸣和我啥关系？一起比过鸡鸡的。然后他回头看着我笑笑，我也笑笑。

我其实倒是很希望长生给我磕个头。长生比我大五岁，是个精灵货，个子也比我大，小时候放牛我没少挨他揍，揍了我还要我喊他爹，喊过他多少回爹我都忘了。我一直想着报仇的，慢慢长大了，懂事了，报仇这个事情也就丢到一边。今天本来是个机会，可长生还是显示着他一贯的与众不同。算起来，长生算是水庄第一个穿夹克和牛仔裤的人，这几年水庄人都前赴后继地把庇护了自己几千年的土墙房推倒了，于是水庄出现了一排一排的镶着白晃晃瓷砖的砖墙房。水生看准了这个变化，拉上一群人在水庄的河滩上搞了一个砖厂。现在水庄好多人都不叫他长生了，叫他毛老板。

长生给游家班的待遇，充分展示了他"毛老板"这个称呼并非浪得虚名。一人一条香烟，比起那些一支一支扔散烟的人家户，这种一次性的大额支付确实让人快意，因为我从几个师兄接过香烟的眼神可以看出，他们像打了一辈子小鱼小虾的渔民，今天忽然就网起来了一头海豹。

然后，你就可以看见我的几个师兄在吹奏的时候是多么地卖力，我真担心他们用力过猛会震破手里的唢呐。特别是长生打我们旁边经过的时候，我大师兄高高鼓起的腮帮子像极了他妻子怀胎十月时的大肚皮。

除了香烟，毛老板的慷慨还体现在很多细节上，比如润嗓酒，是瓶装的老窖；再比如乐师饭，居然有虾。那玩意儿通体透红中规中矩地趴在盘子里，连我都看得傻了。虾我听说过的，是水里的东西，我们无双镇好多水，可我们无双镇的水里没有虾，只有一汪一汪淡绿的水草。长生最大的慷慨还不是这些，而是看见我们卖力地吹奏时，他就会过来先给每个人递上一支烟，说别太当回事了，随便吹吹就他妈结了。

走的那天长生没有送我们，而是每人递给我们一把钱。大师兄说了，这是他吹唢呐以来领到最多的一回钱。二师兄在一边也说，钱是最多的一次，可吹的是最轻松的一次。

我捏着一把钱站在水庄的木桥上，木木地看着一庄子正升起来的炊烟。

十二

稻谷弯腰了，我去看了一回师傅。

又见到土庄的秋天了，一马平川的黄一直向天边延伸。

师傅刚下地回来。他好像更黑了，也更瘦了，裤管高高地卷起，赤着脚，脚板有韵律地扑打着地面，地面就起来一汪浅浅的尘雾。走到我的面前，他把手里的锄头往地上一拄，下巴挂在锄把的顶端，看着我笑笑，就伸出沾满泥土的手来摸我的脑袋。

"看你那双爪爪哟！"师娘嗔怪师傅。师娘也赤着脚，裤管也高高地卷起，正从屋子里往外搬凳子。

我把从水庄带来的东西拣出来放到院子里的木桌上。有师傅喜欢的旱烟叶子，是我到金庄出活时买的，师傅说过无双镇最好的旱烟叶在金庄；还有腊肉，是我父亲烘的，颜色和肉质都好，带给师傅的是猪屁股那部分，在乡村人眼里，猪屁股是猪身上最珍贵的部分；此外还有母亲让我捎给师娘的碎花布，让师娘做件秋衣。

"来就来，还叮叮当当地带这样一大堆。"师娘总是要客气一番的。

我和师傅坐在院子里，这时候夕阳上来了，土庄就晃眼得紧。远处的金黄在晚风中奔腾翻滚，我都看得呆了。师傅指着远处对我说："看那片，是我的，那谷子，鼓丁饱绽的。"我说我知道的，师傅就哈哈地笑，说对对，你在的那阵子下过地的嘛。

我给师傅装了一锅刚带来的烟叶，师傅吸了一口，再吸一口，说没买准，金庄最好的烟叶在高昌山下，那片地种出来的烟叶才是最地道的，这烟叶不是高昌山下的。

"要吃人家饭，最后还要拉屎在人家饭盆里。"一旁剥蒜的师娘给我主持公道。

"前几天你二师兄来过一趟，说你们那边乐师钱出得很阔呢！"师傅往地上啐了一口烟痰说。

"不多的，就是有钱的那几家大方些。"

"人心不足蛇吞象啊！"

晚饭时辰，师傅搬出来一土壶烧酒。

十年了差不多，师傅一脸兴奋地说，火庄陈家酒坊的，那年给陈家老爷出活的时候到他酒房子里接的，没掺一滴水。

师傅在饭桌上照例没话，低着头呼啦啦地吃，间或端着盛酒的碗对我扬扬，这时候我也端起酒碗对着他扬扬，然后就听见烧酒在牙缝里流淌的声音。

我在土庄整整待了三年，没见师傅喝过一滴酒。其实师傅是有些酒量的，三碗青幽幽的烧酒倒下去，师傅的脸就有了猪肝的颜色。两个眼睛也格外地亮。

最让我惊奇的，是那天师傅喝完酒后在饭桌上的话，那个多哟！比我在土庄听他说了三年的话还多。那天师傅说的一些话让我印象深刻，因为师傅在说这些话的时候就像一只老狼，两手撑着桌面，脸向我这边倾斜着，眼睛里则是血红的光芒。他说唢呐匠眼睛不要只盯着那几张白花花的票子，要盯着手里那杆唢呐；还说唢呐不是吹给别人听的，是吹给自己听的。最后我的师傅焦三爷终于扛不过他珍藏了十年的陈家酒坊的高度烧酒，瘫倒在桌子上了。他倒下去的那一刻，两只眼睛直直地看着我说："有时间去看看你的师弟蓝玉吧！"

第二天起来，师傅师娘都不见了，我知道他们下地了。这就是他们的生活，规律得和日出日落一样。我还是有些晕，走到屋外，院子里木桌上的筲箕里有煮熟的洋芋，这算是给我的早饭了。那些日子就是这样的，我和蓝玉每天早上都要为拿到大个儿的洋芋争斗一番的。

站在山梁上，我回头看了看土庄，它好像老去了不少，那些山，那些水，都似乎泛黄了。

十三

马家大院看上去比五年前阔多了，楼房像个长个子的娃，几年光景就多出了三层。马家在木庄都习惯领跑了，还把后面的落下一大截。老马家两层小平房起来了，木庄其他人家还在茅草屋

041

子里忍饥挨饿，好不容易有了两层小平房，一瞧，老马家都五层了。木庄人总是在老马家屁股后面，怎么跑都跑不过。个中缘由除了老马脑筋好用以外，最主要的是老马有四个身强力壮的男娃子。几个娃出门早，据说中国的大城市都有过他们的脚印。

可惜精打细算的老马还是耗不过病痛，六十不到的人，年前还背着手在木庄的石板路上检阅风景，年后就蹬腿了。四个儿子回来奔丧，每个人都有一辆小汽车，十六个轮子一码子停靠在木庄的石板街上，成了木庄人眼里一道稀有而复杂的风景。

游家班在马家大院里呈扇形散开。八台，也当然是八台。烟酒茶照例是不能少的，还有黄澄澄的糕点，放进嘴里又软又酥，上下颌一合拢，就化掉了。几个师兄都兴奋地交谈着，连平时话最少的三师兄都停不下口，他慌乱地说话，慌乱地把好吃的东西往嘴里扔，好几次该他的锣声响起了，他都还在为他那张嘴而奋斗。我有些火了，吼了他两声，没多久又听不见他的锣声了。

我忽然好惶恐。从我们进到马家大院起，好像就没有人关注过这几支呜呜啦啦的唢呐。我开始以为是大家不卖力，白了他们几眼，大家精神就抖擞了不少，大师兄两个眼珠子都要给吹飞出来了，可我们的处境仍没多少改善。人们依旧在院子里穿梭，小孩子依旧在院子里打闹，就是没人看我们。其间还有人碰倒了二师兄脚边的酒瓶子，白酒汩汩地往外流，那人像没看见一样，径直就去了。

我正要伸手去扶酒瓶子，眼睛就什么都看不见了。

"猜猜，我是谁？"

不用猜我就知道是他，我的师弟蓝玉。他的手粗壮了不少，声音也变得厚实了，嗓子也由男孩的蜕变成男人的了。

我的眼睛一下就潮湿了，其实我早看见他了的，混在来来往往的人群里，一件红色的外套招招摇摇。他的眼睛还不时地往游家班这边瞟，我没敢过去和蓝玉相认，不知道是没有相认的勇气还是其他的什么原因。

我的师弟蓝玉早就看见我们了，他一直没有过来，我想他不会过来了。

但现在他却蒙住了我的双眼，让我猜他是谁。

蓝玉惊慌地松开了手，惊讶地看着两只手掌中的潮湿，又抬起头看着我的眼睛，忽然他的眼泪也下来了。我和蓝玉面对面站着，我们差不多一样高，他嘴角的胡须比我的要茂盛，身子却比我瘦弱一些。

我忽然有了拥抱蓝玉的冲动，那种感觉热乎乎的。好多年前我们家有一条狗，黄毛，短耳朵，有一天突然不见了，刚不见的那几天还会想想它，慢慢地就忘掉了。大约过了两个月，那条狗出现在了我家院子里，一身泥污，一条腿还折了，两只眼睛弥漫着哀伤和委屈。那时候我也是这种热乎乎的感觉，跑过去抱着狗流了一回泪。

我看着蓝玉，蓝玉也看着我，我们谁都没有动。

"师弟！"我喊了一声。

蓝玉走过来，捶了我一拳。

"你有丢过狗的经历吗？"我问蓝玉。

"有，丢了整整十年！"蓝玉说。

几个师兄的唢呐一下嘹亮起来。

晚上蓝玉没有回家，一直陪着我们。喝酒，吹牛，抽烟。

下半夜，几个师兄都去睡觉了，人群也大多散去了。我和蓝玉坐在院子里，我把唢呐递给他，说来一调。蓝玉兴致勃勃地把唢呐接过去，苇哨刚送进嘴里又抽出来了。他把唢呐还给我，为难地笑笑说算了吧！好多年没吹了，调子都忘记了。我也笑笑说你那脑袋，十分钟就能把调调找回来。蓝玉拿来两个碗，倒了满满两海碗烧酒，我们就开始喝，一直喝到月亮下去，漫天的红霞上来，没有一点睡意。

这么多年来，蓝玉那晚说过的话我基本都记得。甚至他说话时的每一个表情，歪脑袋、大幅度地点头、掏耳朵等这些细节，都还在我的脑海里。比如他说"当年离开土庄的时候，我一个人像条野狗一样，茫然地在田间小路上走，连死的心都有了"。讲到这里他就把脑袋夸张地往下缩，等脑袋落到肩上了，我才听见他喉咙里出来的那声混浊的长叹。还有他说"其实我不怪师傅，师傅让我回家是对的，要换了我，无双镇的唢呐班子早没了。我性子野，干啥都守不了多久，总会有些稀奇古怪的想法"。讲到这里蓝玉的脖子忽然伸得老长，都快顶着头上那片红云了，他还呵呵地笑，笑完就猛灌下去一大口烧酒，脸也成了天边的颜色。

我的生命里有很多的变化，这些变化就像天气一样地让人捉摸不定，但每次变化之前又隐隐约约地看得见一些预兆。下雨之前是一定要乌云密布的，太阳带晕了，接踵而至的就是干旱；月亮带晕了，那说明接下来就该是一个连绵不绝的细雨时节了。那个木庄的夜晚，我和我的师弟蓝玉在十年后相遇了，我们还有了一次醅畅淋漓的谈话，这场谈话让我隐隐地看到，也许，我的命运又到了拐角的地段了。

十四

老马的四个儿子比想象中的要阔得多。

老马要入土的前一天，一辆卡车开进了木庄。

老马的四个儿子都到庄头去列队迎接。车上下来几个人，和老马的大儿子聊了几句，老马的大儿子一挥手，庄上一群年轻人就钻进卡车里卸东西。

一开始那些东西还是零零碎碎的一堆，让人不知所以，东拼西凑地一倒腾，我身边的师弟蓝玉惊讶地说："妈的，这是一支乐队！"

游家班呈扇形站在马家大院里，我惊奇地发现，我的师兄们集体陷入了某种迷惘。他们的眼神笔直地指向同一个地方，嘴全都大大地咧着，像咫尺有了一个意想不到的惊人变化，也像遥远的天边出现了神奇的海市蜃楼，他们最后都笨拙地完成了复杂情感下简单的语言传递。

"到底是搞哪样卵哦！"

"这些狗日的是从哪里冒出来的！"

"哎呀！"

"哦哟！"

…………

天黑下来，落雨了，一开始那雨细微得让人都觉察不到，落到手背上、脸上，有些淡淡的凉意，用手一抹，什么都没有。渐渐地雨就大起来了，雨滴也变大了，砸在裸露的皮肤上还有些疼痛。人群就开始往屋子里、屋檐下和灵堂里拱。

城里来的乐队还在雨中忙碌着。二师兄看着雨幕中的几只落汤鸡，说如何不下刀呢？我看了他一眼，他可能意识到这个愿望着实歹毒了些，又讪讪地矫正说下石头也行的。我也赞成下石头，所以我就没有说话了。但很快我发现，下石头恐怕对城里来的乐队也不会有什么实质性的伤害。老马的大儿子很快招呼人在院子里支起了一个帆布帐篷，还满脸堆笑给他们派烟，每个人的两边耳朵上都堆满了，他还在乐此不疲地派。

很快城里来的乐队就准备就绪了。他们的家伙比起乡村八台唢呐要复杂得多。从我见多识广的师弟的介绍我知道了，左边那一排鼓叫架子鼓，站着的那个家伙手里抱着的像机枪一样的东西叫电吉他，案板样的是电子琴。最让我惊奇的是右边的络腮胡手里攥着的那支唢呐，他的唢呐好像更长更粗，腰身没有游家班使用的唢呐腰身好，大大咧咧的一粗到底。我就想，这样粗的唢呐如何吹呢？

砰！弹吉他的用手指拨出了一个清脆的音符。我现在还会在梦里听见那一声响，它的出现让我的梦总是充满了灰色的格调，每一次醒来，我都会双手枕着头想好久，那一声砰为什么在我的梦里不再是乐器的音符，而是极其怪异地幻化成了各式各样断裂发出的声响。譬如我正在建房，砰，房屋的大梁断裂了；或者我刚爬上高大的桑葚树，砰，大树一折为二；又或者我孤独地在一方悬崖下爬行，砰，悬崖张牙舞爪地迎面扑来。

…………

我唯一可以肯定的是，在木庄马家大院的那个夜晚，仿佛从天而降的一声炸裂，搅乱了某种既定的秩序。每个人的心底都有一些莫名的东西在暗暗涌动着，像夜晚厨房木盆里那团搅和完毕的面团，正悄悄地发生着一些不为人知的变化。

就在那支吉他发出那声诡异的砰的声响的瞬间，我惊异地看见，马家大院所有的一切都静止了。洒落的雨滴停在半空，在灯光下有五彩的颜色；洗菜的妇女扔进大木盆的萝卜也滞留在空中，在灯光下有耀眼的白；还有灵堂里的烛光，瞬间就收束成了一团实心的灼热，坚硬如冰；一个正在奔跑的孩子身体前倾，悬停在大门处，手臂一前一后伸展着，像一尊肉铸的雕塑。我张皇地在静止中游走，伸手去碰了一下半空里的水滴，它竟然炸裂成了一团水雾；我绷起指头弹向那团坚实的火焰，哗啦一声，散落了一桌的橘红。

我痛苦地捂着脑袋蹲在院子里。

咚，一声闷响。杂乱的噪音铺天盖地地向我袭来，震得我耳朵发麻。我站起来，发现一切都是活的，一切都在继续。雨一直在下，萝卜翻滚着跌进木盆，烛火在欢快地燃烧，孩子在院子里不停地奔跑。

"你刚才看见什么了吗？"我问蓝玉。

蓝玉看着我，说："你是不是丢东西了？"我摇头。"那你满院子找什么呢？"蓝玉问。

十五

老马的葬礼新鲜而奇特。

乡村的葬礼不一定非得沉痛，但起码是严肃的。七十岁以上的老人去了那头，这叫喜丧，气氛是可以鼓噪些的。老马六十不到，他的葬礼是没有资格欢欣鼓舞的。可就在他入土的头一个晚上，马家大院出现了前所未有的喜气洋洋，那些奔丧迟到的人走进马家大院都一头雾水，以为走错了门，这里怎么看都像是老马家在娶媳妇，说在办丧事打死人家都不相信。

让老马由死而生的，是那支乐队。

先是几个人叮叮咚咚地乱敲一通，然后就唱开了。

鼓捣吉他的边弹边唱，唱的过程中还摇头晃脑的。他唱的是什么我听不懂，我的师弟蓝玉在一旁跟着哼哼。我问蓝玉他唱的是什么，蓝玉说是时下正流行的，只能跟着哼哼几句，整个的记不住，曲子叫什么名字也记不住了。

开始，木庄的乡亲们站在院子里，脸上都有着怒气。每个人都很不适应，脸上都有矜持的不满，一个上了年纪的阿婆把手里的一棵白菜狠狠地摔在地上，眼神出奇地愤怒，嘴里还嘟嘟囔囔，最后很沉痛地看了看灵堂。我知道她是在为死去的老马打抱不平呢！

渐渐地，大家的神色开始舒展了，有一些年轻人还饶有兴致地围在乐队的周围，环抱双手，唱到自己熟悉的曲子时还情不自禁地跟着哼哼。

游家班站在马家大院的屋檐下，局促得像一群刚进门的小媳妇。我低头看了看手里的唢呐，才忽然想起来我们也是有活干的。

雨停了，空气清爽得不行，干干净净的。院子里为游家班准备的呈扇形排开的凳子还在。我们过去坐好。我看了看几个师兄。

"还吹啊？"一个师兄问。

"怎么不吹？又不是来舔死人干鸡巴的！"我对他的怯懦出奇地愤怒。

我还拿起脚边的酒瓶子灌了一大口烧酒，悲壮得像即将奔赴战场的战士。

呜呜啦啦！呜呜啦啦！

平日嘹亮的唢呐声此刻却细弱游丝，我使劲瞪了几个师兄两大眼，大家会意，腮帮子高鼓，眼睛瞪得斗大。还是脆弱，那边的声响骄傲而高亢，这边的声音像临死之人哀婉的残音。一曲完毕，几个师兄都一脸的沮丧，大家你看看我，我看看你。

吹，往死里吹，吹死那群狗日的。师弟蓝玉在一边给大家打气。

我们吹得很卖力，在那边气势较弱的当口，就会有高亢的唢呐声从杂乱的声音缝隙里飘出去，那是被埋在泥土中的生命扒开生命出口时的激动人心，那是伸手不见五指的暗夜里划燃一根火柴后的欣喜若狂。

我们都很快意，那边的几只眼睛不停地往这边看，看得出，眼神里尽是鄙夷和不屑，甚至还有厌恶。

说实话，我对这群不速之客眼神里的内容是能够接受的，甚至他们就应该对我手里的这支唢呐感到厌恶才对。只是我没有想到，对我手里这支唢呐感到厌恶的不光是他们。

围在乐队边唱得最欢的一个年轻人不知什么时候站在我的面前。他斜着脑袋看着我，表情怪怪的，像是在瞻仰一具刚出土的千年干尸。我把唢呐从嘴里拔出来，吞了一口唾沫问：干什么？

你们吹一次能得多少钱？他问。

和你有关系吗？我答。

我付你双倍的钱，条件是你们不要再吹了。

我摇头说那不行。

没人喜欢听你们几根长鸡巴吹出来的声音。

那我也要吹。

这时候我的师弟站出来了，他过来推了年轻人一把，说柳三你干啥？叫柳三的说关你啥事？蓝玉说就他妈关我的事，咋了？

两个人就你来我往地开始推搡。本来已经有人过来劝住了的，柳三这个时候像想起了什么来，然后他说："哦！我差点忘记了，你原来也是个吹破唢呐的！"说完还嘿嘿地干笑两声。

我看见蓝玉的拳头越过三个人的脑袋，奔着柳三的脑袋呼啸去了。一声闷响后，殷红的鲜血从柳三的鼻孔里奔涌而出。场面一下子就乱了，呼喊声、叫骂声、拳头打中某个部位后的空响，夹杂在癫狂的乐曲声中，活像一锅滚热的辣油。

第二天是蓝玉送我们离开的。我师弟的脑袋上缠着一块纱布，左边眼圈像块圆形的晒煤场。在我们身后远处的山梁上，送葬的队伍爬行在蜿蜒的山道上，那利箭一样的乐器声响充斥着木庄的每一个角落。

十六

水庄最近变化很多，有些是那种轮回式的变化，比如，蒜薹又到了采摘的时候；有些变化则是新鲜的、让人鼓舞的，比如，水庄通往县城的水泥路完工了，孩子们在新修完的水泥路上撒欢，大大小小的车辆赶趟儿似的往水庄跑，仿佛一夜之间，水庄就和县城抱成一团了。要知道，以前水庄人要去趟县城可不是那样容易的，不在坑坑洼洼的山路上颠簸五六个小时，你是看不见县城的。现在好了，去趟县城就像到邻居家串个门。

这个时候，我的父亲游本盛站在自家大蒜地里，满脸堆笑。

在他眼里，像水庄有了水泥路这些新鲜事儿和他没有什么关系，他更关心的是他的大蒜地。今年的大蒜地倒是争气得紧，从冒芽儿开始就顺风顺水的，该采摘了，一根根在和风里炫耀着粗壮的身躯。父亲每天都要到大蒜地走一走、看一看，然后啜着纸烟蹲在土坎上，没有比这让他更满足的事情了。

父亲弓着腰在剥蒜薹，一阵风过去，我看见了他两扇瘦窄的屁股。我说歇歇吧。他直起腰，回过头，一脸的怒气："歇歇？歇歇都能有饭吃老子早歇了！"我不说话了，还后悔刚才说出来的话。我想我最好是闭嘴，我说出来的每一句话，我的父亲都能找出让我难堪的理由。

可我发现，我不说话也不行，我不说话父亲也会把他的不满通过诸如眼神和动作传递给我。这一年来，父亲看我的眼神总是充满了疑问和警惕。我就像一只潜入他们家偷食的野猫，不幸正好被他发现了。我这只偷食的野猫只好把尾巴藏着掖着，生怕主人哪天不高兴了一脚把我踹出门去。

初夏是水庄一年中最好的季节，这个时候的水庄可有生机了，天空清澈碧透，水面也清澈碧透，一庄子待收割的蒜薹也清澈碧透。最打动人的是，不管你走到哪里，每一个水庄人的脸上都带着笑。水庄人真的没有野心，一次理所当然的丰收就能把一个村庄变得天宽地阔。父亲不和我说话，埋下头继续采摘蒜薹。我直起腰，天空没有一丝云彩，一望无际的蒜地在阳光下像一幅油画。远远地，族中的三叔对着我招手。三叔是我请去通知几个师兄弟出活的人。不知道从哪一天开始，无双镇的唢呐班子省掉了接师礼，连运送出活工具这些规矩都一并没了。我三步两跳地跑过去，先递给三叔一支烟，他撩起衣角擦了擦满脸的汗水，把烟点燃后对我说："都通知了，只有你大师兄同意来。"

"其他人呢？他们怎么说？"

"还能说啥？不是说忙就是这里那里不利索啰！"

三叔说完走了，走出老远了他好像又想起了什么，回头大声喊："对了，你二师兄说以后不要去叫他了。"

"为什么？"我问。

"说下个月要出门了。"

"去哪里？"

"不知道，大城市啰！"

我悻悻地回过头，就看见了父亲那张铁青的脸，他两手叉在腰际，眼睛直直地看着我。我低着头从他旁边走过去，他在后面冷冷地笑，笑完了说："都快成孤家寡人了吧？看你以后还怎么吹。吹牛还差不多。"

晚上我没有吃饭，躺在床上，定定地看着天花板。天花板上有一只蜘蛛倒悬着垂下来，一直垂到我的鼻尖处。我伸出手，让蜘蛛降落在我的手心里，它就顺着我的手臂往上爬，时左时右。我不知道哪里是它想去的地方，或者它压根儿就没有目的地，只是这样一直往前爬，再往前爬，什么时候爬累了，织个网，就算安家落户了；又抑或被天敌给吃掉了，无声无息地，谁又会去关心一只蜘蛛的未来呢！

仿佛一眨眼时间，我身边这个世界一下就变得陌生了。眼里的一切都没变，山还是那座山，河也还是那条河，可有些看不见的东西却不一样了。像水庄的那条河，看上去风平浪静的，可事实不是这样的，小时候下河游泳，一个猛子下去，才发现河底下暗潮汹涌。

直到父亲睡了，我才从屋子里出来。母亲重新把菜给我热了热。我吃饭时，母亲还是像我小时候一样静静地坐在我的旁边，目不转睛地看着我，眼神里流淌着源源不竭的爱怜。

"后天是不是要出活？"母亲问。

我点点头。

"听你爹说几个师兄都不来？"

我又点点头。

"唉！"母亲长叹一声，然后她接着说，"天鸣，要不这唢呐不吹了！咱干点别的，凭咱这双手干啥不能活命啊！"

我放下碗，转过去对着母亲。

"我知道这个理，可当年拜师的时候我给师傅发过誓的，只要还有一口气，就要把这唢呐吹下去。"

"可你看，就你一个人也吹不来啊！"

"过两天我去找师傅。"

十七

我还没来得及去找师傅，师傅就先来找我了。

师傅一进院子就骂："你个小狗日的游天鸣给老子出来。"

我出来看见师傅站在院子里，他的双脚沾满了泥，连衣服的下摆都有星星点点的泥点子。脸和我当初去拜师的时候一样黑，只是皱纹更多了。看见师傅老了一大截，我忽然上来了一些伤感。这个无双镇当年响当当的焦家班的掌门人，像一棵入了冬的老槐树，尽是令人沮丧的残败。最揪心的就是他一身灰布衣服了，还是老式样，对襟衫，几个地方都是补丁。要知道，现在无双镇像这样有补丁的衣服是不多见了，偶尔看见，不会有人说你艰苦朴素，下意识还会把你往穷人堆里推。

我喊了一声师傅。

"不要叫我师傅，我没有你这样的徒弟。"师傅往地上狠狠地啐了一口痰，"当初你是怎样说的，有口气就要把这活往下传，可这才过去多久？昨天就有人给我递话了，说无双镇的游家班散伙了，垮台了，有活也不接了，无双镇从今以后就没有唢呐匠了。"

我说师傅你先进屋，我们到屋里说。师傅一挥手："进不起你的宝殿门，你现在哪里还瞧得上吹唢呐的？"还是母亲从屋里出来的，说焦师傅你先不要着急，进来说，天鸣正托人到处通知他的师兄弟们呢，这几天就要出活。母亲说话时不断对着我眨眼，我慌忙应和说对对对。师傅火气这才消了些，背着手走进屋，也不看我，只说，不给老子说出个一二三，看老子不撕破你那张嘴。

师傅坐下来，接过母亲倒来的茶，怒气冲冲地等我的解释。听完我的解释，师傅把茶碗往桌上狠狠一掼。

"我去找他们，几个狗日的还翻天了。"

师傅出了院门，看我还站在屋檐下，就吼："傻了？游家班班主是我还是你？"我哦了一声，才快步跟上去。

我跟在师傅身后，一路上他一句话都没有，但我能清晰地听见他大口大口喘气的声音。

二师兄对我和师傅的到来有些意外。当时二师兄正在打点行装，屋檐下，他正把一捆衣物狠命地往一个陈旧的蛇皮口袋里塞，口袋太小，装不下二师兄远涉的必需，就委屈地从口沿处往下撕裂，还发出吱吱的怪叫。二师兄骂了一句，抬起头就看见了师傅和我，他的嘴上下翕动着，想说些什么，但从师傅的脸色他似乎已经明白了我们的来意，于是就什么也没有说。他放下手里的袋子，直起身子，从屋檐下的檐坎上下来，站在师傅面前，静悄悄地，没有一点声息。

师傅没有理二师兄，鼻子有了一声闷哼后，径直走到屋檐下，把口袋拎到院子里，把口袋里的东西一样一样地掏出来往院子里抛撒。师傅的这个动作持续了好长时间，我惊讶于这个看上去个儿不大的口袋居然有如此壮观的吞吐量，等师傅捋直了身子，院子里早成了花花绿绿的晾晒场。

师傅把干瘪的口袋踩在脚下，目光盯着二师兄，那眼神像水庄六月的日头，能把人烤晕过去。

二师兄低着头，他一句话没有说，两只手交互搓揉着。这时候，有几只麻雀从天而降，欢快地在院子里那些各式各样的衣物上跳跃。二师兄忽然松开了两只互握着的手，低头从师傅旁边走过去，蹲下身子把地上的衣物一件一件地拾起来搭在臂弯处，其间还拍拍打打地扇掉衣物上的灰尘。等他臂弯放不下后，他就慢慢蹲着移到师傅的脚边，伸出一只手扯师傅脚下的蛇皮口袋，师傅一动不动，师兄却执着地扯，力量也越来越大，最后，我看见师傅的身体都开始摇晃起来。我站在一边看着这对奇特的师徒，他们就像在出演一出哑剧，每一个动作和眼神都极具深意，所有的表达都在你来我往的无声的动作中了。这时我的师傅伸出一只脚，狠狠地踹向了他二徒弟的面部，我看见二师兄猝然地往后倒了下去，像刚被掏空的蛇皮口袋。好半天，二师兄才像复苏的蛇一样从地上蜷曲着爬起来，两道殷红从他的鼻孔蜿蜒而下，几乎穿越了整个面部。他没有完全站起来，依旧半蹲着，一步步挪到师傅的脚边，伸出一只手，固执地去扯师傅脚下的口袋。

这时候，我看见我的师傅面部完全变成了死灰色，五官也剧烈地痉挛着，像一锅煮烂的饺子。良久，他终于仰头长长地叹了一口气，叹气的感觉和水庄冬天的寒风一般，经过皮肤，直抵骨髓，能把人的那颗心都冻僵了。他终于移开了紧紧踩踏着口袋的脚，转身走了，走得很快，留给我一个颤抖不止的背影。

十八

道路弯弯拐拐，曲折迂回。乡间小路就是这样，站定一个点，极目远眺，道路伸出去没多远就倏然不见了。赶上去，才发现它又折向了某一个去处，再远眺，还是只能看到一根断面条。我们就在这样一条捉摸不定的道路上走着。最前面是我的师傅，中间两个，一个大师兄，一个蓝玉，我跟在最后头。

蓝玉自从离开土庄后，没有出过一次活。今天他能站在游家班的队伍里，我总有一种怪怪的感觉。我也不知道师傅是怎样说服蓝玉跟我们出这次活的。那天师傅离开二师兄家后，就直奔木庄去了。昨天晚上，蓝玉推开了我家的门。

师傅今天穿了一件新衣服，衣服上的折痕都还清晰可见。他走得很快，像一只老当益壮的野兔。蓝玉有意把步子放慢，很快，我们的队伍就断裂成了两个方块，前面是师傅和我的大师兄，后面是我和我的师弟蓝玉。

和我并排着的蓝玉忽然说："师傅老了！"我点点头，蓝玉又说："这是我第一次正式出活，也是最后一次。"我转过头看着蓝玉，不知道他想表达什么。过了半晌，蓝玉自言自语："我答应师傅的，师傅也答应我的。"

我的师弟蓝玉就是这样，总让我捉摸不透，说话也玄机重重。我说这话什么意思？蓝玉笑笑，没说话。我就低头自己想，等我抬起头的时候，幽静的山路上就看不见人影了。

在无双镇，和其他几个庄子比，火庄一直落在后面，房屋还多是拉拉杂杂的茅草屋，道路也没有其他几个庄子来得宽敞。但火庄人老实。无双镇人到集市上买鸡蛋，特别是买土鸡蛋，都要先问问是哪个庄子的。说是其他庄子的，人家不敢买。那是因为吃过亏的，问的时候一个劲儿地给你打包票说真是土鸡蛋，买回去打开，一眼的翻白。只有火庄的土鸡蛋货真价实，黄澄澄的不说，价格也合理。今天出活的人家在火庄的西头，看上去家境一般，房屋翻了新，但屋子里却空闹闹的，只有些日常生活必需的物事，看来是屋子翻新耗光了家资。

家境虽是一般，可仍旧热闹。这和死去的人有莫大的关系，死者是火庄的老支书。德高望重的老支书躺在堂屋里，安静得像一只睡去的猫。师傅过去恭恭敬敬地上了三炷香。晚饭毕，我们一班人聚在堂屋里，我百无聊赖，把玩着手里的唢呐。师傅则拿出他那支老黄木杆的唢呐不停地擦拭。

大师兄把唢呐放进嘴里调音，咕咕叽叽的。师傅说你们都收起来，今天天鸣一个人吹。说完把擦拭好的唢呐递给我。

我出奇地惊讶，大师兄更惊讶，连嘴里的唢呐都忘记卸下来了。

"为什么？"我问。

"他去过朝鲜，剿过匪，带领火庄人修路被石头压断过四根肋骨。"师傅面无表情地说。

"《百鸟朝凤》！"蓝玉一扫慵懒的模样，绷直了说。

架势是摆出来了。灵堂前一张宽大的木靠椅，一群孝子俯首跪倒在我面前。所有的人都站在院子里，抻直了脖子往灵堂里看，连一直撒欢的那条老黄狗也规规矩矩地端坐在院子里。

我忽然有了一种神圣感，像一个身负特殊使命的斗士。那些眼光让人着迷。在每天来来往往、平淡无奇的生活中，你是看不到这种眼神的。它是那样的干净无邪，仿佛春雨过后山野里散发着的清新气息，又像是冬雪里萦绕在山巅的蒸腾雾霭。

师傅站了出来，对着灵堂鞠了三个躬，然后转过身对众人说："《百鸟朝凤》，上祖诸般授技之最，只传次代掌事，乃大哀之乐，非德高者弗能受也。"我知道这几句是《百鸟朝凤》曲谱扉页上的话，下面的人是听不懂这几句话的，所以还是一贯的沉默。师傅接着说："窦老支书我不多说了，他的所作所为火庄人都看在眼里，记在心里，如果无双镇还有人能受得起《百鸟朝凤》这个曲子的，窦老支书算一个，今天，给窦老支书吹奏送行的，是游家班的班主游天鸣。"师傅的诚恳让跪倒在我面前的一干人开始发出呜呜的低鸣声。

"大哀至圣，敬送亡人，起奏！"师傅高喊。

我把唢呐送到嘴里，忽然眼前一片漆黑。

直到今天我都活在那段悔恨中，我本可以从容地完成一个乡村乐师所能完成的最高使命，可以让后人提起这个近乎传奇的事件时还能提起我的名字，本可以让乐师这个职业在乡村实现最动人的谢幕演出，甚至可以用一种近于神圣的方式结束我的乐师生涯。可就在那一瞬间，这些可能统统没有了，我的行为让无双镇这个古老的职业以一种异常丑陋的形式完结掉了，连在湮没于时代变化中的最后一刻也未能保持它曾经拥有的尊严。所以，在记录下这段经历的时候，我面临着可怕的记忆煎熬，我感觉我心灵深处的一块被时间慢慢治愈的伤疤被重新揭开，我清楚地看见它鲜血淋漓，继而是透骨的疼痛。

重新睁开眼，一双双焦渴的眼睛全都在看着我。我把唢呐从嘴里慢慢抽出来，站起来对我的师傅说："对不起大家，这个曲子我忘了！"

出人意料，师傅笑了，下面的人也笑了。下面的人还在笑，师傅却哭了，他蹲在地上放声痛哭，我、我的大师兄，还有我的师弟蓝玉，我们站在师傅的身边，谁都不说话。师傅哭了一阵，站起来对还跪在地上的孝子鞠了三个躬，说我们对不起窦老支书，也对不起各位孝子。

焦三爷吹一个不就行了！人群中有人建议。

师傅摆摆手，说我早就没有这个资格了，这个班子不是焦家班，只有游家班的班主才有这个资格。师傅说完转过身从我手里抢过那支唢呐，抬起膝盖，两手握着唢呐猛力一沉。

咔嚓！

师傅走了，他迅速消失在了火庄伸手不见五指的黑夜里。

蓝玉从地上把断成两截的唢呐拾起来，又看看我，说："看来我这辈子是听不到《百鸟朝凤》了！"

十九

父亲对我的态度是越来越坏了，他看我什么都不顺眼，水缸空了，他骂我眼瞎了，连水缸没水了也看不见；我把水缸挑满了，他还骂我，说我除了挑水还能干啥？

父亲骂得对，我都二十六七岁的人了，还窝在家里。你看水庄和我一般年纪的人，娶妻的娶妻，生子的生子，还有大部分早就打点好行装，爬上开往县城、省城的客车走了。除了过年过节能看到他们一两眼，平时像我这样的年轻人村里几乎就看不到了。

自从游家班解散后，我再没吹过一天唢呐。

游家班的解散没有什么仪式，自自然然地，仿佛空气蒸发了一样，请也没人请了，吹就更没人吹了。我和大师兄在无双镇的集市上遇到过一次，我们互相问候，还谈了今年庄稼的长势，最后还到无双镇的馆子里喝了一顿烧酒，可谁都没有说关于游家班的事情，哪怕一丁点儿也没有，像这个班子从来就没有存在过似的。

我二十八岁了，水庄的冬天又来了。水庄的冬天如今是越来越随便了，连场像模像样的雪都没有，最近两年更是蹬鼻子上脸，连点缀性的雾凇也看不见了，整个冬天都邋里邋遢，只知道一个劲儿地落冰雨，钉得人脸手生疼不说，还把一个水庄搅得稀泥遍地。

我现在最怕和父亲照面，不光是怕他骂我，是看着他一天天老去的模样我就会内疚。别人的儿子每年都能给家里寄回来数目不等的钱，我却只能坐在家里吃吃喝喝。母亲不像父亲那样责骂我，但她总是一声接着一声地叹气，叹气的声息像一块永远挤不干水的海绵，这比父亲的责骂更让我难受。就这样，我不得不在这个狭窄的空间里逃避。父亲每天吃完饭就去庄上看人打牌，他不参与，只是看，其实父亲很想坐上去摸一摸的，可他的口袋不允许。母亲则是每天都在灯下一直坐着忙，忙到实在疲乏得不行了才去睡觉。

我每个夜晚都早早爬到床上，却往往到了天亮还没有睡着。

今年从稻谷返青开始就没有落过一波雨。本来都乌云密布了的，天地也陡然黑暗了，眼看一切前奏都摆足了，一庄子人都站在天地间等着瓢泼的雨水了。结果呢，稀稀拉拉地下来几滴，在地上留下几个濡湿的坑点，立马就云开雾绽了。反复几次，水庄人的希望和耐心像田里的稻谷一样，都干枯瘪壳了。

父亲的背越来越佝偻，像一张松垮垮的泥弓。父亲每天都守在他的稻田边，脸色和稻子一样枯黄。他的眼神散漫无力地在一坝子干瘪的稻浪上翻滚，跟着风的摆动，晃来荡去，软弱无力。就这样一直到黄昏，他才直起腰来，在一阵吱吱嘎嘎的骨头摩擦声中，开始把枯朽的身躯往自家屋子里搬运。

偶尔我会在院子里遇见他，他总是呆呆地看着我，没有了愤怒，也没有了讥讽，目光蛛丝一般柔软，缠得我有些透不过气来。

我清楚地记得，那一季的稻谷最后全枯死在了田里。我站在水庄后面的山头，视野里是一片灼人的枯黄，那黄一直向天边延伸，这样的颜色真让我绝望。但水庄的游本盛更让我绝望，一张脸黄得肆无忌惮。肝癌晚期，我和母亲竭力要求把圈里的老牛卖掉给他治病，可游本盛说：算了，我就是田里的稻子了，再大的雨水也缓不过来了。

一个月来，父亲的身体在木床上越来越小。从医院回来，父亲就再没有离开过家里那张宽大的木床。木床是爷爷留下来的，父亲当年就在这张木床上降生，如今，他又即将在这张木床上死去，像完成了一个可笑的轮回。

早晨我把家里的老牛牵到水庄的河滩边吃了一些草。中午回家的时候，我居然看见父亲站在庄头，阳光把他捏成一小团，他把身体靠在土坎上，土坎上有茂密的青色，这样他就像一朵从草丛里长出来的黄色蘑菇。我远远就看见了他，惊讶过后眼泪就下来了。

我怕他看见我的眼泪，拭干了才走近他。他颤颤巍巍地过来，像刚学走路的小孩儿。拍了拍老牛的脖子，父亲说："把它卖了吧！"说完居然下来了两滴眼泪。我明白了，父亲还不想死，他毕竟才五十出头，水庄这样年纪的人，都身强体健地穿梭于田间地头，还有使不完的劲儿，眼前的路还远远看不到头呢！"早该卖了，早卖早治的话，也不至于这样了。"我说。

牛卖掉那天，我在无双镇给父亲买了一双软底布鞋。我想过了，进城治病难免要走来走去的，软底布鞋穿上不硌脚，父亲全身只剩下骨头了，什么都该是软的才对。

晚上回来把鞋子递到父亲手里，他竟然从床上翘起来给了我一耳光。

"谁叫你费这钱？狗日的就是手散！"

耳光一点不响亮，听见的反而是骨头炸裂的声音。

我没有说话，把父亲扶下躺好，他大口大口地呼着浊气。喘了好一阵子，父亲终于平静了下来。他先是长长地嘘了一口气，艰难地把身体侧过来对着我说："天鸣，我听说金庄的唢呐也吹起来了。"我点点头。

其实不光金庄，无双镇除了水庄，其他几个庄子都有唢呐了。也不知道是从哪天开始，城里下来的乐队就从无双镇消失了，就像停留在河滩上的一团雾，一阵风过，就无影无踪了。乐队一消失，唢呐声就嘹亮起来了。

"把游家班捏拢来。"父亲说，"无双镇不能没有唢呐。"

"有哩！除了水庄其他庄子都有了。"我说。

"日娘，那叫啥子唢呐哟！"父亲面色灰土，喘气声也大了许多，额头上还有汗出来。

我呆坐在床边，不说话。父亲的喉咙里有咕咕的声音，像地下的暗河，涌动着不为人知的秘密。良久，我听见父亲发出呜呜的哭声，哭声尖而细，如同一柄锋利的尖刀，划过屋子里凝滞的气息，继而如撕裂的布匹，陡然凄厉得紧。

此刻我才发现，我的父亲，水庄的游本盛，心里一直都希望他的儿子吹唢呐的。在游家班解散后，父亲那种看似寡毒的蔑视、打击、嘲讽，其实是伤心欲绝，是理想被终结后的破罐子破摔。我又想起了父亲带着我拜师的那个湿漉漉的日子，还有他跌倒后爬起来脸上那道殷红的血痕。

我伸出手，摸到了父亲夸张的锁骨，它坚硬地硌着我的手，更硌着我的心。

"我试试吧。"我说，声音很小，但父亲还是听见了。

尽管屋子里光线很暗，但我还是看见了父亲眼里的亮光。我的话像一根划燃的火柴，腾地点亮了父亲这盏即将油尽的枯灯。

"我就知道，你狗日的还想着唢呐。"笑容在父亲枯瘦狭窄的面容上铺开，洇成一团凄苦和苍凉，"知道我为什么卖牛吗？"父亲纯真得像一个孩子，"我那是给游家班买家什用的。我想过了，啥子鼓啊，锣啊，都老旧了，该换新的了。"接下来就是一阵咳嗽，父亲太兴奋了，又呼啸了一阵才平静了下来，父亲又说："我死了，给我吹个四台就行了。"

"我给你吹《百鸟朝凤》。"我说。

父亲摆了摆枯瘦的手，半天才说："使不得，我不配！"

二十

父亲病得越来越重了，话也越来越少了，开始是整夜整夜睡不着，后来是睡过去就醒不来。母亲总是守在父亲旁边，隔一阵子就看一回，探探他的鼻孔，摸摸他的额头，怕他睡过去就永远醒不过来了。

我则在无双镇几个庄子之间昼夜奔走。

在无双镇生活了这么多年，我第一次在如此密集的时间里听田间的蛙鸣、山谷的鸟叫。夜晚，我一个人在狭窄的山间小路上行走，天边的一弯冷月漠然地朗照，大地如逝者的巴掌一样冰凉，裹紧衣服才发现，寒冷正不可抗拒地到来。我的脑子里又浮现出父亲孤独无助的眼神和日渐枯槁的面容。我怕他等不到我把游家班捏拢他就走了，那样我的父亲就听不到唢呐声了。对水庄的游本盛来说，没有唢呐的葬礼是不可想象的。

无双镇被我的双脚丈量完毕了，我仍像一个出海旬月却两手空空的渔人。我的师兄师弟们，此刻正在繁华而遥远的城市挥汗如雨，他们就像商量好了一般，整整齐齐地离开了生养他们的土地。

大师兄还在，他不去城市不是他不想去，而是一次意外让他拥有了一条断腿，而这条腿也成了他和城市之间永远的屏障。我把香烟递到他手上的时候，他还满含神往地给我讲述了师弟蓝玉去年来看他时的情景。"小屁股抽的烟一支顶你这个一盒，你还别不服气，那烟抽起来就是他奶奶的顺口。""看来，城里这钱还真他奶奶的好挣。"

听完我的来意，大师兄惊奇地盯着我，然后他说，你见过两个人吹的唢呐吗？旧时一般穷苦人家都四台，你想造个两台？埋条死狗还差不多。我说不是埋死狗，是埋我的父亲。大师兄脸上才起来了一层歉意，他大大地吸了一口烟，说去火庄吧，那里起来了好几个班子，听说场面很大，都有十六台了。奶奶的，十六个人一起吹唢呐，怕死人都能给吹活呢！

我走了好远，大师兄还站在山梁上喊："去看看吧！如今无双镇的唢呐都成他们的天下了。"

我到火庄时正赶上这里的唢呐班子出活。

确实很让人惊讶。

十六个唢呐匠占据了整个院坝，连死者这个理所当然的主角都被逼到了狭窄的一隅。一排条桌浩浩荡荡地拉出了雄壮的架势。条桌上的茶盘里有香烟和瓜子，瓶装的润嗓酒也精神抖擞地站成一列。唢呐匠一色暗红色西服，大宽领，下摆还卷了圆边，一个个像即将走入洞房的新郎。条桌顶头是一件银灰色西服，还扎了根猩红的领带，胸前挂了一块亮闪闪的牌子。看样子，他就该是班主了。

最显眼的还不是班主，而是他面前盘子里的一沓钞票，百元面额的，摞出了一道耀眼的风景。"起！"班主发声，接下来就是一场宏大的鼓噪。唢呐太多了，在步调上很难达成一致，于是就出现了群鸟出林的景象，呼啦一片，沸沸扬扬，让人感到一些惶然的惊惧。我甚至满含恶意地发现，有两个年轻的唢呐匠腮帮子从头到尾都瘪着，要知道，这个样子是吹不响唢呐的。这是我见过的场面最大的唢呐班子，也是我听过的最难听的唢呐声。我的大师兄说得不对，十六台的唢呐不能把死人吹活，但没准会把活人吹死。

我回到家，父亲已经不能说话了，我凑到他的耳朵边说：给你请个火庄的八台吧！父亲忽然睁大眼睛，脑袋拼命地摆动，喉咙里咕咕地响着。我知道，他不要火庄的唢呐，他说过的，火庄那不是真正的唢呐。

水庄的游本盛是在水庄的河湾开始结冰时离开这个世界的，他静悄悄地就走了，头天晚上还挣扎着吃了半碗稀饭，第二天一早，发现身体都已经变得冰凉了。他死的时候瘦得像个刚出生的婴儿，把一张木床映衬得硕大无比。我用卖牛的钱将父亲安葬了。他的葬礼冷清得如同这个季节，唢呐声自然是没有的，倒是北风从头到尾都在不停地呼啸。

那个黄昏，我守在父亲的坟边。从此以后，水庄再没有游本盛了，他和深秋的落叶一起，凄凄惶惶地飘落、腐烂。我在夕阳里想了好久，都没有想起我到底给了我的父亲什么。而他对我，只有一个又一个的失望。我的唢呐没了，游家班也没了，直到死去，他连一台送葬的唢呐都没有。

好久没有看到水庄这样的黄昏了，在我的印象中，水庄的黄昏总是转瞬即逝的，刚发现它，它就一头栽进黑夜。其实心细一点观察，水庄的黄昏是很好看的，落日静止在山头，草的须穗摩挲着它的脸面，有了麻酥酥的微痒；风翻滚着从山梁上滑下来，撩开大山的衣襟，露出暗红的裸背。大地，就在这样简单的组合中，变得古老而温暖。

我从怀里抽出唢呐，对着太阳的方向，铜碗里就有了满满的一窝儿夕阳。

曲子黏稠地淌出来，打了几个旋儿，跌落在新鲜的坟堆上，它们顺着泥土的缝隙，渗透进了冰冷的黄土。我知道，我的父亲能听见他儿子的唢呐声。从我学艺到他离开这个世界，他还没有听我吹奏过这曲《百鸟朝凤》。开始唢呐声还高亢嘹亮着，渐渐地就低沉了，泪水把曲子染得潮湿而悲伤。低沉婉回的曲子中，我看到父亲站在我的面前，他的眼神如阳光一般温暖，那些已经一去不复返的日子，在蒙眬的视线里逐渐清晰起来。

起风了，唢呐声愈发凌乱，褪掉了肃穆的色彩，却有了更多的凄凉。我的喉咙被一大团悲伤哽得生疼，唢呐终于哭了，先是呜咽，继而大恸。连绵不绝的群山，被一杆唢呐搅得撕心裂肺。

二十一

今年第一场雪刚过，村长领着几个人到了我家。

我站在院子里，村长拍着我的肩膀说：这就是无双镇游家唢呐班子的班主。

很年轻啊！一个戴着眼镜的中年人说。

是这样的，他说，我们是省里面派下来挖掘和收集民间民俗文化的。

我说你就说找我什么事情吧。

戴眼镜的说我们想听一听你的唢呐班子吹一场完整的唢呐。我说游家班已经没有了，火庄有，你们去看看吧。那人笑笑，说我们刚从那里过来，怎么说呢！他干咳了一声："我们听过了，他们那个严格说起来还不能算纯正的唢呐。"

你看——？他递给我一支烟说。

我说怕不行了，我的师兄弟们全进城了。

这时候站出来一个年轻一些的，村长赶忙出来介绍说这是县里来的宣传部部长。年轻的部长很豪迈地一挥手，说去把他们都叫回来，费用我们来出。他的语调和姿势让我热血一下涌了上来，我仿佛看到了我的游家班整齐出场的场景，那是多么让人神往的一个场面啊！七八个人一字排开，悠悠扬扬地吹上一场。我梦里经常出现这样的场景。

我说好。

冬天快过去了，我接到了蓝玉的一封信，他在信上说，他已经在省城站住了，拥有了自己的纸箱厂。

我决定去省城把我的师兄弟们找回来，我要把我的游家班重新捏拢来，我要无双镇有最纯正的唢呐。

省城真大，走下客车我有了溺水的感觉。

根据地址东寻西找了一整天，我终于在一个胡同里找到了蓝玉的纸箱厂。

推开铁门，一个守门的老头在门里一间昏暗的屋子里看报纸。

"请问蓝玉在吗？"

"蓝厂长出门去了。"老头答，"你找他什么事？"老头抬起头问。

"师傅？！"

…………

那天夜里，蓝玉把在这个城市里的师兄弟们都通知到了一处，还请大家去了一家金碧辉煌的饭店吃了一顿饭。师傅还是老样子，饭桌上一句话没有，沉默寡言地吃。我说明来意，师傅的眼里掠过一抹亮光，然后他抹了抹嘴，说上面都重视了，这是好事啊！

好多年没摸那玩意儿了。二师兄感叹。

我从包裹里取出来一支唢呐递给二师兄，说试试？二师兄把唢呐接过去，端平，刚把哨管放进嘴里，他的眼神蓦然黯淡，然后他举起右手，我看见我在木材厂打工的二师兄中指齐根没有了。

让锯木机吃掉了。他说，这辈子都吹不了唢呐了。

在水泥厂负责卸货的四师兄接过唢呐，说我试试。他架子还在，像模像样地摆好姿势，唢呐在他嘴里没有想象和期待中的嘹亮，只闷哼了一声，就痛苦地停滞了。他抽出唢呐吐出一口浓痰，我看见地上的浓痰有水泥一样的颜色。

别回去了，留下来吧！蓝玉看着我说。我喝了一大口酒，说我要回去，我一定要回去。看着桌子上的师兄师弟们，我忍不住哭了，师傅也哭了。

我知道，唢呐已经彻底离我而去了，这个在我的生命里曾经如此崇高和诗意的东西，如同伤口里奔涌而出的热血，现在，它终于流完了，淌干了。

夜晚，师傅还有师兄弟们送我去火车站。我们沿着城市冰冷的道路一直走，没有人说话，只有往来的车辆拉出让人心悸的呼啸。偶尔有行人经过，都一色地低着头，把脑袋往前伸，急匆匆地扑进城市迷离慌乱的大街小巷。

在车站外一块巨大的广告牌下，一个衣衫褴褛的老乞丐正举着唢呐呜呜地吹，唢呐声在闪烁的夜色里凄凉高远。

这是一曲纯正的《百鸟朝凤》。

我们

我们仨

今年天气怪得很，入冬以来，雪一拨接着一拨，没皮没脸地下啊，下啊！下得一寨人毛焦火辣。人家都说，冬天的瞌睡好睡，我睡不着，天不亮，上下眼皮就合不拢了。我去过几次地里，麦苗都看不见了，只有白茫茫一片。雪薄的地方，能见到一丝一丝晃眼的绿色，等雪化了，就该给麦苗上第一道肥料了。

日子很乖巧，有礼有节往前蹿。老大依旧每天起来修猪圈，猪圈有些岁数了，还是老大他爹带人夯的，那阵子老大才刚会撒着脚丫子走路，偏偏倒倒的，像个鸭子；老二还在我怀里，吮着乳头，腮帮子起起伏伏，吃饱了，还舍不得撒嘴，硬拔了，就哭，一张脸被眼泪淹得明晃晃的，像刚耙好的水田。和我一样，猪圈也老迈了，猪圈是半边墙垮塌了，我呢，左脚风湿性关节炎，不光水分被抽走了，好像还越来越短了，一直喝药酒。老大说了，把猪圈的墙补上，就带我去看腿，还说，顾家堡有个苗人的草药，烫热了往腿上一敷，最多半年，就能撒开跑了。我不太相信，也不知道老大是从哪儿听来的。

这几日，雪更大了，从早到晚落，连停下来歇歇的意思都没有。这样一来，除了整两顿饭吃，其他活是干不了了。老大不投降，还是找事干，从竹林里砍来两根竹子，剔枝，破开，除筋，剩下薄薄的篾条，拉条矮凳坐在屋檐下，开始编撮箕。

把饭上到甑子里，趁着蒸饭的空隙，我拉条凳子坐在院子里，看老大编撮箕。

老大编得很慢，梳辫子样的，眉头蹙着，不时抬起头看看远处肥嘟嘟的田野。篾条走一圈，他就歇下来，眼睛盯着不远处的两层小平房，一动不动了。平房是村委会的，里面有村长，还有部电话，电话是黑色的，像块焦煤。每个月十五，我和老大的心思就全在那部电话上了。

老二是个守时候的娃娃，准是那天下午，太阳卡在门口那棵老核桃树第三个丫杈上，村长就会站在平房的坝子边喊："平姑，老二电话。"那是叫我呢，老大老爹名字最后一个字是"平"字，所以村里比我小一辈儿的，都叫我平姑。

这时候，不管我和老大手里摆弄着啥子活计，都会马上丢开，一前一后朝村委会那头跑。和我一样，老大也有一只脚是坏的，右脚，前些年钻煤洞子给砸的。一起下井的其他五个人都把命留里边了，老大的命是捡回来了，可媳妇娶不上了。倒是说了几门，一对脸儿，女方就缩脚了。不怪人家！想想，拖着一条腿，快三十五了，我要有个闺女，也得掂量不是。

老大比我跑得快，但是每次他都让我跑前头，高高低低跟在我后头跑。也让我先和老二说话。我说话啰里啰唆，每次都是那些话，多穿点衣服啊，晚上盖好铺盖啊，要和人家好好相处啊，煤洞子有啥响动要快点跑啊，……都是些翻来覆去重复的话，不过老二耐性好，在电话那头一个劲儿地答应。老大就笑我，说老二大人了，咋还像交代个嫩娃娃样的。我就笑着骂：长齐天高，在老娘眼里头，你们都是盘豆芽菜。我笑，老大笑，村长也笑。老大也在电话里头跟他兄弟说话，每次都一样，那头喊声哥，这头哎，那头又喊一声哥，这头又哎，然后就啪嗒了。村长就笑着骂：跑得吭哧吭哧的，来了就哎两声，接的哪样鸡巴电话？

　　三个月了，村长都没有喊过了，每到那个日子，我就看着太阳慢慢落进树丫杈，再看着太阳顺着树干滑下去，就是听不见村长的喊声了。老大还去问过村长，是不是电话坏掉了。村长说，什么都能坏，就是电话不能坏，上级的精神就是从电话线里淌出来的，让它坏了，村里不就瞎了，村长也成瞎子村长了。

　　我心慌得很，瞌睡本来就轻，丁点儿响动都能把我惊醒过来，睡着了也是恍恍惚惚的，脑壳里全是老二的影子，晃啊晃啊！一会儿见他领着个看不清面目的女娃回家来了，我就笑，呵呵地笑，想那该是老二耍的女朋友；一会儿又看见他站在我面前，脸上全是血，哭着喊着叫妈，我伸手去牵他，够不着。他在一个斜坡上，慢慢往下滑，滑下去很远了，只能见着一个黑点，我伤心了，就坐在土坡上嗷嗷地号哭。最后依旧是要哭醒的，伸手一摸，半边枕头全是湿的。

　　不光我，老大也心慌，尽管他把自己的心慌躲得格外地严实，我还是能瞧得出来。半夜里，我只要把耳朵竖起来，就能听见他屋子里的叹气声，还能听见大门响。我就爬起来，拉开大门，老大蹲在檐坎上，两手拢在袖筒里，嘴上叼根纸烟，吧嗒吧嗒地抽。老大平时不抽纸烟的，这阵子却抽上了，定是心里有事，放不下了。平时做事，老大也没有了一贯的专注，老走神，前几天削块门闩，篾刀把手拉出了好长一条口子。

我忍不住时就会叹气，盯着老大问："都三个月了，老二咋不来电话了？"

老大就笑笑，他的笑一点不自然，嘴巴像是脸上硬拉出来的一条口子。他对我说："兴许是忙了，赶着出煤，忘了。"

鬼才信，老二的脾性我晓得，是把习惯守得死死的那种人，连尿炕都一直尿到十一岁。粮食精贵那些年，乡下人一上饭桌，哪个不像刚从牢里放出来的，顾不得脸面，都顾着肚皮。老二不这样，总是慢条斯理的，把碗里的饭先扒出一个坑，夹些菜放进坑里，覆上饭，拍平，筷子伸进碗底，撬起一坨四四方方，慢慢送进嘴里。我就想，莫非这狗东西前世是个地主，我见过以前寨子里头李大地主吃饭，就这模样。我只是想，不太说，那阵子他老爹还没死，每次吃饭都开黄腔："狗日的，你这是吃饭还是埋人？"老二也不恼，偏着脑袋看看他老爹，依旧固守着他的慢条斯理。

今晚吃完饭，老大绷不住了，丢下碗跟我说，想去厂上寻老二。我鼻子一酸，眼泪就下来了。前些日子，尽管知道事情不妙，但有老大不太牢靠的安慰撑着，终究觉得还会有很多可能。老大一提出去厂上找人，说明他都对那些可能性也不抱希望了。老大的话像根尖细的缝衣针，轻轻就把我薄皮的希望给戳破了。

我就骂："砍脑壳的徐老二，当初说不让进煤厂，不让进煤厂，猪油蒙了心的，就是不听，还花口花嘴地说，上的是外县的正规大煤厂，管安全的就好几十号人。钻煤洞子的谁不知道，那就是埋了没有死的。"

老大白了我一眼，说妈，不要骂得这样难听，老二不会出啥事的，不就是忘了往家里打电话吗？我也给老大几个白眼，还骂他："就是你，当初也不拦着点，他不知道钻煤洞子的厉害，你还不知道啊？"老大不吭声，任由我骂，我骂够了，没声了，老大才伸直腰杆说：妈，我去收拾一下，明天就去找老二。我不吱声，装着不理他。他站起来把饭桌清理了，才转回自己的屋里去。

我一直围在火塘边，煤块快燃尽了，加了些块煤，又熊熊燃烧起来。老大在自个儿的屋子里，搞得叮叮咚咚响。我不想让他去寻老二，老大脚程不好，天气又坏，我怕老二没寻回来，老大又出啥事。

想想，我推开老大屋子的门，他正弓着腰在床底找寻着啥，背包放在床上，隔得远远的，我看见床上还摊放着一个黑乎乎的东西。我眼睛不太好，得凑拢才能看个真切。我往里迈了两步，看清了，那是支枪，火药枪。

枪是老大老爹留下来的，那阵子我们村了家家都有长长短短的火枪。别的地头，农闲是一年里最困难的时候，青黄不接，家家户户都泡在清汤寡水里头。我们村子就不一样了，农闲一到，男人们就提着枪进老林子了，饭桌自然就肥腻了，人人吊着一截油肠子，红光满面。后来政府不让打猎了，枪也上缴了。有胆儿大的，长枪上缴了，把短的藏了起来，老大老爹也一样。去年老大还提着它追过偷牛的强盗，其实，我知道的，这支火药枪啊，唬唬人还行，派不上实在用场，撞针都锈掉了。

老大把脑袋从床底下搬出来，看着我，我把床上的火药枪抓起来，问他：翻腾出这根没用的废铁干啥？这是演的哪一出？老大憨憨笑一笑，说出门在外，保不准遇上个疙疙瘩瘩的，带上它，给自己添点胆儿。我说这撞针都没了，能唬着谁啊？老大把枪放进袋子，说妈，这你就别管了。

我说：老大，要不我们不找了，兴许过些日子老二的电话就来了。

老大说：不行，得找，悬吊吊的日子没法过。

我还想说话，看见老大的脸像坨冰疙瘩，我把话咽回了肚里。

我睡不着，白亮亮的光从窗户透进来，把窄窄的屋子映得模模糊糊的。脑壳里头像装了一锅糨糊，啥都搅和在一起，捋不清个子丑寅卯来。我想我的老二，出门三年多了，没日没夜在煤洞子里钻，钻出来的那点钱，都如数寄了回来。都说，娘想儿，想断肠；儿想娘，扁担长。我的老二不是这样的，他想着娘呢！明天，老大也要出门了，我在心头多念几遍阿弥陀佛，求菩萨保佑我一对儿子能在年前从远处的雪地里走回来。圈里的鸡开始叫头遍了，我又开始埋怨他们死去的老爹了，四十出头的人，看上去硬实得不行，说没就没了，留下了两个娃娃和数不清的苦日子。等我到了那头，我要好好和他吵一架，扎扎实实骂他一顿。

天蒙蒙亮，我爬起来，转到厨房撬开火塘，烧了一锅水，得给老大煮碗面，下多一些，油也要多放，得把面汪起才行。老大得先赶到镇上坐车，好长一段路呢！不多放点油，饿得快。

老大端着面蹲在门槛边吃，他吃两口，就抬头看着我，一脸的不放心，话也多，变得跟我一样啰唆：妈，记得喝药酒，断顿的话，效果就不好了；妈，晚上记得关牢门窗；妈，记得不要去拎重活，等我和老二回来干；妈——

我就吼：啰唆得很呢！咳，你妈又不是傻了，快吃，快吃，趁着热。出门了，万事都要小心，做啥都要思量再三，不要和人争长论短，看好自己的东西，不管能不能寻着老二，过年前一定要转回家，晓得不？

老大也笑：啰唆得很呢！咳，你儿又不是傻了。

我们彼此就笑一回，我就是觉得脸上的肉被扯得酸酸的。

老大把旅行袋往肩上一甩，出得门来，又开始落雪了。老天没有一点庇护我们家的意思，不出门吧，她还歇会儿；看见你要出门了，就慌不迭开始纷纷扬扬了。

老大扯了一些稻草，挽起来，绑在鞋帮上，这地头，冬天人们出门都有这个习惯，主要是防滑。看着老大弯腰绑稻草，我喉咙有些堵，想下到院子里，给他披披棉衣，扯扯衣领，嘱咐几句，虽说那些话都说过好多遍了，还是想再说一遍，怕他给忘了。我刚想说话，老大转过头，说的还是那些话，记得喝药酒啊，记得关好门啊。

比我还啰唆呢！我说。

我走了，妈。老大说这话的时候脸上起来了一层凝重，他鼻子抽抽，走了，走到院子边，环顾了一下院子，又折回来，把石磨下的几个老黄瓜搬到石磨上堆放好，才迈开步子走了。这次他没有回头，穿过门口的小路，转上通往外面的大道，雪花开始密集了，他的影儿变得越来越小，最后在一片白茫茫里，收缩成了一个小小的黑点。

菩萨，求你保佑，如果我一对娃娃能在年前顺顺当当回家来，我把年猪猪头许给你。

该给老大披披棉衣的。最后我想。

在路上

看见他的时候，雪很大，将他搅入了纷纷扬扬的慌乱中。

走近了，我才发现他的一只脚有点瘸。他先看见了我瘫在路中间的货车，然后看见了我。一看见我，他的眼睛就亮了，像骤然拧开的手电，两道光上下欣喜地打量着我。然后他把肩上的旅行袋一甩，径直朝我走来。

走了几步，他放缓了脚步，也许他发现，我的脸色不像脚边的那堆火样地热气腾腾。

其实，我比他还兴奋。五天了，我拢共见到两个活物，一个是昨天傍晚从林子里跑出来的一只野兔，另一个就是他了。五天来，除了车刚陷进深坑时骂了几句脏话，接下来没有说过一句话。渴了咽一捧雪，饿了烧两个馒头啃。每天就盼着有人来。直到第三天也没见着一个人，我才算明白了，这样坏的天气，还敢驾着货车在颠簸的山路上拉煤的，不是穷疯了就是他妈的有病。

说来说去，我还是吃亏在自己的强盗性格上。本来想，趁雪停的当口，再拉一趟。我算过账，这个天气，只要胆子大，一趟能抵平时三趟。刚出门时还好，太阳把天地间晒得眼泪滴答的，一进黄昏，老天心肠就变硬了，几趟风过，雪又下来了，最后，在这个前不挨村后不着店的地头，我的货车和黑夜一起被冻住了。

冻了五天，身体快僵硬了，心却变得软软乎乎的了。每个夜晚，我蜷缩在冰窖样的驾驶室里想，要能见着一个人，我肯定会大哭一场的。

说实话，当他的影子从远方的风雪里偏偏倒倒过来时，我的喉咙就变得硬邦邦的了，我特别想朝他挥着手大声喊，可恶的矜持却让我装得像天气一样有性格，我故意不理会这个乡下人。

他喂了一声，我嘴唇动了动，声没出来。长时间不说话，上下嘴唇粘在一起了，渡出点唾液润了润，两片嘴唇才不情愿地分开。

嘴唇分开了，我还是没说话，索性转回火堆边坐了下来。

"不装你会死啊！"我骂了自己一句。

还好，他不会装，满脸荡漾着笑，搬块石头放在火堆边，刨掉石头上的雪，屁股移上去，面部紧了一下，应该是太冰了，看着我，笑容很快又回到了他的脸上。

"咋了？"他看着顶着一头白的货车问。

我白了他一眼，想继续沉默，没忍住，他妈的，实在太想说话了。

"陷进去了。"我说出的话像挂在树梢上的冰凝子，连我自己都打了一个寒战。

他伸出两只手，平抬着放在火堆上，还不时搓搓，烤了一会儿，说快燃尽了，这火。

我鄙夷地看了他一眼，说我没瞎，看得见呢！要烤啊，自己钻林子捡柴去！他脸上忽然爬出一层尴尬，也没话，吃力地撑起身子，往林子里去了。等他左摇右晃出来，地上的火堆已经没了苗儿，只剩烟了。重新坐下来，他把柴一根根折断放上火堆，低下头凑过去呼呼吹，直到火苗腾腾了，才直起腰来。看见我一脸的冬瓜灰，他没话找话，照例先笑笑，说：烧这种地躺柴火，中间一定要空，空了，气儿就能进去。他还想说，见我不搭理，才噤声了。

天空像个被扯破的盐口袋，停不住了，我和他窝在马路边的石窝子里头，守着一堆火，一会儿看天，一会儿看地，实在没看的了，就相互看看。可眼神刚一碰头，就弹开了。

该是正午了，雪稍缓了一些，更远处的天底下，还有橘黄色的光，应该是阳光。按说见着阳光了，该有暖意才对，可我不行，上下牙直打架，衣服掖了又掖，都快掖成皮了，还不行。我知道，是饿了，饥和寒就是一对双胞胎，要不咋说饥寒交迫呢！我驾驶室里还有几个石头样的硬馒头，我不想吃，一是出去的日子见不到头，死活得留点来救命；二是实在咽不下去了，尽管放在火上烤过了，可还是硌得喉咙生疼。

我朝远处看，他也朝远处看，该是午饭的光景了，我饿得实在有些扛不住了，眼前的景致老晃悠，像驾驶着一辆没有刹车的卡车，心慌得很。我费力爬起来，从驾驶室取出一个干馒头，折根树枝，掐头去尾，把馒头穿起来伸到火上烤。

他目不转睛地看着我，我把脑袋歪向一边，我把意图已经表达得很清楚了，为啥只烤了一个馒头，吃独食呗。别看只是几个破馒头，可是此刻啊，这就是金宝卵了，是能救命的。

馒头渐渐焦黄了，有味道在空气中流淌。这味儿，前几次闻着还香，现在不成了，闻起来喉咙就痒痒，再想想咽着它的感受，五脏六腑立刻风雪漫卷。

我打了一个干呕，想忍，没忍住。

"吃我这个吧！"他从袋子里取出几个瓦耳糕。

本想客气两句的，没忍住。

瓦耳糕还软和着呢！往火上一烤，香气立刻弥漫开来。

吃完柔软的瓦耳糕，我坚硬的面孔也变得软和了。

这时候他站起来，说他该走了，他得在天黑之前赶到南山煤矿。我就笑，他说这有什么好笑的吗？我说从这里到南山煤矿还有八十公里呢！四个轮胎的汽车都得抖抖索索爬一整天，就你那两条腿啊！再加上这样的天气，天黑之前赶到？你以为自己是神行太保啊！

他摇摇头，样子安静得像一面冰封的湖面。

"不行，我得去。"他说。

我说："冰天雪地的，还这样猴急，那儿有钱等你去捡啊？"

他说："我是去找我兄弟的。"

"晚点到就找不着兄弟了？"我讪笑。

他忽然变得很严肃，直勾勾看着我说："我兄弟怕是丢了。"

说完，他转身走了，一对脚印慢慢往前延伸，一深一浅。

走出去没多远，他又折回来，把几个瓦耳糕递给我，我慌忙推回去，他又推回来，喘着气说："我到了矿上就能寻摸着吃的，你这儿啥时候能出去没个准儿，还是你留着吧！"

我心口一热，从车子被冻在这里的那天开始，我第一次感觉到心里头暖和。这种暖和不是烤火烤出来的那种，烤火只能烤热表皮，烤不热心窝子。

他重新折进风雪里，我忽然起来了一种难得的高亢，我想就是使尽呆力，也要把卡车从雪地里拔出来。

"回来！"我喊。

"干啥？"他问。

"帮我把车拔出来。"

我围着车打转，认真查看四个轮胎的位置，我让他去林子里薅些树枝来，我趴下来把轮胎下的雪屑和泥浆刨开，找块石头将陷进深坑的轮胎前方凿了一个豁口。

我钻进驾驶室，他抱着一捆树枝站在车轮后，我说，我把车往后退一点，坑子里出现空隙，你就迅速把树枝全塞进去。他点点头。

汽车在半山腰发出一阵怪叫，耸动了几下，又稳稳停在了深坑里。

我骂了一句，跳下车。见他站在轮胎后，我想笑，这次算是忍住了，轮胎卷起的泥浆，将他涂成了一只硕大的瓢虫。

雪终于在黑昼快完成交替的时候停住了。

我们围在火堆边，火光映着他的脸，他的脸上有层薄薄的悲戚，手里那根棍子，不停地捅着火堆，火堆就炸开一团一团的火星，在暗夜里乱窜，像无数慌乱的精灵。

"你兄弟在煤厂上挖煤？"我问他。

他点点头。

"你咋知道你兄弟丢了？"我问他。

他仰起头，透过火光，一字一顿对我说："我兄弟已经三个月没打过电话了。"

我就笑，说你晓得个球，煤厂上那些人，来来往往的，说不定早走了。

他摇摇头，沉默了一阵，才说："我兄弟的性格我晓得，不管走到哪里，都会让家里知道的。"

吃下去的东西很快就被呼呼的北风吹没了，火苗依然熊熊，前胸像块烙红的铁板，后背却是浸骨的冰凉。我半闭上眼睛，怕仅剩的一点气力让风给刮跑了。他忽然叹了一口气，把手里扒火的棍子往火堆里一扔，开始低声嘀咕，样子不像是说给我听的，也不像说给他自己听的，像是说过往的寒风听的。

"我兄弟老实得很。"他说。

"这年月，哪里还有老实人？老实人早死绝了。"我说。

"哪会死绝哟！我这辈子，见着的都是老实人，我本村的二伯，老实得像块墓碑，遇上啥事都那表情，好像天生就没有喜怒哀乐样的，说来都不会有人相信。他儿子看上了一门亲事，还把女的带回家来让他看看，姑娘有模有样，可我二伯死活不同意，也不说啥子理由。还是有一次喝了点酒，才给我老爹说了实情。他说那女娃长得太好看了，一进门他就东想西想的，他悄悄骂了自己，骂了也不顶用，脑壳里还是想，刨都刨不开，他就不敢同意这门亲事了，怕自己后半辈子活在胡思乱想里头。"

他说到这里，又捡起一根树枝开始扒火，火星四溅中，他接着说："饿饭那几年，生产队一袋苞谷不见了，有人说曾看见他在仓库边晃荡过，就把他绑了，问他，他承认了，差点就被打死了。若干年后，偷东西的人临死前把这事应承了。当年打他的人就给他道歉，说对不起他，打错了。又责怪他，说不是自己干的，为啥要承认呢？他说他偷了的，心里头有过这个想法，既然有了想法，就算是强盗了。"

我本想咧嘴笑笑的，没笑出来，好像很好笑，仔细想想，一点都不好笑。

他像是累了，把旅行袋拉过来垫在脑袋下，侧过身，把后背留给了火堆，眼睛则对着远处的莽莽苍苍和模模糊糊。

我做梦了，我开着一辆崭新的货车奔跑在一条宽阔平整的大道上，道路两边有等待收割的麦田，空气里还有麦穗的清香，还有阳光，毫不吝惜地普照大地，橘色的大道上，各式各样的车辆来来往往，擦肩而过时，还不忘摁下喇叭，喇叭声很大，一声接着一声，震得鼓膜发麻。

睁开眼，天亮了，我还真听见了喇叭声，没有梦里那样悦耳，破破的，仿佛被撕裂了一般。这是老东风的喇叭声。直起身来，我看见车了，一眼我就认出来了，老黄的车，左边门撞的那个坑还在。我曾问过老黄，为啥不去修修。老黄就咧嘴，露出一排黄牙说修个球，脱保好些时候了，反正不影响开关门。我晓得，老黄是舍不得钱。老黄的日子不好过，闺女在青岛上大学，老婆瘫痪在床。老黄在钱上从来不会有什么大动作的，你看他那口黄牙，就是劣质香烟熏出来的。

　　能在这样的天气还出来玩命，只有老黄这号人了。

　　我撑起来喊："老黄，你狗日的还真不怕死啊！"

　　老黄把脑袋从驾驶室伸出来，一咧嘴，拉开一线醒目的黄，开始诵读老三篇："人固有一死，或重于泰山，或轻于鸿毛——为了人心不足而死，就比鸿毛还轻；为了老婆孩子而死，比泰山还重。"然后他接着喊："这种天气你还出来跑，是不是活腻了？你狗日的死了，就比鸿毛还轻；老子死了，就比泰山还重。"

　　我就佩服老黄这一点，日子过得邋里邋遢，说起话来还不忘记引经据典。

　　我几步跳到他的车门边，使劲拍了拍他脑袋，说你要再不来，我要么就活活饿死，要么就占山为王了。

　　老黄往火堆边瞅瞅，说，哟！还没落草，就有兄弟入伙了。

　　我说是一过路的，也往煤厂上去。

　　熟练地套上钢索，老黄的老东风在前头一哆嗦，我的货车终于可以继续在凶险万分的康庄大道上奔驰了。

　　雪又来了，铺天盖地，像被惹急了一般。

　　他坐在副驾驶，低头搓着衣服上的泥渍，汽车高高低低，他也高高低低，不小心脑袋就磕在车顶上了，磕出一声哎哟，伸手揉揉，又低头继续搓。

我把香烟和火机递给他，他摆手，说不抽烟，想了想他又说，心里头堵得慌的时候才抽两支。我说我是让你给我点一支呢！他哦一声，慌忙帮我点上一支。我吸了一口，呛得难受，断烟好几天了，烟是老黄给的。我就骂，老黄这狗日的，这种烟，迟早把肺抽烂。

猛吸了两口，我问他："你讲究还多呢！心头堵的时候才抽烟，你现在心情好得很咯？"

"好啊！"他笑，"你看，这车爬得突突的，我离我兄弟越来越近了。"

"找到兄弟了，有啥打算？"

"一道回家过年，老娘在屋里头等着呢！"

车在山脊上小心翼翼地爬，雪越下越大，放眼四望，没有一户人家，群山面无表情。黑夜也隐伏在山那边，正跃跃欲试呢。

他忽然说："半夜三更还在路上跑，家里会担心吧？"

"嘻！哪儿有家啊！老婆早死了。"我呵呵笑。

他半天没说话，过了半天我又说："倒是有个相好的。"

没声儿，我转头看，他正闭着眼养神呢！

一路上，都是我一个人唠唠叨叨，说了好几箩筐的话，我发现把心里话掏给一个不相识的人，倒也是件很舒坦的事情。

车转过一个弯，我指着远处告诉他，那就是南山煤厂了。他应了一声，猛然绷直身子，焦急地拉开车窗，先是伸出半截脑袋，最后伸出半截身子。

"看不见啊！"他的声音让风给扯得支离破碎。

我没理会他，想这样大的雪，还有即将迎面扑来的黑夜，能看见才怪呢。

终于近了，一片偌大的煤场子，黑着脸摊放在天地间，四周都是高高的山岭，纯洁地雪白着，这样，天地就黑白分明了。煤场子上还有十几辆等待装煤的铁疙瘩，全都静默着。

把车停放好，跳下车，他先抖了一下酸麻的腿，然后把旅行袋往肩上一扛，眼睛直勾勾看着我。我指了指煤厂后面的两排简易平房，说你去那里问问吧，挖煤的都住那儿。

"你呢？"他问。

我说我先去问问，能不能装上煤，能装上的话，你还是搭我车一道回去吧！

他一咧嘴，笑得花团锦簇。

他一瘸一拐穿过煤场子，风裹挟着雪花，劈头盖脸砸下来。头上是沉沉的天幕，脚下是宽阔的煤场子，他的模样就更小了。

我摸出一支烟，风太大了，点了几次没点着，抬头看了看天，又看看他正远去的背影，我忽然有种难抑的悲伤。

煤匠们

每次经过那个巷道，我就想，里面的四个人现在该是啥样了。也许变成了干尸，也许就剩下一堆骨架了。

情形自然是凶险的，我每晚都会在梦里重复一次，醒来就是一身汗水。本来哈，我该感到庆幸的，毕竟我还能吃饭、睡觉、挣钱，还能在电话里听听远在老家的老婆孩子的声音。记得刚来煤厂那阵子，一堆人蜷在火塘边瞎吹牛，说这个世界上啥子最重要，个个声音大，脸红脖子粗，你说票子，他说位子，还有说好看的女子。两年下来，不争了，都经历过生死后，才发现还能喘气才是最重要的。

煤洞里头那些要人老命的情景，我差不多都见过了。冒顶、片帮、顶板掉牙、透水，样样要人命，挨上了，死相都邋里邋遢。

出事前，就有一小块地方出现冒顶，我还检查过，发现顶棚支架有些歪斜了。我就给安全员报告，狗日的安全员当时窝在沙发上看电视，嗯嗯应付几句了事。知道迟早要出事，没想到来得这样猛，一班人收班了，准备升井，我们前面的几个刚走进主巷道，只听见身后一阵闷响，回头一看，"关门"了，里面还有四个收拾工具的兄弟。我们一帮捡了命的没有慌，这样的经历不是没有，大家都百炼成钢了，除了一个去报告，其他的立马回身刨。刚开始大家还卖力，慢慢动作就慢下来了，在堵得死死的巷道面前，肉巴掌显得格外地渺小。

接着有一个人哭了，再接着大家都哭了。

每次都哭，哭压在巷道里的，也哭我们自己。

接下来的事情，和以往一样，矿上管事的下来，看了看，请两个懂行的老矿工目测一下冒顶的程度，派几个工人守在巷道口，看里头还有没有活物。守了一天，没听见动静，把巷道一封，井下的事情就算完了。

和井下的轰轰烈烈相比，井上的事情就平静隐秘多了。名字自然要抹去，大家都要忘掉属于这个人的点点滴滴。自然，我们都能领到一笔钱，不过是分期的，现在只能领到一半，另外一半得事情没有出头才能领到，据说要等好几年。厂上还给这钱取了一个名字，叫辛苦费。也有不想领这钱的，不领可以，厂上保卫部五六个大块头随便找个借口，弄到你领钱为止。

我也拿了钱，揣了几天，老做噩梦，慌忙寄回老家了。

下工了，我就坐在高高的煤堆子上看太阳。我喜欢嫩黄的阳光打在身上的感觉，我怕哪天下去就上不来了，眼睛里全是黑暗，想再看一眼太阳也没机会了。我还看月亮，月亮虽说冷冰冰的，但它敞亮，遇上月圆的日子，夜晚也能看得很远，连最远处山上那棵松树的影儿也能看清楚。我就怕伸手不见五指的感觉，心慌气短的。我其实不怕死，敢下井挖煤的，谁没点胆色。可我怕死得没有生趣，你想，死前连周围啥模样都见不着，真是没劲得很。有一天我能死在初春的阳光下，一身新衣，没有井下那张墨黑的脸，从我身边经过的人都能看清我的面目，周围有刚刚冒头的嫩茅草，最好还能望见远处升起的炊烟，两眼一闭，留些新鲜的印象死掉，我就知足了。

接连好些日子，都见不着太阳了，那雪片，亡命地飘啊飘，远山近水都变得胖嘟嘟的了。没有太阳看了，阳光也透不下来了，就窝在屋子里，一堆煤火，五六个人，围得严严实实的。偶尔年轻的几个也要要纸牌，都心不在焉的，要着要着就感觉没意思了。就这样，沉默密密匝匝地堵满了一屋，间或起来一声长叹，像屋檐下悬吊着的冰柱子。

我躺在床上，听着这个世界点点滴滴的声音，火塘边有人挪动凳子发出的声音，显得干枯杂乱；屋顶上雪团砸在雪地上的声音，却是异常地蓬松舒展。闭上眼，脑子里就开始有了轰隆隆的垮塌声。我心慌意乱，赶忙睁开眼，一侧身，就看见了那张床，空空荡荡，以前睡在上面的那个人，已经睡在了另外一个地方，他再也听不见板凳移动和雪团掉落的声音了。

他叫徐老二，这是小名，大名我不知道，他跟我说，他头上还有个哥哥。小伙子话少，闷声不捅气的，干啥都一板一眼的。比如起床第一件事是叠被子，要知道，这帮挖煤匠没一个干这事的；还有就是吃饭特别慢，仿佛一颗一颗数着吃，甭管饭菜好孬，吃相都让人着急，有时候我都生出来上去踢他两脚的想法；再有就是每个月十五下午三点，就会跑到煤厂办公室给家里打电话，雷打不动。有一次肚子疼，在床上一个劲儿打滚，到了点，翻起来，捂着肚子咬牙切齿就往办公室跑，打完电话，回来继续打滚号叫，惹得一屋子人目瞪口呆。

现在他没了，我再听不见他鲜花盛开般的呼噜声了。

嘎吱一声，门推开了，风雪把一个汉子送了进来。

他站在门边，把肩上的旅行袋往脚尖前一撂，拍拍打打身上的雪屑，笑笑，跨过地上的包包，对着火塘边一帮人一欠身，问："请问我兄弟在吗？"

没人说话，火塘边几个，晒蔫的玉米棒子样，卷叶收筋，无精打采，全都懒懒地举着脑袋，看着立在屋子中间的人。

好半天才有人问："谁是你兄弟？"

"他叫徐明亮。"左右扫了扫，他又慌忙补充，"哦！小名徐老二。"

此刻，我才知道他的大名。想一想，真是笑死人，徐明亮，多亮堂的名字，却死在一团黢黑中。

火塘边没人接话，无精打采仍在继续，仿佛焦枯的玉米地里过来一阵风，一层难见的涟漪后，一切又归于平寂。

他依旧固执地立在屋子中间，先前笑容像散开的莲花白一样，慢慢就卷心了，面部缩成了一个问号，盯着火塘边的人看了好久，最后连问号都折弯了。

我们认不得你兄弟，你去后面的办公室问问吧。有人终于说话了。

其实早该说这句的。

这样的场景，让我想起老家的花灯戏，每次都一样的板眼。

第一次有人这样问，是一个月前，只是那天没有雪，还有点花花太阳。进来的是个女人，四十多岁，进屋就问：我男人在吗？因为是第一次，应付起来还不那么顺滑，有人甚至还起身给女人让座。后来厂上知道了，把让座的骂了个底朝天，祖宗十八代都捎上了。厂上指点迷津：话越少越好，态度越冷越好，眼神越奓拉越好。还说，有找人的来了，直接让他到厂办公室。

经历了好几次，大家都自然了，连搭腔的人都固定了下来。

他点头说了声谢谢，弯腰提起包，转身出去了，小心翼翼地带上了门。

他一走，屋子里情绪更黏稠了，火塘边的头埋得很低，差不多都奓拉到火坑里去了，两三个躺在床铺上的，把头扭过去对着墙，大家都不愿意自己的脸让别人看见。风从窗洞子里吹进来，虚虚的，探头探脑。

慢慢地，涌进屋子的北风把屋子里的黏稠稀释了，脑袋重新举了起来，像得了露水滋润的禾苗。大家动作也丰富了一些，还有伸懒腰的，两手高高举起，咧着嘴，吞吐着淤积在心底那股心虚的气息。靠左的小个子还提起水壶往洋瓷水杯里加了些热水。

我腰有些酸麻，想起来活动一下，刚套好衣服，一股冷风扑面而来。

他重新站在屋子里，样子像块冰坨坨。

"我兄弟到底在哪里？"他的笑容不见了，五官挤成了一团。

所有的目光都定在了他的身上。

"厂上说他三个月前就走了，是不是？"他又问。

屋子里的人相互看着，慌慌的，以前可没有这一出呀！回马枪的事情没遇上过。

他往前跨了一步，声音也粗了："我兄弟是不是出事了？"

离他最近的瘦猴有些心慌气短，下意识轻轻摇了摇头。

"不可能！"他吼了一声，冲过来从小个子手里抢过那个洋瓷水杯，高高举起，指着上面的一棵松树说，"我兄弟的，松树顶上脱了一块漆。"又一把薅过瘦猴挂在床沿边的衣服，大声说："第三颗扣子不是塑料的，金属的，我妈给缝上去的。"

他把衣服夹在腋下，水杯里的水往地上一泼，愤愤走了，走到门边，他转头黑着脸说："我妈给的东西，我兄弟绝对不会落下的。"顿了顿他又说："我找他们去，看他们还怎么说。"

砰的一声，砸得房门来回晃荡。

我打了一个冷战，有人开始嘀咕："日你妈，贪小便宜嘛！出纰漏了吧！"

我在火塘边坐下来，身子往前凑了凑，没感到一点暖意，反而感觉后背更冷了，冷飕飕的。

大约一支烟工夫，办公室就传来了喊叫声，还有拳脚和棍子打在身上的声音。开始还高亢，渐渐就低沉了，最后完全没有了声息。

瘦猴坐在屋角，砰砰的击打声让他的眼皮跟着有节奏地跳动着，仿佛是他挨了打。其他人依旧木木地坐在火堆边，他们的表情像秋天收割完毕的土地一样荒凉。等喊叫声停止了，才掖掖裹在身上的棉衣。

我蹲在煤堆上，掏出一根纸烟，点了几次没点上，风有点大，手还有点抖，背过身来，甩了甩手，屈腿弯腰，才算把烟点上了。

雪收了，太阳算是出来了，有半边还躲在淡黑色的云堆里，缩头缩脑，羞羞答答。

他躺在煤场子边的雪地里，远远看去像个死人。瘦猴出来看过一次，说还没死，看见他手还在动呢！我盯着他看了好半天，也没见着他有啥动静。我想他怕是死去了，心里就想，动一下呀，快动一下呀，哪怕一小下下，只要证明你还活着就成。

好久，我这丁点儿希望都冻僵了。瘦猴这王八日的肯定又胡说八道了。

回到屋里，所有人都盯着我，眼神简单明了。

我狠狠瞪了他们一眼，骂："看个球，肯定是死了，瘦猴子，你是啥子眼神，死活都分不清楚？"猴子一扭脖子说："真看见他动了，说瞎话我全家死绝。"

老马抱着铁皮火管，斜着眼，很有经验地叹气："现在有碗热汤，兴许能缓过来，迟了，老命就算丢在这儿了。"屋子里开始了长久的沉默，半晌，瘦猴才嗫嚅："厂上打人，谁敢吭声，还喝热汤？只怕是喝热汤的活过来了，送热汤的就该完蛋了。"

那一晚，雪花飘了一夜。

躺在床上，我不敢闭眼，一闭眼就是噩梦。房子里没有了以往的呼噜声，间或还有人叹气，都把心思捂在被窝里了。

下半夜，我忽然心口痛，是那种要命的绞痛，换了几个姿势都不行，我干脆爬起来，披上我那件掉了皮的黑皮衣，往矿上办公室走去。

风很大，顺着两排屋子的空隙蹿过去，我逆着风，站在门口，办公室灯还亮着，几个人围在火炉边耍纸牌。

刚伸出手准备敲门，我手抖了一下。

在这里，没有谁敢做出头的鸟。大家都努力弓着背，把脑袋埋进裤裆里，都是父母养的，也有热血沸腾的时候，可一想到老家那几张脸，热血很快就冷却了。也是，生生死死、磕磕碰碰见多了，就祈求菩萨，只要霉运不落到自己头上，每天都能见到新鲜的太阳，就高高福在了。

好长时间没冲动过了，心里那潭水都长青苔了。

妈的，不知道咋回事儿，死水忽然冒出了几个气泡。

一咬牙，我拍响了门。

拍开门，管事的揉着惺忪的眼睛问啥事。

我说我心口疼。

他说我给你找点止痛片。

我说你们就放那人一马吧，只要你们点头，我负责打整他，要晚了，命就怕没了。

管事的瞪着我，半天才说：他一进来就打砸抢，我们这是正当防卫。如果不怕明天躺在那里的人是你，你尽管去管他好了。

我还想说话，两个人过来挽起了袖子。我慌忙退出来，把刚刚翘起的那根尾巴夹好。顺着风往回走，我一阵难受，好容易憋出来的那点勇气，一阵风过就消失得干干净净了。裹紧衣服，我蹲在煤堆上看着他。雪很大，雪夜下，只能见着一个白色的凸起。

我说我也干不了什么，就多给你念几遍阿弥陀佛吧！菩萨要真有双天眼，该不会不管不问吧！

天没亮，我听见瘦猴站在门口喊，他的声音满是惊奇。

"狗日的不见了。"

我连衣服都没有套，几步跳出来跑到煤堆，放眼望去，坝子里有一个陷下去的人形。

小镇

下半夜了，我在做梦呢！又梦见他了，神气活现地站在我面前说：等攒足了钱就娶你。我才不相信呢！就算在梦里头，我也不相信，他的话哪里有准头？跟他好的这些年，我没想他的金，没想他的银，就想他能给我一个准信。可只要一提到这事，就算他骑在你身上，都能一骨碌翻下来，恶声恶气地吼：少提这事，我心里有数。他吼我也吼：我就奇怪了，一提这事你就上火，你要真有牵绊，我不怪你，你老婆早死了，无儿无女，光杆司令一个，你还有什么放不下的，啊？这时候他就哑火了，缩在椅子里狠命地抽烟，烟雾浓得我都看不清他的脸了。

我的梦被拍醒了。竖着耳朵听了听，我知道他来了，这是他拍门的方式。我套好衣服，下楼来抽开铺子的门板，他立在门边，身后披着漫天的风雪。

这一刻，我的喉咙有些发硬。没见着他的时候，从早到晚地埋怨；一见了，就只剩委屈了，恨不得捶他几拳，骂他几句，然后温顺地倒在他怀里。那样啊，再大的风、再大的雪也奈何不了我了。

他经常在这样的夜晚到来，抽开门板，我们都会抱一抱的。我发现，我和他这些年，这一抱是最特别的，和无数次的酣畅淋漓相比，回忆中出现最多的还是这一抱。

　　可今天没有，我刚往前站了一步，他忽然说，你跟我来。

　　他的车停在街头一个黑咕隆咚的拐角处。走到车边，他先四下看了看，小镇早就睡去了，只有几只狗还在昏黄的灯光下觅食。他拉开车门，我看见副驾驶上斜躺着一个人，满脸血污。他先从车里拿出一个旅行包递给我，然后扛上那人，低声说回去。

　　那人躺在床上，一动不动，我没敢凑过去看。

　　"死了吗？"我问他。

　　他喘了喘气说："去，熬一锅姜汤水。"我点点头，走到门边，他又说："多放姜。"

　　我在厨房熬姜水，他走进来，从后面把我抱住，脑袋窝在我的脖颈里，好半天不说话。还好，这两天雪太大，饭店生意不太好，准备的姜块还剩不少，我放了好几块。他把脑袋从我后面伸出来往锅里看了看，说再放，我又放了两块，他还嫌不够，说饭店都开得起，还舍不得几块生姜。我有些生气，把案板上的姜块全扔锅里头了。

　　我转过身，把他推开，很严肃地问他："那人是谁啊？"

　　他说他也不知道他的名字，我就有火了，说这算怎么回事啊？不认识你就把他往家扛。

　　他斜着眼看着我。

　　我说你弄走不弄走？你不弄我弄。

　　他说："我没心思跟你吵！"

　　"我才没心思跟你吵呢！"我声音大了不少。

他脸一黑，抓起案板上一个瓷盆，咣当一下砸在地上，那盆在地上跳了几跳，滚在墙角趴着不动了。我没敢说话了。他转头看了我一眼，吼："你就服这个。"

锅里的水正咕噜噜冒，我心里的气也在咕噜噜冒。

"他是不是快死了？"半晌我气呼呼问。

"难说。"他说。

我说这不成啊！该送医院才对啊！镇上卫生院半夜也有人值班呢！

他摇摇头，说这是南山煤矿收拾的人。

我不敢说话了。

这里人都知道，这个小镇就是靠南山煤矿养着的。镇政府、派出所、卫生院，杂七杂八的单位，开的车都是矿上送的。还有我们这些做生意的，客人除了矿上的，就是拉煤的司机了。

我坐在屋角的椅子上，看着他给床上的人擦身子，拈块布，从头到脚，慢慢地擦。雾气腾腾，笼罩着他一张满是风霜的脸，床上的人无声无息，青紫的身子慢慢透出了红色。我有些嫉妒了，我甚至希望床上那个半死不活的人是我，要能让他给我这样伺弄一番，我想那一定是件很幸福的事情。

看着看着，我有些异样了，我第一次看见他这样安详，他的每一个动作都显得格外地小心翼翼，眼神柔软得像初春的杨柳，擦脑门的时候，他竟然伸出两指，把他脑门前的一绺头发梳到耳根背后。灯光很柔和，我有些感动了，想自己也应该干点什么。

看我拈块帕子站在旁边，他直起腰来，大声问："你想干什么？"

我没理他，弯下腰，把帕子放进姜水里热热，沿着那人的胸膛慢慢往下擦。

我们俩相互看了看，都有了一丝笑。

天快亮的时候，那人缓过来了。

我打开店门，新的一天又开始了。

小镇的清晨总是给人一种不稳当的感觉。小镇在半山腰，房屋密密匝匝，雾气从山脚一直堆到街面上，悬吊吊的。街道狭长，毛毛糙糙。大大小小的百货店和小菜馆总是醒得很晚，就等着拉煤的司机和闲工的挖煤匠。到了中午，司机们把煤车沿着街面停放好，跳下来，拍拍拍打身上。年轻的司机还会斜在车门边，对着反光镜梳理梳理东倒西歪的头发，朝着自己喜欢的铺子去了。挖煤匠们，则顺着街道过来，蹦跳着越过深深浅浅的水坑，站在小菜馆门口，抖一抖脚上的泥水，拱进屋去，要点下酒菜，再要上一大碗青幽幽的本地苞谷酒，把日子放进舌头和牙缝里，慢腾腾地咂摸。司机们出手自然阔绰一些，他们喜欢卤猪耳、炒腰花、回锅肉和素酸菜，偶尔还会吃一顿辣子鸡或者猪蹄髈火锅；相较而言，挖煤匠们就显得抠门多了，要盘花生米，筛来半碗酒，那张桌子一整天都是他们的了。挖煤的虽说吃得寒碜一些，但老实，脑袋永远都耷拉着，兴许是长期下井的缘故，他们连吃饭的时候都保持着一种向下的姿态，仿佛地面上有个窟窿，他们随时都会钻进去。拉煤的就油条多了，有时候店里人手不够，我会给他们亲自端端菜，倒倒酒，这样摸摸蹭蹭就难免了。遇上心火旺的，还会借机在你的屁股和胸脯上薅两把，我也不恼，笑嘻嘻地躲闪着。这两年这事遇得少了，遇上揩油的，旁边就有人提醒：管好你的爪爪，王荣贵，王大哥的女人。

快到午饭时间了，店铺里零零星星坐着几个人，王荣贵从屋子里出来，在柜台上勾了半杯泡好的枸杞酒喝下去，抹了抹嘴，朝我眨眨眼。我过去，他把我拉到里屋对我说：我得把这车煤运出去交了，答应人家的，不能失信，人我就交给你了，好生看着，隔会儿你到卫生院给他开点跌打损伤的药片。我两星期以后就回来。

我埋怨：值当吗？

他恨了我一眼："开弓没有回头箭，都到这份儿上了，就得扛下去。"想想他又说："千万不能让人知道这人被我弄这儿来了，那样以后南山煤厂的煤炭我就甭想拖了。"

王荣贵走了，我倚靠在门边，看着他远去的背影。他哪知道，我才不是埋怨他招个半死不活的人来，我是心里不安逸呢！好不容易见一面，连认真抱一抱都没有，我老觉得心里空落落的。他的车驶过铺子，看我眼神糍粑一样黏着他，他兴许是心软了，把车停下来，伸出半个脑袋，看着我笑笑。他的牙很白，嘴长得也好看，我想上去亲一个，当然了，只是想想，想想而已。小心些！我喊。车屁股喷出一阵黑烟，摔落一串闷响蹿出去了，他肯定没听见我的喊声，我有些沮丧了。

晚上，我从卫生院买回来一些药，推开门，那人斜靠在床上，两个眼睛大大睁着。看见我进来，他挣扎着想坐起来，我连忙过去把他按倒在床上。他四下环顾着屋子，脑袋还使劲往窗户那边伸，疑惑堆满了那张肿胀的脸。

我拉把椅子坐下来，把事情说了个大概。

"他呢？"他急切地问。

我说你是说王荣贵吧？他居然笑了笑，笑容让肿脸移了位，疼得他眉毛都跳了起来。缓了缓他才说："原来他叫这名儿。"

接下来是漫长的沉默，好久我咳嗽一声，问他："矿上怎么把你给打了？"

"我兄弟没了，我找他们要人。"

"你咋知道你兄弟没了？"

他没说话，眼睛盯着窗外，黑压压的一大团云朵，把窗户塞得死死的。

王荣贵离开已经十天了，还有五天，他就该回来了，这些天，我夜夜梦见他，不知道他有没有梦见过我，我想应该有的，他不是那种没心没肺的人。自从男人死后，我七八年都没动过心思，怕啊！就怕遇上没心没肺的。可你从我们这条街一溜看过去，净是这种男人，婆娘在屋里挖空心思打理家，男人呢，驾驶室一拱，天南海北跑，车一停，就爬到其他女人身上去了。我第一次见到他是三年前，他和几个司机来饭店吃饭，其他人看着我店里送菜的几个小姑娘，个个口水滴答，动手动脚。只有他，低着头呼啦啦刨饭，几碗饭下去，拉条凳子坐在门边吸烟。和饭桌上还看着我舔口舔嘴的几个人相比，他像另一个世界的人。

从那一刻起，我就想，他要没有女人，我就嫁给他。自从跑上南山煤厂这条线，他就经常来店里吃饭，我知道了他比我大五岁，还知道他也是根独旗杆儿，我就主动了。好上以后，我的心思就都在他身上了。可是两年了，他就是犟着，不办事儿。不办就不办吧，还不能提，我一提，他就上火，吼天吼地的。

想不通，想了好久，我都没想通。

和以往相比，我忙了许多，除了照看店里的生意，还得照顾楼上的那个人。还好，这些天他能下地了，还说想去厨房帮点忙。我不让，怕王荣贵回来怪罪我，另外还怕南山煤厂的人认出他来。

今天放晴了，生意就好了许多，一直忙到晚上十点多，店里的人才算散去。我端了一碗饭上楼，忙惨了，把他给忘了。他显然是饿了，几筷子就把饭刨得精光，把碗递给我，他问：还有吗？我被吓了一跳，还以为病人吃得少呢！我说有，赶忙下去给他盛了满满一大碗。

深夜了，厨师和几个帮忙的小姑娘都走了。我一个人缩在厨房剥大蒜，这是本地蒜，个儿小，味道浓，炒菜香。刚剥了几个，他下来了，搬条凳子跟我一起剥，我没阻拦他，反正这活不费力气。

"你和他是怎么认识的？"我问。

谁？他说。

我说王荣贵啊！

他说我搭他车去的矿上。

他动作很快，面前的大碗里很快装满了白花花的一碗蒜。蒜味有些刺眼，他横着袖子抹了一把眼睛，忽然问："他说他有个相好，就是你吧？"

我一惊，笑着骂："胀憨的，连这事也给你说了。"把一颗蒜丢进碗里，我叹了一口气。他停了下来，抬头看着我，说："他是个好人，你还叹气？"

我笑一笑，说好人顶个屁用呀！一天到晚在外跑，见他跟见国家主席一样难哩。顿了顿我又说："这样不明不白的，我心慌。"

"你们还没办事吧？"他问。

我点点头，幽幽地说："他怕是不想和我好吧！"

他捡起一颗蒜，剥了一半，忽然说："不是这样的，他跟我说——"

我一下昂起头问："说啥？"

"他说跑车的跟挖煤的差不多，都是玩命的活儿，他怕——"

"怕啥？"我问。

他没有看我，低头把那颗蒜剥完，才说："他说了，再拼着命跑两年，等攒足了钱，就不干了，跟你守着这个店过下半辈子算了。"

我没说话，本来想忍的，没忍住，眼泪顺着两颊不争气地往下淌。

"他还跟我说——"看见我眼泪下来了，他停住了。

我抹了一把泪，对他说："你说吧，我没事。"

他说："还是算了，不说了。"

我把手里的蒜往地上一砸，吼他："说点话还吞吞吐吐的，哪有拉半截屎的。"

他涨红了脸，慌忙说："其实也没啥，他说他老婆就是因为他常年不落屋，喝农药死了。"

我站起来，身子有些飘，扶着案桌，半天才站稳。

我想王荣贵了，真的想，从来没有这样想过。我想给他打个电话，可他交代过，只要车出了门，就不能给他打电话。

这些日子，我的心思没在店里了，整日倚在店门口，眼睛盯着来来往往的煤车。我想他技术好，说不定能早点把煤运到，这样就能提前回来了。

天气和我一样地无精打采。午后了，天空亮堂了一些，北风也歇火了。饭店里就剩一桌人了，五个挖煤匠。他们吃饭的时间和他们的煤井一样地长，桌上的菜肴早就收拾得精光，只有一个盘子里还孤独地躺着几粒花生米，每个人脸上都是恹恹的神情。他们正玩着一个游戏：把一个碗反扣在桌子中央，碗底放一个瓷勺子，一个人把着勺子用力一转，勺子就开始旋转，勺子转累了，慢慢停了下来，众人的目光就跟着勺子把儿的方向看，勺子把儿指着的人也不说话，伸手端过碗，一仰头把酒喝干，重新倒上酒，喝酒的人先抓一粒花生米扔进嘴里，然后伸手捉住勺子，又开始了新一轮的游戏。

游戏很简单，表情也简单。只有目光显得笨重，偶然的一个抬头、转头、回头，都像失了润滑的轴承，他们的腰都一律半弯曲，仿佛肩上扛了无形的物事。

勺子骨碌碌转，旋转出一团急促的雪白，最后勺子把儿指向了一老一少肩膀之间，大家看了看这段狭窄的空隙，又看了看拼出空隙的两张脸，年少的把身体往旁边歪了歪，这样年老的就理亏了。年老的一脸乌青，身上套件黑皮衣，好多地方还掉了皮，这样他就成了一只正在褪毛的老猫。他裹紧衣服，看着瘦精精的年轻人摇了摇头，端起酒碗一饮而尽。酒倒进去，眉头就皱起来了，侧过头，他的皱纹更深了。

楼上的人不知道什么时候下来了，站在了桌子旁边。

我屋子里的病人眼睛盯着那个喝酒的挖煤匠，挖煤匠也看着他。四目交接，挖煤匠的眼神倏然变得仓皇了，想逃遁，可是没有逃遁的勇气。硬硬地盯着他看了看，那目光就游离了，轻飘飘的，仿佛无处安放了，上下左右地晃荡，最后停在了墙上的一张画上，迎客松，塑料的。

他走过去，低头看着一桌人，桌上的人也仰着头看着他。僵持了一阵，坐着的收回了目光，那个瘦精精的年轻人忽然拨弄了一下桌上的勺子，屋子里就有了磨牙的声音。

"我知道，我兄弟已经没了。"他的声音冷冰冰的。

众人你看看我，我看看你，没人答话。

"跟我说，是不是还埋在下面？"

年长的忽然站了起来，冲着我喊："结账。"

"日你妈，你们就算点个头也成啊！"他忽然破口大骂。

没人看他，几个人径直往外去了。

他追到门口，目送着几个人蹦跳着离开，猛烈咳嗽起来，咳得很厉害，好半天才停歇下来。

"让你不要出来，不要出来，咋还没耳性呢。这下好了，知道你在我这里，我们怕都脱不了干系了。"我有些生气，看他不停地喘气，我说给你倒杯热水？

他摇摇头。

起风了，从街口过来，翻滚着穿过狭窄的街道，他一个趔趄，慌忙伸手扶住门沿。

风过去了，街道安静下来，一条黄狗从巷子里伸出头来左右看看，才小心翼翼地跑出来，沿着街道找吃的，可惜街道上除了被车辙辗出的黑泥外，其他地头都是厚厚的积雪。

"你问他们有个屁用！"我说，"这些都是喽啰，要问就去问他们老板。"

"在哪儿？"他眼睛一下睁得斗大，露出可怖的血丝来。

"县城。"

"咋才能找到他？"

我被他的样子吓了一跳，嗫嚅着说："只要问南山煤矿的赵老板，连街头卖臭豆腐的都知道。"

他是悄悄走的。夜晚，我听见有窸窸窣窣的声音，以为是他上厕所，等天亮一看，人没了，床铺叠得整整齐齐的，还在铺盖上放了两百块钱。

第二晚，拍门声把我吵醒了，我知道是王荣贵回来了，打开门，我抱着他大哭一场，哭完了，我仰着头说："那人走了。"王荣贵伸出巴掌帮我揩去脸上的泪水，笑着说："他能活下来就成了，走了就走了嘛，还哭得这样伤心。"

我的王荣贵哪里知道，我哭的是另外一些事情。

我们家之一

我是中午吃完饭后见到那位叔叔的。当时妈妈在看电视，我扑在桌子上画画，我画了一个大花园，人们围着花园兴高采烈地跳舞。

他没有按门铃，而是一个劲儿地拍门，妈妈拉开防盗门上的小窗，问他找谁，他说我找赵老板有点事。妈妈又问他，啥事？他说他是厂上来的，有点事情跟赵老板说。

他没在啊！妈妈说。

事情有点急。他说。

妈妈迟疑了一下，还是拉开了门。

他对着妈妈点了点头，刚想迈步，妈妈伸手拦住了他，从鞋柜里拿出一对鞋套，接过鞋套，他茫然地看着妈妈。妈妈脸色有些不好看，脑袋歪向一边，不理他。我从板凳上跳下来，跑过去跟他说，这是鞋套，套在脚上，这样地板就不会弄脏了。我边说边教他怎样做。他看着我笑笑，他脸像个大馒头，还有一些新鲜的伤疤，我想他定是走路不小心给跌的，于是我就在心里笑一回，原来大人走路也会跌跤的。

等他套好鞋套一迈步，我就有些愧疚了。原来他是个跛子，我不该笑他的，老师说过的，不应该嘲笑残疾人。

他走到沙发边，想坐下来，四周看了看，最后选择了沙发边上的一把椅子，还顺手把手里的提包放在脚边。

我想接下来妈妈就该给他倒杯水了，家里来人，妈妈都会热情地倒水的。可是妈妈没有这样做，依然回到沙发上看电视，还小声咕哝，一脸的不满，叔叔敲门把她的电视剧弄断了，她又要费些劲儿才能接上了。

我跑到饮水机边，拿起玻璃杯子就开始倒水。刚接了半杯，妈妈就吼："干啥呢你？"我说给叔叔倒杯水。妈妈把遥控器往沙发上一丢，过来抢过我手里的玻璃杯，重新拿了一个一次性的塑料杯子，把玻璃杯里面的水倒进去，走过去把杯子往叔叔面前一放，嘴里说："你这样干等不是办法，不知道他几时回来。"

叔叔点着头笑："没关系，我慢慢等。"

屋子里没人说话了，只有电视机里面发出的各种杂乱的声音。

我扑下身来继续画画，我偷偷瞅了坐在边上的叔叔一眼，心里笑了笑，就顺手把花园里刚画好一半的一个大人涂掉了，我得把这位叔叔画上去。他坐在那里，一动不动，乖巧得像只老猫，这样正好。画好脑袋我心里笑得更欢了，他一定不知道我在画他，嘿嘿！不过他似乎注意到了我在偷看他，他的眼睛就在电视和我之间来回跑。有时候我们四只眼一不小心就打了架，我心虚着呢，赶忙躲开了。

爸爸回来的时候，我的画刚画完，花团锦簇中，人们手拉手，跳着，唱着，天空中还飞翔着几只鸽子，太阳胖乎乎的笑脸散发着黄色的光芒，几朵白云绕着太阳公公悠悠闲闲地飘啊飘！

爸爸打开门，看见了屋子里的异样。换上鞋，把钥匙往鞋柜上一丢，问："哟！这是老家的亲戚吧？"妈妈斜了爸爸一眼，声音像是往下掉："老家的亲戚？我老家的亲戚哪敢登你赵大老板的宝殿门啊！"忽然妈妈的声音又变成了往上蹿，短而急，"找你的。"

"哦！有事？"爸爸过来，看着那位叔叔说。

叔叔点点头，没说话，低头拉开地上的包，他怕是有什么东西给爸爸吧！

等他再次抬起头，屋子里忽然变得寂静如水。

他居然举着一支枪。

爸爸当时刚好倒杯水端在手里，水杯送到嘴边就停住了，杯子慢慢降到胸前，嘴却还依然大大张着。妈妈的眼睛盯着电视机，本来聚精会神的，忽然感觉到了异样，一侧身，嘴一下就咧开了，妈妈大概是怕嘴一直咧到耳根后，慌忙伸手把嘴捂住了。

我被吓着了，不过我这人精灵，老师都说了的。瞬间我就有了主意，我决定哭，真哭。我这两年哭过好多次，但多数是假哭，要这要那啊，想和不想啊，我都哭，但一律是假哭。刚开始学会假哭那阵子，本领还不高强，有两次差点就让精明的妈妈给识破了，后来进步了，比画画的进步还大，假哭比真哭还动人，因为假哭多了，我差不多把真哭都给忘记了。

这一次是真哭，刚噘起嘴，皱起眉，一股好久都没了的感受一下涌了上来，塞得一个胸膛鼓鼓的，咧开嘴，我要好好伤心一回了。

没哭成，他转过脸，狠狠地瞪了我一眼，还把手里的枪晃了晃。这模样我熟悉，是让我住嘴，爸爸妈妈经常有这样的举动，只是他们手里没有枪。

我无可奈何地收了声。

收声也好，让我有更多的时间看看他。

我想，这就该是所谓的坏蛋了。

坏蛋的故事，老师讲过，爸爸妈妈也讲过，好多人都讲过，在书上也见过，电视上也见过，都是鬼鬼祟祟、缩头缩脑的，要么就一脸横肉，要么就斜眉吊眼，反正不是眼前的这个样子。眼前的这个哪有坏蛋样儿啊！脸像颗吹大的泡泡糖，还有伤疤，我见过一个刚从沟里爬出来的可怜人，就这模样。还有，他还是个瘸子，走路摆钟样的。我本来一直都以为他是个好人，还是个可怜的好人，还给他倒水，还把他画进了我的画，还让他站在美丽的大花园里。可是，等他从包里拿出那支枪，他咯噔一下就变成坏蛋了，还是一个超级大坏蛋。

接下来，他就成了这个屋子的主人。

他从柜子里拿出一截电线，让妈妈把爸爸绑了，然后又把妈妈绑了。把爸爸和妈妈推进卫生间后，他拿着一截电线向我走来。

我使劲咬紧嘴唇，不让自己哭出来，没忍住，眼泪不争气地往下淌。

他走近我，我忽然有了一股冲动，我要不是一个小姑娘家家，就跟他搏斗。可我毕竟是个小姑娘，才上四年级，还是没有开放的花骨朵儿哩。搏斗是搏斗不了了，争取不哭出声来，就算是藐视敌人，取得气势上的胜利了。

他没有绑我，而是拿起桌上的画本，瞅了瞅，问我："你画的？"我没理他，其实就在刚才，我还觉得这幅画画得挺好的，可是现在，它看起来只有丑陋了，不为别的，就因为我画里有了他。我一把把画本拉过来，气鼓鼓地说："要你管，又没画你。"我又怕他看出来画里有他，慌忙把画本合上。

他不仅腿不好，眼睛也不好，居然没有瞅出来画里靠右边的那个咧嘴大笑的人就是他。他要发现了这个秘密，我可就丢脸了，明明是个大坏蛋，还拿他当好人待哩，还给他安排那样好的一个地方站着，正对着太阳哩！我憨不憨啊？

他没绑我，只是让我不要出声，我偷偷瞅了一眼他手里的枪，黑乎乎的，像条吐着芯子的黑蛇。

他拉了我一把，说你也进去。我知道他让我进卫生间。我摇了摇头，没同意。他伸手来拽我，我使劲摇晃着，不让他抓牢。

"去不去？"他吼一声，手高高扬起。

我忍不住了，哇一声大哭起来。

他惊慌地四处看看，我想他是被我的哭声吓着了，就更得意了，哭得更加波澜壮阔。

我以为这下他该束手无策了，没想到他方法简单得很：绑上我的两只手，拦腰把我夹起来往卫生间一丢，咣当一声，我的哭声就变得狭窄了。

爸爸和妈妈像两把扔在墙角的拖把。我们一家还从来没有一起上过厕所哩！看着可怜的爸爸妈妈，我哭得更伤心了。我一直觉得，我的爸爸是世界上最好的爸爸，他为了一家人的生活，每天都很忙，经常不在家。他对我好，对妈妈也好，给我买最好的画笔，给妈妈买最好的小汽车。

看我被丢进来，爸爸挣扎着爬到我旁边，上下认认真真把我看了一个遍，大约是看出来我还好好的，没缺胳膊没少腿，他松了一口气，小声让我不要哭。我憋住了哭声，变成一阵一阵的抽泣。

"不要怕，有爸爸在，坏人就害不了你和妈妈。"爸爸英雄一样地对我说。

我点点头，随即又陷入了慌张，爸爸的话固然提气，但是不管怎样，他是被绑着的呀！他也没有《宝莲灯》里沉香或者二郎神的本领呀！他自己都像个粽子，又怎么来保护我和妈妈呢？我刚想问清楚这个问题，门开了，坏蛋叔叔进来，把我扒拉到一边，一把揪住爸爸的脖子，连拉带拽拖了出去，门砰的一声又关上了。

妈妈急了，疯了似的冲到门边，大喊大叫，用头和肩膀使劲撞门。我看妈妈都这样了，我也没有主意了，又把号哭捡了起来，哇啦哇啦。

门被推开了，妈妈被撞了一个仰八叉。

坏蛋叔叔指着妈妈恶狠狠说，再乱吼乱叫，我一枪崩了你男人。

他说完，妈妈就乖了，惊天动地一下就变成了默默无闻。

我还在号，坏蛋叔叔瞟了我一眼，我立马就向妈妈学习了。

我和妈妈坐在厕所里，我们的脸上都挂着泪珠儿，像对可怜的难兄难弟。不对，我们都是女的，应该叫可怜的难妈难女。

妈妈看上去很紧张，侧着耳朵听着屋外的动静。

"兄弟，你这样做不就是为了钱吗？说个数吧！"是爸爸的声音。没想到爸爸这样没有原则，面对着这种大坏蛋，还叫他兄弟，换了我呀，就叫他鬼，叫他吊死鬼。

坏蛋叔叔的声音："我不要钱，我要我兄弟。"

爸爸："你兄弟，我没见过啊！"

坏蛋叔叔："死在你矿上了，埋在煤洞里头了。"

爸爸笑，居然还笑，说："这不可能，绝对不可能。"

坏蛋叔叔："乡下人是憨，但是不傻，我知道，我兄弟没了，你承不承认？"

爸爸说："没影儿的事情，我干吗承认？要钱你就开口，不要搞这些。"

"狗日的！"坏蛋骂脏话，好难听。接着就是噼里啪啦的声音，然后是爸爸痛苦的惨叫声。妈妈又撞到门边，大声喊："有事好好说，干吗打人啊！"

打了好半天，爸爸大概是快死了，声音里头都有鲜血的味道："别打了，我承认，几个月前矿上确实埋了几个人。"

一记响亮的耳光，我正猜是谁挨的，马上又笑自己笨，肯定是爸爸呗，他手绑着呢！想到是爸爸挨了这样一记干脆的耳光，我又伤心了起来，想爸爸的脸上该起来五根鲜红的香肠了。

"到底埋了几个？"坏蛋越来越得劲儿了。

"好几个，四个还是五个？"爸爸好像也哭了，爸爸从来没哭过，今天都哭了，想一想，这是多大的委屈啊！

又一声脆响，比刚才还嘹亮。此刻，我也没什么祈求的了，只要求这巴掌是扇在爸爸另外半边脸上，一左一右，都给主人分担点，也该好受一些。

坏蛋凶神恶煞的声音："四个还是五个？死了人，连个数都记不清，你还是人吗？"

爸爸老不辅导我功课，原来他自己连四和五都分不清楚。

"四个，绝对是四个。"爸爸慌忙纠正。

一声长长的叹息，不是爸爸的，然后就安静了，长时间的安静。

门开了，爸爸被拉了进来，嘴里还多了一块抹布。

爸爸的样子真可怜，他的衣服都被扯破了，鞋子也掉了，左边脸像发糕，两只眼睛大大睁着，像见着了恶鬼。

我本来想安慰一下爸爸的，没想到，坏蛋叔叔冲进来，往我和妈妈的嘴里也塞了一块抹布。就这样，我们一家三口瘫坐在狭窄的厕所里，相互盯着看。开始还焦急，呜呜啦啦吼，就是听不清，慢慢大家都安静了。

我有些累了，想睡觉，就斜靠在马桶上，爸爸和妈妈渐渐就模糊了。

我们家之二

没想到这样突然，开门的时候我就有种隐隐的预感，想不到很快就得到了印证。他下手很快，一点不像个瘸子，掏枪，绑人，打人，快得我都有点蒙了。

老公矿上出事了我是晓得的。他那天接到矿上电话就心急火燎地出去，第三天才蔫巴巴地回来，眼睛里头布满了血丝，一定是熬夜了。我看着有些心疼，就想得去给他买点蛇胆啥的补一补，那东西对眼睛有好处。我也问过他，矿上到底出了啥事，他说没啥大事，就是有两个地方出现了小小的塌方。我又问他有没有伤着人，他笑着说伤人了能这样快回家吗？

可是刚才一顿打，他又承认死了人，还说是死了四个。听完我心里一咯噔，随即又释然了，对着这样劈头盖脸的毒打，要换了我，别说四个，四十个我都承认。

我们一家一排儿坐在沙发上，嘴里全都给堵上了。面对着这样穷凶极恶的坏蛋，要不是嘴给堵上了，我敢大声质问他：连小孩儿都不放过，你还是人吗？

不过比起卫生间，这会儿条件算是好多了。本来一家都被他丢在了卫生间，后来他开门，看见女儿靠在马桶上睡着了，倚在门边看了看，说都起来到客厅吧。

他坐在沙发对面，手里紧紧捏着那支乌黑的枪。

他的眼睛有些呆滞，定定地看着窗外，阳光越过围墙，照着一墙的枯黄。

好长时间，他忽然像想明白什么了，身子一直，走到老公身边，我有些担心，怕他又伤害我老公。

扯掉老公嘴里的抹布，他说："让人把我兄弟挖出来。"

老公猛喘了几口气，说这不可能，就算大型机械，也得干上好几天。

"挖不挖？"

"不是不挖，这个——"

他沉着脸，把枪往我太阳穴一指，说："就是用手刨，也得给我刨出来，否则，别怪我下狠手。"

老公慌忙点头，说挖挖挖，一定挖，我马上给矿上打电话。

电话在窗户边，老公说号码，他按，电话接通了，他把电话凑到老公耳朵边，老公在电话里吼："让你们挖就挖，不为什么，给老子挖。"

重新坐下来，老公提出口渴，想喝口水，他白了老公一眼，没理会。老公看了看我和女儿，说不给水喝也行，把我女儿和老婆的抹布抽了，让她们透透气吧！

他犹豫了一下，把女儿嘴里的抹布扯掉了。

"就一个。"他说，说完又把老公的嘴给堵上了。

女儿看样子是吓坏了，布一扯开，张着嘴就想哭，他狠了一眼，女儿很争气，使劲闭着嘴，把哭给压下去了。

慢慢地，女儿像是适应了这种氛围，居然直勾勾看着他。他更稀奇，露出了腼腆的神情来。女儿的脾气我知道，典型的得寸进尺。

"我要喝水。"女儿说，语气有些试探的意味。

他犹豫了一下，起身走到饮水机边上，往玻璃杯里接了一杯冷水。转身走出两步，女儿又说："我要热的。"他盯着女儿看了看，一仰脖子喝掉了半杯凉水，弯下腰，杯子刚伸到接水口下，女儿高声嚷起来："重新换个杯子，我不要你喝过的。"他猛一转头，目光箭一样射向女儿。女儿蹙着眉，可能是明白了这样的要求和处境实在有些不搭调，又软软地说："麻烦你多倒一点。"

喝完水，女儿开始滴滴答答地抽泣。开始声音小，他没在意，坐在椅子上摆弄手里的枪，慢慢地女儿声音开始变大，他就警惕了，拿枪对着女儿比画了两下，问："你哪根筋又麻了？"

女儿悲戚地说："明天就星期一了，我好多作业没做呢！"

他讪笑："你还乖得很呢！你看看现在是做作业的时候吗？"

"作业不完成，要挨老师骂的。"女儿说。

他再没搭理沙发上的乖学生，眼睛盯着窗外，神情格外遥远。

"我就做语文，我们语文老师可凶了，没完成作业的，不仅罚值日，还得请家长哩！"女儿哭着央求。

他依然看着窗外。

"求你了！"女儿哭声更大了。

他忽然猛向女儿冲过来，一脸的怒气。我慌了神，老公也慌了，呜呜叫着往女儿那边靠，女儿倒显得格外镇静，摆直身子迎着他。

他到女儿面前，一颗大脑袋摆放在女儿的小脑袋上方，恶狠狠地说："就你聒噪，听清楚了，作业可以让你做，但是不许乱说乱叫乱动，否则我就——"他扬扬手里的枪。小学生松了绑，径直往自己房间走去。他跳起来吼："干啥去？"女儿说回房间做作业啊！他说不行，指了指面前的茶几："就在这儿做。"

女儿摊开书和作业本，把吊在额前的一绺头发拨拉开，开始一笔一画写作业。

房间里恢复了平静，只有笔在纸上跑出的沙沙声。

时间漫长得像台湾的电视剧。偶尔，我和老公，相互眨一下眼睛，暗中鼓励着。

我想，只要坚持做，一定会迎来转机。

剩下的时间，我们三人的目光都在女儿身上。她很入神，我闺女就这点好，干啥事都能集中精力。她似乎忘记了危机的存在，把笔头咬在嘴里，这是遇上难题才有的表情。我呜呜叫了两声，我就讨厌她这毛病，一卡壳就咬笔头，多不卫生啊！骂了好多次，就是不见改。吼了两声我才意识到嘴给堵上了，要不是又堵又绑的，我非得过去照着额头给她两弹崩。

看你还不长记性。

她忽然抬起头，看着面前的坏蛋说："你能说出三种农作物的名称吗？"

他轻蔑地一瞥，歪开脑袋，不说话。

"我可以问我爸爸和妈妈吗？"

他还是不说话。

"我只能写出一种，作业要写四种，还差三种呢！"

"别得寸进尺啊！"他沉着声说。

女儿不理他，继续说："我写出了稻谷。"女儿还把作业本伸过去："稻谷的'稻'字是这样写的吧！"

他目光一下软了下来，侧头看了看，说："不知道！"

"那其他三种呢？"

"嘚嘚嘚，烦不烦啊？"他把枪放在两腿间，掰起指头大声数，"玉米、黄豆、小麦、生姜、白菜、萝卜——还要不要？"

女儿盯着他，眼神充满了惊奇和敬佩。

"你知道得真多啊！好厉害。"女儿说。

"数个三天三夜也数不完。"他脸上荡开淡淡的得意。

女儿满意地弯下腰继续写作业。

他低着头，盯着自己脚面看，看了半晌，脑袋忽然伸得老高，阴恻恻地看着老公说："人能挖出来，我给你留个后，挖不出来，你们一家就认命吧！"我急得呜呜大叫。他一弯腰，隔着茶几给了我一巴掌。我赶忙收住声，女儿却哭了，仰着脑袋，样子真是被吓着了。他一把抄起女儿的作业本，吼："到屋里去做。"女儿拿起作业本，嘤嘤哭着进屋去了，他也跟进去看了看，大约是想检查一下屋子里有没有什么异样。

再次坐回位子上，他还大口大口地喘气，像是被什么东西给堵着了。

老公对我眨眨眼，可能是让我安静下来，免得激怒他。

他一只手提着枪，一只手蒙着脸，像是陷入了某种难以摆脱的焦虑。

"你知道被埋在下面的感受吗？"他探过身子，对着老公说，"一地墨黑，叫天天不应叫地地不灵，只有害怕，不是遇上老虎豹子野猪那样的害怕，也不是被人偷了抢了绑了的害怕，是觉得吧，被爹妈啊，亲戚啊，朋友啊，寨邻啊，弄丢了。弄丢了不说，还忘记了，忘记在那个又黑又潮的巷道里头，还有这样一个人了。"

他的声音渐渐变得哽咽："我被埋过，埋了好些天，一起被埋的有五个人，其他四个都死了，你知道他们是怎么死的吗？一开始啊，我们相互打气，朝着外头挖啊，挖啊！挖到第三天，有两个兄弟不挖了，绝望了。等我们歇下来，才发现他们已经死了，摸到一片锋利的石头，把手腕子割开了。第五天，剩下两个兄弟也死了。我还不死心，继续挖，最后实在挖不动了，摸到一块石片，准备跟他们去了。你猜怎么着，洞子那头传来了轰轰的机器声，有人从洞子那头挖过来了。"

他忽然疯了似的冲过来，一把将老公从沙发上提起来扔在地上，劈头盖脸一阵乱打，边打边骂："你万人日的，明知道埋人了，不管不问，你哪怕做做样子，派两个人挖一挖也成啊！说不定我兄弟听见动静，还能自己刨出来呢！"

他狠命地打，老公闷着惨叫。

打够了，他一屁股坐下来，呜呜地哭，眼泪鼻涕一起往下淌。

老公蜷缩在地上，一阵一阵地抽搐。他盯着老公恶毒地骂了一阵，歇了会儿，又把老公提到沙发上放好，老公咕咕闷哼了几声，看着他的脸，没敢再哼了。

该是中午了，女儿拉开门，站在门口喊饿。我看了看他，他指了指女儿，我拼命点头，他扯掉我嘴里的抹布。一下通透了，我吭哧吭哧好半天才缓过来。平静下来，我说你给我松开吧，我得做饭给女儿吃呢。他摇头。我说那就让她在冰箱里拿点牛奶喝吧。他同意了。

女儿抱着牛奶回屋去了。

我怕他又把抹布给我塞回去，等了一会儿，他没动，也不知道是忘记了还是干脆不塞了。

我清了清嗓子，尽量让声音变得柔和些，再柔和些："天大的事情，我们可以商量嘛！"

他说我弟弟都没了，这事没有商量的余地了。我说万一你兄弟没埋下面，而是去其他矿上干活了呢？

他居然笑了笑，他笑起来就一点都没有凶相了，老实得不行。他说这个事情就不说了，你男人心里最清楚了。我有些怕了，怕这事情是真的。如果是真的，老公他们就过分了。之所以说他们，是因为这厂子不是老公一人的，还有几个我不认识的股东。我也问过老公，他不说，还让我不要胡乱打听。

我不敢说话了。

长时间的沉默。

门铃响了，我们都倏然一惊。他拿枪指着我，低声说，敢出半点声音，我一个活口都不留。我忙不迭点头。他轻轻跑到门边，透过猫眼看了看。

门拍得更响了，不依不饶，还大声喊：赵老板，开门，你们

116

家快件，麻烦你签收一下。

我心里忽然起来了一层焦虑，怕邮局的人走了，那样我们一家怕就没有机会了；又怕邮局的人不走，时间长了会激发他的蛮性。

邮局的人很敬业，还在拼命拍门。

他迅速跑过来把我解开，还给我整了整蓬乱的头发，凑到我耳边说，老老实实把他打发走，否则我先杀掉你男人。说完把我老公拖到了门背后，一手搂着老公的腰，一手用枪顶着老公的太阳穴。然后对我点点头。

我整理了一下头发，努力让自己镇静下来。打开门，邮局的小王，一张熟悉的笑脸。

"睡午觉吧？对不起，吵醒你了，赵老板的快件，麻烦你签收一下。"

我对着他笑笑，说没关系的，笔呢？小王把笔递给我，把单子放在快件上，双手捧着递过来让我签字。

拧开笔帽，我手有点抖。

稳稳神，我写道：坏人，有枪。

小王吃惊地看着我，还好，他没有说话。

我把单子递过去，对着小王郑重地点点头。小王接过单子，也点了点头。

我爽朗地说谢谢了小王。

小王高声说不客气。

关上门，重新把我绑好，他才长长舒了一口气，我也长长舒了一口气。

我们三人又开始了漫长的静坐。间或，我能听见他肚子咕咕的声音。我就说是不是饿了，要不我做点东西给你吃吧！

他摇头。

墙上的钟嘀嘀嗒嗒，一晃两个小时过去了。

女儿作业做完了，她很乖，不愿一个人躲在屋子里，出来坐在我身边。他没说话，算是默许了。

可能是饿得有些扛不住了，他喝了一杯水，过来把老公嘴里的布拿掉了。

老公是憋久了，布一掏出来，他就不停地咳嗽。

半天老公才停歇下来，冲着他发出一声吼："不就是要钱吗？多少钱你说话，少给老子来这种下三滥。"

我连忙让老公闭嘴，把他惹毛了，这种人，啥事干不出来？

还好，他没有冒火，冷冷地说："我不要钱，我要我兄弟。"顿了顿又接上："我妈还等着我们回家过年呢！"

老公也冷静下来了，往前挪了挪身子，对着他说："挖煤这活，你干过，有些情况你是知道的，就是提着脑袋挣钱，谁敢保证煤洞子不出事？遇不上，是祖坟埋得好；遇上了，是运气孬。你兄弟遇上了，我也难受，听矿上的说，他是干活最卖力的。你没了一个好兄弟，我没了一个好工人，将心比心，我知道你的感受。既然你知道这事了，这是天意，这样，我按照国家标准，赔付给你二十万元。另外，你们农村来的，家庭也不宽裕，我私人多掏三万，总共二十三万，一次性付清，如何？"

老公说完，脑袋往前倾，大约是想听听他的意见。

我舒了一口气，老公这样做，也算尽到仁义了。二十多万，像他这样瘸了一条腿的，怕是干一辈子也挣不来。老公这人啊，别看有钱，抠门得很，我娘家那些亲戚，从来没从他这儿拿走或者借走过一分钱。

一下就给了二十多万，够慷慨的了。

老公脑袋还在茶几上空悬吊着，眼巴巴看着他。

他倏然一动，横起一枪托，砸得老公侧身翻倒。半天老公挣扎着从地上爬起来，费力地把自己搬到沙发上放好，狠狠地盯着他骂："狗日的，有本事你把我放开，老子和你一对一。"

他绷着的脸忽然放松了，语调清晰地对老公说："把我兄弟弄出来，你得把他负责送回老家，还得给他披麻戴孝，送他入土。"

老公咕哝了两声说："这个倒没啥问题。"

"你估计还有多久能挖出来？我没啥耐心了。"他说。

"根据埋的深度，全厂人一起上，估计得一天时间吧！"老公说。

他点点头，喃喃自语："算是有个着落了，老娘该着急了，得给她说一声。"

他站起来，走到窗户边的电话边，把枪夹在腋下，拨通了电话。

"喂，叔吗？我是老大啊！我找到我兄弟了，麻烦你叫我妈接个电话。哎！好，好，我等着。"

他脸上挂着满意的笑，像是花园里绽开的梅花，他甚至连看着我们的时候都在笑。我侧头看了看女儿，居然连我女儿也笑了。

忽然，一声闷响，他的笑容就凝固了，眼睛睁得斗大，电话听筒顺着肩膀掉了下去。再接着，他像一截枯朽的老树，连根拔起，咕咚倒地。

哗啦一声，碎掉的窗户玻璃散落一地。

狙击手

接到支队长的通知，我赶忙给老家的爹妈打了一个电话。

我说妈呀，我总算接到任务了，你儿子这一身本领总算派上用场了，为人民立功的时候到了。妈在电话那头也替我高兴，说你要晓得珍惜机会，好好干，把平时练就的一身本领使出来，别丢脸。

这个机会，我等了好久了。

要论枪法，队上没人敢和我比，可是一有任务，就是没我的份儿，为此我还闹过情绪呢！支队长就跟我说，你以为枪法好就行了？一个优秀的狙击手，不光要枪法好，还要有过硬的心理素质，要有临场处置突发情况的能力，你以为打死一个人那么简单？尽管他是个十恶不赦的坏人，要你亲手打死他，也是有一个过程的。听他这样一说，我就不敢说话了。这时候支队长就拍拍我的肩说，不要急，有你表现的时候。

我是中午接到的通知，支队长专门找我谈了话，说你不是一直猴急着上吗？机会来了，犯罪分子把一家人给劫持了，手里还有枪。我们去看过地形了，四面都是高墙，不利于谈判，所以研究决定，在不惊动罪犯的情况下，秘密狙杀。从围墙外架好楼梯，每个窗口都布置狙击手，根据罪犯的活动情况，谁有利谁狙杀。但是有一点，必须一枪毙命，不然人质就危险了。

我一拍胸脯，保证完成任务。

支队长一看我的样儿，脸上有些不放心，他说："现在你猴跳舞跳的，等进入实战，就怕你发软，这和打靶不一样，这次的靶子是个人。"

"打死的是坏人呢，我有把握。"我信心满满地说。

"对，为民除害，有什么好怕的。"支队长也大声说。

我知道，他是给我鼓气呢！

去现场的路上，我抱着枪坐在车里，心还是有些慌，毕竟是第一次执行任务。

怀里是一支八五式7.62毫米狙击步枪，这支枪这些年为我赢得了好几座奖杯，今天，我就要用它来完成一次真正意义上的狙杀了。我手有点抖，心也突突地跳。

到达事发地，梯子已经架好了，我的位置是靠南的那个窗户。我抬头看了看，围墙上有已经干枯的爬山虎，这样好，利于隐蔽。披上迷彩衣，再把枪身伪装好。一个领导模样的人过来对我说：记住，一枪毙命，一定要有百分之百的把握才能开枪，知道吗？我点点头。

爬上围墙，我先目测一下距离，不超过两百米，这样我心里就有数了。我手里的狙击步枪在两百米以内的距离上，就是一头大象被击中胸部，几乎都没有生还的可能。

窗户视线很好，能见到小半个客厅，客厅对面的墙上挂着一只钟，从瞄准镜里，能清楚地看到秒针在跑。靠窗的高脚茶几上放着一部电话。客厅能见部分，足够完成对移动目标的瞄准和狙杀。

时间像黏稠的汤汁，我就是一只掉进汤汁的蚊子，一分钟仿佛一个世纪。我身体开始发热，很热，太阳穴火烤一般。呼吸也越来越急促，从来没有这样紧张过，从来没有。

我开始在心里唱歌，老家的小曲，老家好多人都会唱，田间地头累了，歇下来抽袋烟，喝碗水，都会哼上一小段。我是到了部队才学会这招的，紧张的时候，唱上一小段，立刻就不紧张了。

山歌不唱两年多，
喉咙起了蜘蛛窝；
三朋四友来会到，
先说苦情后唱歌。

山歌好唱口难开，
樱桃好吃树难栽；
大米好吃田难种，
鲜鱼好吃网难结。

天上星多月不明，
地上坑多路不平；
朝中官多不办事，
世上人多事难成。

唱完，我长长舒了一口气，心口通畅了不少。

就在这时，一个人影出现了，他慢慢走到窗户边。从瞄准镜里，我看见了那支枪，应该是支火枪。他在电话边停了下来，把枪夹在腋下，开始拨打电话。

天，竟然定在那儿了，这比狙杀移动目标容易多了。看来，真是天要收他了，又或许是祖宗有灵，保佑我万无一失地完成一次为民除害的光荣使命。

手指放在扳机上，心跳又加速了，血液成了沸腾的开水。看来支队长说得不错，要狙杀一个活人，真不是一件简单的事情。你想，刚才还活蹦乱跳的一个人，能说话，能呼吸，能思考，可你手指轻轻一勾，他就开始变得冰凉、僵硬，他再也看不见这个世界的花花绿绿，听不见那些繁杂而又美妙的声音了。

我悄悄跟自己说：不要胡思乱想，你面对的是个坏人，他死了，更多的人就安全了。我就开始默念：他是坏人，他是坏人。念到第十遍，我忽然变成了一匹驰骋在草原上的骏马，飘荡在广阔天空的一块浮云。这应该就是一个狙击手的最佳状态了。

瞄准镜的十字对准了他的胸口，那里是一颗正突突跳动的心脏，等炽热的弹头击穿它，危机就会随着他的呼吸远去了。

一切和想象的一样，他倒下去了，我却站了起来，今后，我就是一名真正的狙击手了。

趴在墙上安静了片刻，我顺着梯子滑下来，支队长朝我跑来，两手搭在我肩上用力一拍，一脸的笑容。很好，他上下打量着我说，像是不认识我似的。

一个警察跑来给支队长汇报：一枪毙命，人质全部获救。

支队长高兴了，笑着说："这年头有钱人也难啊！不知道有多少双眼睛盯着你的口袋呢！"警察也笑："既然干了，也该把装备搞得像样些才是啊！你看，"他把那支枪递给支队长，"一把破枪，撞针都没了，连火药都没填。"

支队长拿着枪掂了掂，嘿嘿笑两声，然后转过头对我说："第一次执行任务就能有这样出色的表现，很好很好。"

一个领导模样的人过来，支队长把我推到他面前说："就是他击毙了罪犯。"

那人点点头，连说了几个好，接着握着我的手说："人民有你这样的保护神，任何犯罪行为都不会得逞。"

我心里涌起来一阵自豪，还有些不好意思，脸发烫。

回到驻地，我给老家的爹妈又打了一个电话，我要让他们知道，儿子没有给他们丢脸，出色地完成了任务。电话打到大伯家，我跟大伯说让我妈接个电话，大伯问啥事这样急。我说是好事，大伯说你等着，我给你叫去。

我把听筒挂在肩上，忍不住又笑了一回。

我妈肯定一路小跑，脸上还带着笑呢！

我们村

守着这个村庄好些年了，我发现村庄仿佛越来越累了。每天，太阳老高了，你都见不到一个人影，细长的乡间小道都成了摆设。越过午后，路上才能见着人，蚂蚁一样，都是些糟了心的老树桩子。五十岁以下的，没几个了，气饱力涨的，都扛着行李进城去了。

村庄啥都慢，人们说话慢，走路也慢，炊烟起来得慢，日头落得也慢，风过来的脚步慢，好像连庄稼都长得慢了。

每天，我守在村委会的屋子里，守着那部黑色的电话机，它连通了村庄和外面的世界。电话每天都是要响的。电话那头全是嫩嫩的声音，喊，叔啊，你让我爸接个电话。我就站在村委会门前的坝子里，敞开嗓子喊：某某某，电话来了。然后你就会看到一个或者两个老迈的身影，从远处颠颠跑来。女的，也许还沾着一手水；男的，说不定手里还抓着一把泥。他们吁吁进屋来，把手伸到腋下擦干净，激动地抓起电话，先眼泪汪汪喊声儿啊或者姑娘啊，就开始了不断重复着的絮絮叨叨：衣服要多穿啊，饭要吃饱啊，注意安全啊，……总之都是些念得快发了霉的话。啰唆完，对着我笑笑，出门去，还是该干啥干啥，仿佛新翻出的泥土，太阳一过，又恢复原样了。

偶尔，一堆老得松松垮垮的男男女女会来这里坐坐。通常是晚饭后，聊一聊天气，说一说早已远去的奇闻逸事。最后的话题总是奔忙在外的姑娘娃娃。攀比是难免的，我家的在皮鞋厂，一个月能挣头肥猪呢！我家的在服装厂，两年就能往家里寄三间猪圈。争执也是难免的，你说他吹牛了，他说你浮夸了，面红耳赤完毕，就都陷入沉默了。接着就是一屋子的叹气声。每个人都会跌进哀伤的笼子，笼子上了锁，没一个能挣脱出来。

这几日，平姑来得最勤了。她腿脚不好，从小路上过来，得飘荡好些时候。来了也不和我说话，眼睛盯着桌子上的电话机。我知道，她在等，等他们家老大的电话。老大出门那天，从村委会门前经过，我问他干啥去，他憨憨地看着我笑笑，说寻老二去。他的笑很勉强，一点不舒坦，他那是担心自己兄弟呢！老二我是知道的，每个月固定的时间，桌上的电话机就会响，不用接，我就知道是老二的。后来电话不响了，我都有些不习惯了。

平姑就这样，盯着电话呆呆看，有时候看一上午，有时候看一下午。除了忙活，其他时间都给电话机了。电话一串脆响，总能让平姑一激灵，然后她就对我说，他叔，响了呢！你看是不是老大。没一次是老大，看着那些挂着笑进来抓起电话"儿啊""女啊"喊个不停的人，平姑脸上堆满了羡慕。

看她魂不守舍的模样，我就安慰她，说你也别心急火燎的，该来的自然会来。她撩撩花白的头发，也不说话，看着我笑笑。我看得懂她的笑，酸酸的，还夹杂了一些苦。

这些天放晴了，平姑没来了，我想她定是在焙谷种了，这活烦琐，又耗人。

我依旧戴着镜子窝在火炉边看报，报上都是好消息呢！我真觉得形势是好了，我们的生活也会越来越好。

老大的电话是午后打过来的，天气好得很，阳光铺满了村庄。抓起电话，老大在那头喊：喂，叔吗？我是老大啊！我找到我兄弟了，麻烦你叫我妈接个电话。

我一听高兴了，说你等等啊，我叫你妈去。

我跑出来，站在院子边，高声喊：平姑，老大来电话了，他找着老二了。

远处的小路上，平姑高高矮矮地跑来。

风撩着她的白发，阳光照着她的脸，她的脸上带着笑。

那笑，像做了幸福的新娘子。

天堂口

一

早先的修县不是这样子的。范成大把两只脚塞到屁股下面说。

柳姨妈没有接话，她浅浅地笑笑，眼角的皱纹波浪一样荡开，把手里的缝衣针伸到花白的头发里磨磨，又低头认真地缝制摊放在膝盖上的寿衣。寿衣在修县这个地头叫老衣，棺材叫老家，人去了那头叫老了，老了后都穿这个式样的衣服。统一的青棉布，圆领，长衫，下摆还得坠俩棉球子，那是怕人老了，魂灵就飘了，着不了地呢。

柳姨妈以前不做老衣，做面糕。在修县，上了点岁数的人没有不知道柳姨妈面糕的。一到嘴里就化了。人们回忆起都这样说。做面糕这活儿耗气力，柳姨妈男人死得早，给她扔下个三岁半的男娃，先老去了。上了岁数的柳姨妈不能站在面板前轻快地摔打面团了，不声不响就关掉了面糕铺子，修县最好的面糕也慢慢成了记忆。关掉门脸儿的柳姨妈先是把儿子扇子送到了部队，然后回了老家。三年后，柳姨妈的一个远房侄儿开了辆哐当乱响的车把柳姨妈从老家接来，在火葬场看起了大门。看门是个闲活，柳姨妈就开始给人缝老衣，她缝的老衣舍得布料，针脚也细密，不定价格，看着给。慢慢定制的人也多了，柳姨妈每月只赶七件老衣，多了就推了，说怕缝不好，对不住老了的人。

圈完一个袖口，柳姨妈把针别在衣服下摆上，站起来抖开一面藏青色，也抖开了对面石板上范成大一片啧啧声。柳姨妈把衣服折叠周正夹在腋下，说你先坐会儿，我得做饭了。范成大一拍大腿立起来，说得，我也回去了，下午还有俩赶着升天呢！转过身，柳姨妈扶着值班室的门喊："要不晚上过来吃饭？"范成大回头，憨憨一笑，说算了，还是吃食堂吧。去得远了，门边的低声咕哝："食堂那饭咋吃啊！清汤寡水的。"

范成大穿过一片林荫道，两旁是高大的法国梧桐。梧桐树都有些年纪了，黄皮蜡干，却依然葱绿。也有病死的，硬直地挺着，仔细看，又有新的翠绿从树根下斜出来，那生命新鲜得直逼人眼。每次经过这片林荫道，范成大都要挨着数一数这些老迈的梧桐树，没多久就会有一棵梧桐树死去了。开始那几年范成大会有失落感，在火葬场做了八年的火化工后，他就释然了。"这进进出出看得多了，人的想法也就变了。"他常常这样对人说。

八年前范成大在这座城市的西边有四间青砖房，还扯了个剃头门脸混生活。后来政府找到他，说要在那片地建一个新的火葬场，范成大说不是已经有一个了吗？人家就开导他，说这城市每天得有多少人老了呀！老火葬场屁股那样大一块地盘，一炉子烧十个也烧不过来呢。范成大想想也是，点头的同时嗫嚅着说这以后生活没着落了。人家说我们调查过了，像你这样无儿无女、无亲无戚的，我们在老火葬场那头给安排了活儿，按月发工资，生活肯定没问题。不愿意也成，一次给足搬迁费。范成大想了想说，给我安排个活儿吧，我闲不住。

范成大刚来那几年，这里可热闹了，人来人往，每天都有不绝于耳的悲哭声。近几年越来越少了，都往新地方去了。新地头档次高，设施齐，去那儿，死人舒坦，活人脸上也有光。那些客死他乡的、煤矿爆炸透水的、吃低保的，死了才会来这里，凄凄凉凉，冷冷清清，随便弄弄，就粗粗糙糙扔给范成大。有时候范成大也会问两句，说咋这样弄啊！连身衣服都没有。送尸工小郑就点上一支烟说，弄个鸡巴，外地来挖煤给砸死的，一把火烧了算球了。

八年来，范成大规律得像一个闹钟。每天六点起床，在火葬场逛一圈，看完那些花花草草，八点钟准时到火化间，有活就干，没活就清理火化床。很仔细的那种清理，一张火化床他能折腾一上午。

食堂还是老三样，炒洋葱、烩豆腐、拌萝卜。范成大没有要炒洋葱，都吃这么多年了，范成大老觉得身上有股子洋葱味儿，咋洗都洗不掉。范成大找张桌子坐下来，低头慢慢地吃，吃着吃着就看见面前有个人影一晃，抬起头，是会计胖妹，她斜了一眼范成大，走开了，去了另一张桌。像胖妹这些远离尸体的人，是无论如何也瞧不上运尸工和火化工的，还背地里说他们这些人身上有死人味儿。

范成大的屋子挨着火化间，独溜溜一间屋子，一张床、一个破旧的沙发就把屋子塞得满满的了。范成大在沙发对面的墙上钉了一块木板，用来放他十四英寸的电视机。吃完饭，在外面转两圈，回来就老猫样地窝在沙发里，一动不动。有时候睡过去了，醒来电视节目都结束了，他也懒得起身，翻个身继续睡。虽说有张床，其实范成大很少用的，后来他干脆像收拾古董样地给床铺套上一张塑料布。

二

夜缥缈得如一面纱。

范成大靠在门边，看着长长的走廊，走廊里有昏黄的灯光，运送遗体的担架车从走廊尽头过来，车轱辘磨出一串幽深的叹息。范成大立正身子，整了整衣衫，他的样子肃穆得不行，那样子仿佛迎接的不是一具僵硬的尸体，倒像是一个远来的贵客。送尸工梁子远远地朝范成大挥了挥手，担架车停在范成大面前，死者身上覆了片塑料布，塑料布质量不好，能依稀见到那人的一些面目。

范成大眉毛就蹙了起来。

"该用块白布呀！"

梁子把口罩卸下来挂在一边耳朵上，摸出一支烟点上，深吸了一口，好像是吸猛了，呛得弯下腰不停地咳嗽。半天才直起腰来说用啥白布哟！捡渣渣的，病死在广场那头，无亲无戚，民政局让烧的。

"那也该用块白布呀！"范成大不屈不挠。

骂了一句，把烟头掐灭，将剩下的半截烟屁股装进口袋，梁子接着说："还白布？一分钱没有，能给烧了就算不错了。要搁以前啊，还不是喂狗了。"

"那也该用块白布呀！"

梁子歪着头看了看范成大，然后抬手指了指范成大，想说什么，最后一句话没说，摇摇头走了，走远才丢了个字在昏暗的走廊里。

"肏！"

范成大把车推进焚化间，打来一盆水，倒进半瓶醋，把手伸进去泡了一会儿。

慢慢揭开塑料布，范成大看到了一张乱乎乎的脸，油腻腻的胡须堆满了下巴，额头上还有一个新鲜的伤疤。塑料布完全掀开，范成大忽然起来了难抑的凄凉，死者没有穿衣服，一条破破烂烂的裤子连裤腿都没有，裸露在外的部分都是黑黢黢的颜色。酸臭味儿混着淡淡的尸体腐败的味道让范成大有些难受，他抓过墙角桌上的醋瓶子咕噜噜灌了一气，长长地吐了一口气。

出了门，范成大先来到自己的小屋，从床底下拉出一个箱子，打开箱子，箱子里有一把剃头剪、一把刮胡刀、一张磨刀皮。这些都是他开店时候的家什，店铺给掀掉时剃头的玩意儿其他的都扔掉了，就留下了这几样东西，时不时还能用上。范成大提着箱子出来，他拐到值班室门口，透过玻璃门，柳姨妈还在缝老衣，灯光不好，柳姨妈几乎都凑到布面上去了。

范成大轻轻敲了敲玻璃门，柳姨妈抬头，凑近了才看清楚门外的范成大。

打开门，范成大咳了一声，说扇子还没回来？

值夜班呢。柳姨妈说。

噢！范成大点点头，说我来向你借块白布。

"白布没有了，青布行不行？"

想了想，范成大说行，我要五尺。

范成大拿着布走了，柳姨妈倚靠在门边，她知道范成大今晚又得忙活一宿了。早些时候，柳姨妈反对范成大给那些无名尸体搞打整，劝了几回，范成大不听，柳姨妈就不劝了。偶尔范成大还会过来借这借那，借完了第二天都会还上。开始柳姨妈执意不要，可范成大执意要还，还说你拖娃带崽的，扇子将来还得成家立业呢！你挣那点钱也不容易，我是啥人啊！无牵无挂，两脚一蹬，安心上路，所以一定得还。

下剪前范成大总要先唠叨一番的。还不是普通的唠叨，是念上一段《增广贤文》。

昔时贤文，诲汝谆谆。

集韵增广，多见多闻。

观今宜鉴古，无古不成今。

知己知彼，将心比心。

酒逢知己饮，诗向会人吟。

相识满天下，知心能几人。

相逢好似初相识，到老终无怨恨心。

近水知鱼性，近山识鸟音。

…………

钱财如粪土，仁义值千金。

流水下滩非有意，白云出岫本无心。

当时若不登高望，谁信东流海洋深。

…………

范成大剪得很慢，每走完一剪都要停一停，看好了从哪里下剪最适合，和他以前给活人理发一样地精细。修县这边有这个风俗，人老到那头去了，都要刮掉头发和胡须，取二世为人，清清洁洁的意思。火葬场设有专门的遗体清理处，除了剃头刮须，还要化妆呢。收费虽然有些高，但没有一个死者的亲属有异议。想想，都老了去了，最后一次了，谁还能省这钱啊！

"你看你这头顶，旋儿都歪了，不在正中呢！注定不是善终的命哟！"范成大呵呵笑。笑归笑，剃头剪仍在嘎吱嘎吱跑，须发纷纷扬扬，范成大很快就推出了一个干净的头。把地上一摊乌黑清理干净，范成大打来一盆水，拈块布把死人身子擦了一遍，重新打来一盆水，又擦了一遍，抖开五尺青布把打整出来的一截白净覆盖了。范成大拉把椅子坐下来，长长嘘了一口气，摸出烟杆，卷了一管旱烟填进烟锅，嗞嗞地吸起来。除了疲倦，范成大还感觉到了惬意，此时此刻是范成大最享受的时候，他在回味这个过程。转过头就能看见焚化炉的盖子，范成大一直认为，人老了，应该干干净净地进去，因为那里是通往天上的入口。

三

范成大去了一趟市区。老火葬场离城区有五公里路程，只有一路公交车，得等上很长的时间，站上等车的一个个都毛焦火辣的样子。范成大不急，他觉得进城是幸福的事情，他喜欢这种幸福的感觉，这个过程的每一个细节他都喜欢，他不会焦躁，不会心烦。站在站牌下，远处是一片郁郁葱葱的绿，入眼都是旺盛的生命迹象。

回来时天有些昏暗了，远处近处的轮廓都被模糊包裹了起来。范成大坐在最后一排左边靠窗的位子，每次进城，来回他都会选择这个座位，如果这个位子没有了，他会耐心等下一趟。他没想过为什么自己会对这个座位这样迷恋，他只觉得这个位子安静、安全，很少有人会侵入这个边缘的领地，满车厢的喧闹、争夺、拥挤，都和这个位子无关，仿佛是个被隔离的世界。范成大去新的殡仪馆参加过一次培训，那边就热闹了，好几路公交车往那边跑，人也多，最后一排左边靠窗的位子自然是没有的。那次范成大候了四五个小时，也没候着他要的位子。最后他是走回来的，走了整整四个小时。回来给柳姨妈说，柳姨妈就笑他一根筋，范成大挠着头说以前也不是这样的呢。

下了车，黄昏已经上来了，火葬场路灯还没开，一片破旧朦胧。范成大腋下夹着一块青布，七尺，他得还给柳姨妈。推开值班室的门，场景有些异样，柳姨妈没有一如既往地在缝制老衣，而是低着头在抹泪。范成大凑过去说你这是咋了，柳姨妈摇着头，哭得更伤心了。范成大知道柳姨妈眼泪窝窝可不浅，不是那种一点点委屈就流泪抹眼的人。

问了好几遍，柳姨妈也没有应，只是一个劲儿地哭。范成大慌了神，有点手足无措，在逼仄的屋子里不停地转动着身子，脸也涨得通红。没有经验，范成大也不知道怎样劝说柳姨妈，索性拉把椅子坐下来，看着柳姨妈哭。窸窸窣窣哭了一会儿，柳姨妈才算开口了。

"挨千刀的，都二十六七的人了，还不让人省心，整天就是吊儿郎当的。"

挽起袖子抹了一把泪，柳姨妈接着说："值夜班你就好好值夜班嘛！几个保安窝在屋里头耍纸牌，耍嘛，耍出纰漏了，办公室让人给撬了。"

"丢啥东西没有？"范成大问。

"电视机给抱到大门边，太重了，没弄走，丢了几盒茶叶。"

"那就好，那就好。"

柳姨妈激动地一挥手："不是丢东西的问题，你说这不成器的玩意儿，值班时间耍牌。我没教过他呀，那部队上也没教过啊！他还学会了呢！"

"事不大，你先别上火。"

"还不大啊！都处理了，不让在那头待了，给下到这头来了。"柳姨妈又哭了。

"呀！来这头，这头有保安的呀！过来干啥呢？要不你给你侄儿说说，给他一次机会。扇子还小，哪能没个疙疙瘩瘩的。"

柳姨妈摆摆手，说使不得。几乎就是一瞬间，她就镇定下来了，也不哭了，撩起衣服下摆把两个眼睛仔细擦了一把，说我求你个事情，让扇子过来跟你。范成大慌忙摆摆手，说不成不成，小年轻谁愿意去我那里啊！会耽误娃娃的。柳姨妈说你放心吧，我心里有数，我这就去给我侄儿说，让他无论如何都得给安排到你那地头。不过说好了，你可千万不能对扇子说这是我的意思。

四

扇子铁青着一张脸站在范成大面前。圆脑袋板寸头，干干净净的，范成大喜欢扇子的这个模样。第一次看见扇子是在值班室门口，他正和柳姨妈呵呵地聊，忽然听见有人喊妈，一抬头就看见扇子了，穿了一套崭新的军装，板寸比现在还板寸，腰挺得笔直，满脸堆着笑。看见范成大正和老妈肆无忌惮地笑，复员军人有些不快了，拉着他妈就往值班室去了。范成大也不气，起来掸掸屁股，往焚化间那头去了。

"来了！"范成大笑着问。

扇子不吱声，怏怏地看了一眼立在门边的范成大。

"来了好，来了好。"范成大说。

扇子更不安逸了，朝范成大翻了翻白眼。范成大这才意识到自己刚才的问候很蹩脚。

"就在这地儿啊？"扇子伸出脑袋朝焚化间瞟了瞟，问。

"嗯！"

"挺干净哈！比那边还干净呢！"

"比不上，比不上，那头啥子都是新家伙，听说炉子都能把人烧出几个模样来，有全化的，还有烧掉肉留下骨的呢！"

扇子白了范成大一眼，说还有烧成熟肉的，你要不要尝尝？范成大脸上的笑容瞬间没了，他侧着身子绕过扇子，拱进旁边的小屋。

夜晚火葬场安静得像一面湖水，连一枚树叶降落的声息都清晰可闻。

梁子把尸体送过来就走了。死者是个建筑工人，四川那边过来的，从脚手架上摔下来的，脑袋差不多都让角铁给齐齐斩掉了。本来范成大已经睡下了的，听见房门砰砰乱响，打开门，范成大吓了一跳，是办公室主任，还笑眯眯地看着他。要知道，平素火化工是看不见主任的，更别说主任的笑容了。范成大穿好衣服，主任说老范啊，这样晚把你叫起来真难为你了，有具尸体得麻烦你马上开炉。啥人这样急啊？范成大问。脚手架上跌下来

136

的，四川的，家人等着要骨灰回老家安葬呢！范成大说这样啊！嗯，确实是急，我马上开炉。

出门来，范成大拐到值班室边，值班室一个进出，柳姨妈住里屋，扇子在外面一间搭了一个行军床。

凑过耳朵，范成大听见了扇子的呼噜声，范成大举起手准备敲门，想了想他的手又垂了下来，转身走出去几步，他又回头走到门边，毫不犹豫地敲响了门。

扇子揉着眼睛打开门，愤愤地说半夜三更敲哪样鸡巴毛？

"送人过来了，主任喊开炉呢！"范成大说。

"半夜三更开炉烧人，哪儿来的规矩？"扇子咕哝着。等他披上衣服出来，范成大都走出老远了。

掀开面上的塑料布，范成大就被哽着了。血肉模糊的脑袋黏糊糊地歪在一边，齐脖的巨大创口堆满了黑黢黢的已经凝固了的血，还有血泡从一团黢黑的缝隙处咕咕往外冒，特别是血淋淋中那双还睁得斗大的眼睛。范成大忽然听见身后一声惊叫，回过头，扇子一屁股落在墙边的椅子上呼呼喘着粗气。

"惨绝了，妈妈的。"他伸手抹了一把额头上的汗水。

"看你，不是还当过兵吗？"范成大说。

"老子是当过兵，可没杀过人啊！"

范成大说你去打盆水来，扇子看了他一眼，脑袋歪开，不说话。范成大看扇子没有动作，也不喊了，自己拐出去打了一盆水进来。

范成大开始在血糊糊的脑袋上来回抹，脑袋抹干净了，脚边那盆水也变成了血红色。把水倒掉，范成大从小屋里拿来剃头工具，准备下剪了，看见扇子还歪在椅子上，两个鼻孔里不知什么时候多出了两团餐巾纸。范成大说你到你妈那里拿根缝衣针和一卷棉线来。扇子瓮声瓮气地问："你想干啥？"

"叫你拿你就去拿！"范成大的口气忽然变得僵硬了。

扇子拿来了针和线，柳姨妈也跟着过来了，披件单衣，火化间有些凉，一踏进屋子她就打了一个寒噤。范成大扭头看见了，就说你来干啥呢？这天凉飕飕的。像是在关心，又像是责怪。扇子把针线扔给范成大，一脸的乌青，倒不是让他去拿针线他不乐意，而是刚才范成大对老妈说的话让他很不受用。

"你谁啊？轮到你问三问四的。"他心里说。

柳姨妈把头凑过去，身体剧烈抖了两抖，披着的衣服滑落了下去。扭过头，她低鸣着说这是咋整的，咋成这样了，我还说扇子拿针线干啥呢。

柳姨妈呜呜哭着，范成大也不说话，他低着头，把歪在一边的脑袋掰过来，和断开的脖颈凑在一起，对齐，然后仰起头穿针，屋子里灯光不好，穿了好一阵都没有穿进去。柳姨妈看了，接过来穿，鼓捣了一阵还是没有让线透过针眼。扭头看了看窝在椅子上一脸难看的扇子，柳姨妈生气了，说你倒享清福了，过来把针线穿上。

扇子一甩手，说："那是我们干的事情吗？我们负责的是把尸体烧了。"停了停他又小声补充："娘的，狗拿耗子，多管闲事。"

声音很小，柳姨妈还是听见了，她蜷起拳头过去给扇子的脑门吃了一核桃，咚一声空响。扇子跳起来，瞪着眼，柳姨妈也瞪着眼，扇子最终被母亲看毛了，才不情愿地把针线拿过来。

屋子里安静极了，只有轻微的呼吸声和针尖穿透皮肉的声音。柳姨妈和扇子静静地看着范成大缝合，他缝合得很慢，每缝一针都要抬起头长长地吐一口气。此刻，柳姨妈脸上的惊惧已经退潮了，她目不转睛地看着，每一次针尖穿透皮肤，她的嘴唇都要紧紧地咬一次，仿佛那针尖会刺痛躺着的人。

范成大脑门上布满了汗珠，柳姨妈侧头看了看聚精会神的范成大，眼里荡开一片温暖的涟漪，她回手捞起衣袖，往范成大的脑门上抹了抹。范成大也侧目看了看她，嘴角拉开一线笑。

砰的一声，扇子摔门出去了。

两人看了看还在来回抖动的大门，都没说话。缝合完毕，柳姨妈给范成大把椅子拉过来，范成大困顿在椅子上，嘴张了张，说："既然是亲人等着抱骨灰回去安葬，咋不见他的亲人呢？"

"是啊！这事还真轮不到你呢。"柳姨妈说。

柳姨妈拿来一块白布，范成大把尸体裹好，推上焚化台，他又开始念叨：

> 昔时贤文，诲汝谆谆。
>
> 集韵增广，多见多闻。
>
> 观今宜鉴古，无古不成今。
>
> 知己知彼，将心比心。
>
> 酒逢知己饮，诗向会人吟。
>
> 相识满天下，知心能几人。
>
> 相逢好似初相识，到老终无怨恨心。
>
> …………

手指往按钮上轻轻一按，焚化炉张开嘴，一团洁白跟着履带进去了。

"上天啰！"范成大一声喊。

柳姨妈脸上一片炽热。

五

扇子觉得只有范成大这样恶心了，两人在一起的时候，来来去去收获的都是白眼，连食堂里打饭的那个乡下妹把一勺饭送过来的时候脸都厌恶地歪向一边，好像站在她面前的是个死人似的。扇子最不能容忍的是范成大的窝囊和无能，就是烧锅炉的癞皮也要奚落他："范成大，我怎么老闻到你身上有股怪味呢，是不是和死了的那些好看女人亲嘴了啊！"说完还露出一口黄牙呵呵笑。这时候的范成大该干啥干啥，不说话，也不看奚落他的人。

当然，没人敢和扇子这样说话。一是扇子一身的腱子肉能让人多少生出些怯意来，二是大家都知道扇子的堂兄是殡仪馆管事的。即使对他现在干的工种看不上，也只能在心里。还有想法更多的，食堂几个女娃聚在一起洗菜时总喜欢讨论扇子。一个说你看长得吧，挺抽抖的，还有关系，咋就干那活呢？另一个说你是不是看上他了？前一个就把一手水甩过去，嗔怪着你胡说八道啥呢？低头想想，幽幽地说，要不是干那个活的，还差不多。

扇子最恶心的还不是范成大的怯懦，而是范成大没事时总喜欢往值班室边凑，跟老妈嘻嘻哈哈地说话。那些路过值班室的人看老妈的眼神也变得怪怪的了。

一连几日都没活，四周都冷冷清清的。一闲下来，范成大就开始磨他的剃头剪，拿根小锉坐在门边，两腿把剪子夹好，刺刺刺刺地磨个不停。有人路过，叉着腰骂，范成大，你他妈弄出这声都快让人倒牙了。范成大抬起头，看着骂他的人笑，笑得对方都不好意思发火了，摇摇手走了。黄昏的时候，吃完饭后范成大就出来走走，步子总是不听话地往值班室那边磨，好像都成下意识了，快磨到值班室了，范成大就停下来了。扇子端张椅子靠在值班室门口，两个眼睛直直地盯着范成大。范成大有点虚了，佯装看看左左右右的花花草草，慢悠悠地折回去了。回到小屋子范成大有点恼自己了。又不是偷人抢人，我虚他干啥？他想。但是去值班室的念头却被浇灭了，后脑勺全是那双直盯盯的眼睛。

夜上来后柳姨妈也搬条椅子和儿子坐成一排，四下张望一阵就问扇子：咋不见你范叔呢？扇子阴阴地说：说不定自己爬到炉子里去了。柳姨妈就轻轻给扇子后脑勺一巴掌：撕你嘴，胡说八道。扇子又说：他和我无亲无故，也不是我啥子叔，麻烦以后在我面前不要这样称呼他。

柳姨妈又扬手，忽然觉得儿子的话里有股辣椒味，想想手又垂了下来。

坚守了两天的值班室，扇子熬不住了，一大早起来进城去了。

中午饭一过，范成大磨磨蹭蹭就过来了，柳姨妈照例坐在门边缝老衣，细针密脚地走着。抬头看见范成大，两个人就笑笑，柳姨妈起身，范成大摆摆手，说凳子不用搬了，我就是随便走走。柳姨妈回身坐下来，把手里的活计搭在板凳空着的一头，说好几天不见你影儿了，都忙啥呢？

范成大斜靠在一棵粗大的梧桐树上，一只手轻轻地拨着一块老旧的树皮："没啥，把剃头剪子拿出来磨一磨，都钝了。"说完他又抬抬手，说你忙你的，不要管我。柳姨妈重新捡起老衣，却没有下针，而是看着远处苍苍莽莽的山林子，眉宇间爬上来一层淡淡的愁苦。看了一阵子，她又转过头看了看范成大，然后长长叹了一口气，低头把针扎进棉布。

远远地，扇子提着两个塑料袋子沿着狭窄的水泥路过来。范成大总算把那块老树皮给揭下来了，他随手把树皮往草地上一丢，说今儿人少，我该吃饭了，要不食堂就关了。

柳姨妈启启嘴唇，想说什么，抬头看，范成大都消失在路的尽头了。

六

前几天闲得要命，这两日却忙得起火。

一大早殡葬车就进进出出的好几趟，梁子和几个运尸工赶趟儿似的跑来跑去，几趟下来，陈尸间堆得满满当当。

在陈尸间门口，梁子摘掉口罩喘着气对扇子说："操他娘的，煤洞透水给淹死的，全是鼓鼓囊囊的，那肚子大得哟！"

"臭了吗？"扇子问。

"都给泡好些天了，你说能不臭吗？"梁子答。

"妈的！"扇子一撇嘴，"你倒是完事了，接下来该我倒霉了。"

"你憨啊！有范成大啊！你享福了。"梁子笑着说。

扇子的确是享福了，第一具尸体推进来，范成大就打好水等着了。扇子则戴着个口罩坐在墙角的椅子上。

扇子嘿嘿地冷笑："你体力过剩啊？后面还一大串呢！"

范成大也不理他，慢慢地在黑咕隆咚、鼓鼓的肚子上擦拭着。扇子一直冷笑，看见范成大扯直棉布在死人的脚丫子里来回拉时，扇子笑得更厉害了。擦完了，范成大出去把水倒掉，没多久提着个瓷盆进来，腋下还夹着一沓纸钱，把火盆放在死人脚边，蹲下来一张一张地烧。

"是你爹啊？"扇子说。

"都是些外地人，没几张纸钱回不去。"范成大说。

范成大的动作和他的性格一样地缓慢，最急促的，就是把人送进炉口的那一嗓子："上天啰！"

烧完一具，接着一具，范成大都是一样的程序，不疾不徐，有条不紊。

扇子就这样看着。开始他还冷笑，还骂，渐渐地他就不笑了，也不骂了，静静地看着范成大。纸钱燃烧的光照着范成大的脸，安详，肃然，看不到半点悲喜，平静得如一块千年的青石板。扇子开始可怜起范成大来，无儿无女，为了几个吊命钱，整天和这些脏兮兮的死人凑一起，在别人眼里，范成大都快和一具尸体差不多了。但扇子搞不懂的是范成大为什么这样做，扇子见过新修的火葬场那头的焚化工是怎样干活的，白衣白裤白帽白口罩，整个人遮得密密实实的，和死人保持着让人信服的距离，推进来，送进去，一触按钮，万事大吉。要想让他们在完成这个简单的过程时轻一点，慢一点，还拿死人当人看，可以的，家属奉上一条香烟或者一个红包，死者就不会有磕磕碰碰的疼痛了。

范成大佝偻着腰蹲在地上，墙上就有了一个枯朽的弧形。扇子心里忽然有点堵，他站起来，走过去，从兜里摸出一个口罩递给范成大，范成大艰难地反过身，摇了摇头。

"不要算球！"扇子狠狠地说。

最后一具尸体推进来，梁子靠在门上看着扇子挤眉弄眼地怪笑着，笑完了甩给扇子一支烟，刚点上烟，听见范成大发出一声深不见底的叹息。

"还是个娃娃呢！"

扇子凑过去，虽然已经变得肿大，但依稀能看出那是一张还泛着童真的脸。

范成大静静地擦，扇子和梁子悄悄地抽。

擦完，范成大低头去抬地上的盆，一弯腰，身体忽然一个趔趄，还是梁子眼疾手快，过来拦腰抱住了范成大。扇子也过来帮忙，两人把范成大扶到椅子上坐好。

"没事吧，你？"扇子问。

范成大摆摆手，他脸色很苍白，额头上还有密密麻麻的汗珠。

"唉！"范成大长叹一声，"多可惜啊！都是些还能蹦蹦跳跳的汉子呢！"

范成大仰靠在椅子上，昏黄的灯光照着他，他两眼紧闭，脸上的肌肉在不安地跳动。扇子和梁子倚在门的两边看着范成大。

忽然，那双紧闭的双眼里居然流出了两串混浊的泪线。

七

早先的修县不是这样子的。范成大把两只脚塞到屁股下面说。

阳光朗照着，柳姨妈抖了抖手里的老衣，说你看看缝得好不好？对面盘着脚的范成大呵呵笑，说好好好。把衣服放下，柳姨妈忧心忡忡地说，真的不让你干了？

嘻！范成大一挥手："搬不动了，不干就不干了，饿不死，低保不是都办下来了吗？"

柳姨妈说那住处呢？范成大往远处指了指："在铺子村租一间屋，二十块钱一个月，便宜呢！"

"经常过来坐坐。"柳姨妈说。

"看吧，可惜远了点，我看过了，得转好几趟车呢。"范成大说。

那个夜晚，范成大把焚化炉从里到外打整了一遍，一个人在焚化间里坐了大半夜，简单收拾了一些东西，乘着夜色走了。走到值班室门口，他本想给柳姨妈道个别的，在门口站了好久，最终还是没有敲响那道门。他艰难地翻过火葬场的围墙，步履蹒跚地消失在了茫茫夜色里。

扇子参加了岗位培训，回来看见母亲一个人坐在值班室外发呆，就问："妈，你想啥呢？"

柳姨妈看了儿子一眼，眼睛又投向远处："范成大走了。"

"走了？什么时候？"

"我也不知道，今早过去，看见门锁上了。"

扇子丢下手里的东西，跑到那间小屋前，大门紧锁。折过身打开焚化间的大门，墙角的椅子上摆着一个老旧的剃头箱。

从此以后，火葬场的人再没见过范成大。

其实范成大偷偷回来看过一次，在一个夜晚，他站在焚化间外的一棵大树下，透过窗户，他看见一颗留着平头的脑袋，来来往往忙碌着。

最后，在夜色里，起来了一声高亢的喊声："上天啰！"

喊魂

一

手机响了，一串规律的杂乱。

再不换铃音，老子就把它扔到西凉河。蚂蚁坐在对门说。我掏出电话，一个陌生的号码。还没等我说话，电话那头就嚷开了：兄弟，我是刘新民啊！你这号码我是拐了好几个弯才给弄到的，你还好吗？我现在在新东县办了一个养猪场，还不错，就是人手不够。听说你现在没事干，我想请你过来帮忙。你放心，老同老学的，绝不会亏待你……没等对方讲完，我就把电话挂了。谁啊？蚂蚁问。打错电话的一傻子，我说。我抓起地上的啤酒灌了一大口，抹净嘴角的泡沫，电话又响了，还是刚才的号码。这次没等对方说话，我先说话了：老子告诉你，我不是你要找的人，你个傻子，再敢打电话我衾你祖宗。

蚂蚁看了看我，笑了笑，没说话。

河风顺着西凉河面淌过来，轻缓着，没有了白天的骄横，抚着脸面，麻酥酥的。蚂蚁启开一瓶啤酒递给我，自己也提着一瓶，碰一下，喝一口。我说我们算不算上路了？蚂蚁依然笑笑，我接着说，想想刚到城市那会儿，吃亏受气，累死累活，连口饱饭都吃不上。说完我叹了口气。蚂蚁说你叹个鸡巴毛的气呀！我说不过现在好了，有吃有住有钱使。蚂蚁仰头，酒瓶倒立，喉结一阵滚动，一瓶酒没了。妈的，典型的农民，好不容易有点理想吧，还芝麻大小！他看着五彩的河面幽幽地说。

下半夜了，城市安静了下来，河岸边两排垂柳在河风吹拂下发出细微的沙沙声。没事的时候，蚂蚁和我就会来这里坐坐，抽几支烟，喝几口酒。喝了一口酒，我说："我老家也有这样一条河，河岸上也有这样的垂柳，春天来的时候，特别好看。"蚂蚁呆呆看了一阵远处，才说："我都好些年没回老家了，整天就他妈瞎忙。"我说不是寄钱回去了吗？蚂蚁叹了一口气："寄钱有个毛用，爹妈都不认识了。"顿了顿他又说："不过啊，没有钱，爹妈都不认识你。"

坐了一会儿，身后有响动，回过头，几个十七八岁的黄毛叼着烟看着我俩。一个瘦猴站出来斜着脑袋说知道这块地头是谁的吗？告诉你俩傻子，是咱二哥的。他指了指身后一个瘦高个儿说。还不快滚，瘦猴嚣张地往前跨了两步说。我有些心慌，看了看蚂蚁。蚂蚁从兜里掏出两百块钱，两指头夹着，往上一送，说请兄弟们喝酒。瘦猴回头看了看二哥，二哥上来把钱抄过去，说有钱牛啊？老子还就不给你，咋了？我眼一花，蚂蚁倏然起身，左手挽过瘦高个儿，右手提着啤酒瓶往栏杆上一磕，参差的锋利唰地插进了瘦高个儿的屁股。变故来得太快，几个混混傻了，半天才回过神来，叫喊着往前奔。蚂蚁一拉，鲜血从瘦高个儿屁股上喷涌而出，蚂蚁用啤酒瓶指着扑过来的几个人，血一滴一滴往下掉，啪嗒啪嗒响。几个人定住了，慌慌看着他们的二哥。跪下，蚂蚁吼。瘦高个儿咬牙切齿地点头，几个人双膝一弯，跪倒在地。给脸不要脸，还染黄了头发冒充他妈黑社会。蚂蚁骂，骂完把瘦高个儿往前一推。几个人爬起来架起瘦高个儿就跑，跑远了还回头狠狠地说等着，有你好看的。见几个人跑远了，蚂蚁说我们走，这些小王八蛋一会儿还会杀回来，别看他们年龄小，下手狠着呢。

蚂蚁走远了，我还呆在原处，他的背影单薄瘦削。河风过来，有浸骨的寒意。

二

穿过剑道大街，道路开始有了坡度，坡度还越来越大，路也越来越窄。转过火葬场，城市转瞬间就消失了。巷道曲里拐弯，高高矮矮的房屋犬牙交错，昏暗的灯光和难闻的臭水从每家每户淌出来，在小巷子里洇成了密密匝匝的焦虑。

我和蚂蚁一前一后，脚步在巷子里啪嗒啪嗒响，呼吸和巷子一样漫长。

这个叫半坡的地方紧挨着城市，却没有丁点儿城市气质，房屋和房屋脑袋碰脑袋，屁股抵屁股，密实得连风都过不了。热天一到，这里就喘不过气了，四溢的粪水和遍布的垃圾让人感觉像掉进了隔夜醉汉的嘴里。漫长的小道仿佛无边的噩梦，脱离了梦魇的人，都会站在火葬场门口长舒一大口气。白天，站在高处，脚下有了一个棋盘，火葬场那条长长的围墙成了楚河汉界，半坡和城市就泾渭分明了。半坡的房屋大部分没有竣工，房屋的主人白天就汇入到城市里，夜晚回来，在昏黄的灯光下抓出一把皱巴巴的钞票，仔细数上几遍，呆上一阵，扳起指头丈量离房屋完工的距离。他们就是这样，拖娃带崽从乡村出来，拼命干活，小心翼翼地在城市的边缘买下一块地盘，战战兢兢地修上一两间房屋，一家人也算有了个遮风避雨的地头。偶尔也有风，顽强地拐弯抹角钻进来，撩起那些悬在窗户上的女人的胸罩、男人的内裤、孩子的尿布。它们大抵都没有精良的质地，没有新颖的款式，和它们的主人一样的老实巴交。窗户洞偶尔能看见孩子们的面孔，目光定定地注视着山下的繁华。也许，他们是在寻找父母亲在山下奔波的位置；或许，在穿梭往来的集贸市场；或者，在机器轰鸣的建筑工地。反正，他们一定在那双定巴巴的眼睛里。

打开门，房东还没有睡，正和读初二的女儿打嘴仗。房东是个老实人，从乡村出来的时间和他女儿来到这个世界的日子一样长。其实房东已经算是有钱人了，他有一个自己的加工厂，房子也是半坡最气派的，还有了轿车，虽然只能停放在火葬场里，但半坡的人都知道他有轿车。本来，以他现在的实力，进城买套好房子是没有问题的，但他不愿意，说不费那个钱，还把三楼和四楼租了出去。就为他不愿进城买房，女儿经常和他吵架，女儿的不满主要是没有同学愿意来家玩，来过一次就不来了，说受不了这股子味儿。

我和蚂蚁租的是一个套间，两室一厅，我觉得有些奢侈，可蚂蚁不觉得，他说什么叫生活，就是学会享受每一天。有一次我和他看电视，电视上正播一个小品，叫《昨天今天和明天》，他就说傻啊，昨天是今天，今天是今天，明天也是今天。

我洗了把脸出来，蚂蚁在沙发上睡着了，我正准备过去让他到床上睡，他的电话响了。我最怕蚂蚁的电话铃声，焦雷，轰隆隆乱炸，特别是深更半夜，梦里经常被雷声震醒。让他换，蚂蚁不干，说这声音有气势，能镇住人。

雷声很大，蚂蚁被震得翻爬起来，抓起电话他就哈哈笑：高经理啊！您说您说！唉唉唉唉！那边说了一阵，蚂蚁的眉头就皱起来了，把电话给了另一只耳朵。蚂蚁说工作做了，就不搬啊！点燃一支烟，蚂蚁说倒不是拆迁费的问题，几家联合起来了，死扛，说住惯了，多少都不成。手机旋转一百八十度，回到始发站，吸了一口烟，蚂蚁说好好好，高经理您放心，我想办法，唉唉唉唉，再见，再见！

把电话一撂，蚂蚁骂："狗日的高顺，越来越饿痨了，又要马儿跑，又要马儿不吃草，只顾叫老子干事，加钱的事情一句不提。"我说不是一直都那个价吗？蚂蚁白了我一眼："狗日的就是没理想，连肠旺面都六块钱一碗了，你他妈还念明末清初的经文。我告诉你，少了两万，另请高明。"

把烟屁股按熄，蚂蚁说你给高顺发短信，就说少了两万不干。我说你怎么不发呢？蚂蚁说让你发你就发，你是队长我是队长？我无话，把短信发过去，等了片刻等来了两个字：傻逼。我把电话递到蚂蚁面前，蚂蚁伸过脑袋看了一眼，把手机抢过去，咬牙切齿按了两行字发了过去：我是逼，可老子不傻，不干拉倒。等了一阵，没等来短信，蚂蚁的电话响了，蚂蚁怪笑着按成免提，那边一副公鸭嗓：钱不是问题，只要事情办妥了，一切都好商量，不过你得好好管下你那个跟班，妈的，没大没小的，跟老子胡说八道呢！蚂蚁说高经理，您放心，我一定狠狠教训这只土狗，改天让他给您赔礼道歉，那事您放心，一定给您办利索啰。

我说这事不好办吧！那家人你也知道，软硬不吃啊！蚂蚁冲我笑笑，说给冰棍他们几个打电话，明天早上老地方见面。

三

已是午夜，闹腾了一天的城市终于显出了疲态，除了远处一座高楼还有人在声嘶力竭荒腔走板地唱歌，近处几条街道都安静了下来。

我们伏在一截断墙后，目光所及是一片残破的空旷地，几台大型挖掘机孤零零地停放在空地上，像几个等待命令的士兵。靠东边是一个冷冻仓库，仓库前面并排三栋民房，在一片平整的瓦砾中，三栋房屋孤独地抱成一团，倔强地对抗着空旷的漆黑。

蚂蚁靠在断墙后大口大口地抽烟，掏出手机看了看时间，他把烟头一弹，说差不多了，干活。冰棍他们几个把三个蠕动的麻袋拉过来，解开，三个狗头露了出来。三条狗都上了嘴笼，叫不出声。冰棍他们几个按着狗，蚂蚁从挎包里抽出一把军刺，过去揪起狗的脑袋，轻微的一声哧，暗夜里飘起一股淡黑的阴影，狗的喉咙发出咕咕的闷叫。蚂蚁回头看我，骂，傻了，快拿盆。我噢一声，把塑料盆塞到狗喉咙下。三条狗很快没了声息，三盆狗血腾腾地冒着热气，空气中弥漫着浓烈的血腥味。一身血污的蚂蚁靠墙坐下来，掏出一支烟，点燃火机的瞬间，蚂蚁眼睛里跳跃着的东西吓了我一跳。猛吸一大口烟，蚂蚁用脚碰了碰脚边还冒着热气的军刺，说把狗头卸了。

对面民房里的灯灭了好一阵子，蚂蚁说差不多了，再等下去狗血就凝上了，记住，狗血洒在墙上，狗头放在大门口，干吧！

我和蚂蚁伏在墙后，看着冰棍他们几个端着盆子，提着狗头摸过去。黑夜里，几个人影在房子前幽灵般晃来晃去，一支烟的工夫，他们就回来了。搞妥了，冰棍说。

把狗装上车，蚂蚁说。还要啊？我惊讶地问。憨包，明天卖给狗肉馆，蚂蚱也是肉，丢了多可惜啊！吃上两天饱饭就以为自己是大款了。蚂蚁看着我骂。

悄悄爬上停放在墙根下的面包车，大家先把衣服给换了。冰棍鼓捣了半天都没有把车发动，蚂蚁坐在副驾驶位置上，斜眼看着冰棍说："图便宜买老牛，这下好了，屁眼捅烂了都不迈步。"冰棍说买车那阵不是钱不够吗，要钱足，挑了我脚筋老子也不会买个二手的，妈的，买个二手车比娶个二手媳妇还硌硬。在冰棍努力发动车子的间隙，我们商量着接下来去哪里，最后蚂蚁一锤定音，说去找个地方洗洗吧，再找几个保健师按按，大家都表示了赞同。折腾了好半天，冰棍的二手车才咣当当号起来，车子前后晃，一路打着饱嗝，我们也跟着前后晃。妈的，好了，还没洗呢，就按摩上了。蚂蚁说。

在池子里泡了一阵子，我扛不住了，脑袋晕，身体像要爆炸了一般。我爬到池沿上躺下，侧眼看了看蚂蚁，他躺在池子里，把毛巾盖在脸上，纹丝不动。你说他们能搬吗？我惴惴地问。半天蚂蚁才把脸上的毛巾揭开，他脸庞潮红，长长吐了口气，他说要是你你搬不搬？我说搬啥子？蚂蚁说你他妈的给洗澡水泡傻了？你要是天亮起来看见门口趴着个狗脑袋，你还死扛不？想了想，我说得搬吧！他说你能搬就好。说完又把毛巾敷脸上了。

冰棍他们几个洗完了，过来在池子边站成一排，说我们先回去了。蚂蚁说不是说好了给你几个狗日的松松骨头吗。冰棍说二环那边有个工地，管得特松，工地上还有一个乡党，准备去拿点架子管钳。半天蚂蚁才点点头。等冰棍他们走了，蚂蚁从池子那头梭到池子这头，斜靠在池子边缘，一脸不屑地骂：最瞧不起这些小偷小摸的土包子。

蚂蚁要了个豪包，有空调，还有赠送的果盘，电视机里正播着减肥药的广告，一个南瓜样的男人，咕噜噜喝了一阵药水后，就变成了一根黄瓜。你信吗？蚂蚁问我。我说看起来还真的有点神喔！蚂蚁嗤了一声，说电视里为什么老放这些不着四六的东西，就是像你这样的瓜蛋蛋太多了。门响了，进来两个穿着日本和服的女人。先生，您好，请问要做保健吗？蚂蚁把两个人上下打量了一番，说你们先出去，叫你们领班进来。两个女人退了出去，一会儿一个打着领结的男人敲门进来。他先鞠了一个躬，嫩声嫩气地问：两位先生，请问你们有什么不满意吗？蚂蚁从床上翘起来，盘着脚，转了一个圈，对着床边的领班说：你们怎么招的保健师，妈的，刚才进来的那两个，都快老黄皮了，你以为我们花钱是进老人院啊？领班慌忙道歉，说马上安排两个年轻的过来。

我忽然有些不快，咕哝说这样是不是太那个了？"你懂个球。"蚂蚁骂，"照单全收了你以为他们会感谢你？屁，他们会骂你，说这两个憨包，连女人老嫩都分不清楚。我这是表明态度，懂不懂？"

一直睡到第二天十点钟，浴城对面的街边一个卖瓦耳糕的一直在长声地吆喝：瓦耳糕，瓦耳糕，吃了保证不心烧。蚂蚁骂了几声日妈娘，索性拿被子蒙着脑袋睡。我说有点饿了，要不我给你买几个瓦耳糕。蚂蚁掀开被子，直着脖子说王荣贵，麻烦你有点档次好不好，进城都好些年了，还像个乡巴佬，你他妈的见过有人从奔驰车里下来直接奔破巷子吃烤豆腐的吗？我说我们也不是坐奔驰车的呀！蚂蚁咬牙切齿地用手指对着我狠狠地戳，戳得我一身窟窿了他才说：烂牛屎糊不上墙啊！

四

高顺请我们吃饭，地点在望鹤楼。

高顺在电话里笑得异常欢快，他说小范啊，还是你点子多啊！你这招真是立竿见影啊！软了，已经把安置合同签下了，该给你记首功啊！

蚂蚁让我叫上冰棍他们，到了望鹤楼，我说坐窗户边吧。望鹤楼矗立在东山山顶，地势很高，在窗户边能把大半个城市收入眼底。蚂蚁不干，坚持缩在一个旮旯里，就是不挪身。

等了半天，也不见高顺来，我说要不打个电话催催？蚂蚁面无表情地摇摇头。这时候服务员过来问："请问哪位是范先生？"我指了指蚂蚁。"是这样的，有位高先生已经给你们付了钱，定的是四百九十八一桌的标餐，请问你们要马上上菜吗？"

我看了看蚂蚁，蚂蚁不说话。我说要不等等高经理？蚂蚁说不用等了，他不会来了，上菜吧。我说你怎么知道他不会来了？蚂蚁盯着我骂：人家嫌和你在一张桌子上吃饭掉价，憨包！

抹着嘴从饭店出来，冰棍满脸通红，嘴里叼了一根牙签，牙签在嘴里张狂地来回移动，蚂蚁回头踹了冰棍一脚：装周润发是不是？扮黑社会是不是？冰棍慌忙把牙签扔掉，说不就是图个乐子嘛！蚂蚁拿手把我们挨个指了一圈，说你们听好了，要干大事，就要懂得夹好尾巴扮瘟狗。没有人说话，破面包车畏畏缩缩、小心翼翼地从山上滑下来。"接下来去哪里呢？"我问。蚂蚁说去曲蟮子的装修店。

曲蟮子的装修店在太平路，太平路以前是这个城市工业聚集区，有大大小小十多个企业，以前那可是机器轰鸣啊！现在都哑巴了，一派萧索的景象。曲蟮子的装修店其实叫修理店更准确，周围根本没有需要装修的房屋，一栋栋裸露着黄砖的房屋，被岁月剥蚀得早没了精气神，松松垮垮、沉默寡言地龟缩在荒草丛生的野地里，偶尔能见着从房子里出来的人，和身后的建筑一样无精打采。所以，曲蟮子的店铺就是干些修修补补的活儿。他曾经对我抱怨，说把店开这里失误了，生意一般他都认了，最让他不能忍受的就是这里的人可以为了一两块钱和你较一上午的劲。

我们从车上下来，曲蟮子正蹲在一堆破铜烂铁里焊一个水箱，水箱是用洗衣机水缸改的。一个穿件破旧工作服的男人蹲在一边看，工作服上的字迹都依稀了，只能看清最后那个"厂"字。男人一脸胡子楂，曲蟮子电焊一点，就有了一团扎眼的白光，男人就慌忙伸手挡住脸。蚂蚁凑过去，看了看，说都这样了还焊个球呀！做件衣服穿女人身上都能看见胸罩了！男人抬头看了看蚂蚁，嘴动了动，想说话，最后还是没能说出来。曲蟮子放下手里的焊枪，说你们来了。蚂蚁没答话，径直走进库房里，从里面拉出一根手腕粗细的钢管，咣当一声扔在曲蟮子面前，说给我切割成一米一根的，切——抬头数了数人数，蚂蚁说切七根。

曲蟮子应了声，拉出切割设备就干上了。男人脸上有了愠色，他对曲蟮子说，哎哎哎，你这人怎么这样啊！得先给我焊完啊！蚂蚁上去递了一支烟，说大哥，我们急用，你那破烂玩意儿先摞摞。那不成啊！男人抢上一步，说我也急啊！蚂蚁说能有我急？我这等着切下来去干仗呢。男人看见了蚂蚁眼里刺人的光芒，终于不说话了。切割机咻咻怪叫，瘆得我牙都倒了，幸好蚂蚁递给我一张钱，要我去买两圈电胶布回来。

蚂蚁把电胶布缠在锯好的钢管一端，缠出一个把手的长度，他掂起钢管称了称。看见没有，他说，这样就不会脱手了，真要干上了，家伙不能丢，丢了家伙说不定就会丢了命。把缠好胶布的钢管放进面包车，蚂蚁给了曲蟮子两百块钱。曲蟮子看着递过来的钱，连忙摇着脏兮兮的手说要不了这么多，一根烂管子，不要钱的。蚂蚁一斜眼，脖子梗着说："让你拿着就拿着，废话多呢你还！"

五

头上是一片蓝天，纯净碧透，几只哨鸽从蔚蓝里掠过，丢下一串脆响。远处的城市呈现出古怪的韭黄色，像一帧泛黄的照片。近处，密密麻麻的电线缠绕着淡淡的不安。左边有个窗户，几张稚嫩的脸蛋在窗口挤成一堆，忧伤地看着外面的世界。我和蚂蚁趴在屋顶边缘，无声地打量着脚下的一切，好久，他问我："你有理想吗？"想了想我说："有呀！娶个穿淡蓝色吊带裙的女孩做老婆。"我曾经在中华路的拐角处见过一个女孩，她穿着一件淡蓝色的吊带裙，有张规规矩矩的鹅蛋脸，和我擦肩而过的时候，她给了我一个浅浅的笑。那一刻，这个理想就被种植进了我的心灵深处，它开始在每个夜晚生根发芽，现在都长成参天大树了。蚂蚁听了笑笑，然后他伸出一只手，向远处的韭黄色抓了过去，手伸到尽头，他握紧拳头说："我要把攥在手心里的一切都变成我的。"我吓了一跳，说这么多啊！蚂蚁又笑，说你懂什么，我小时候去离家很远的河沟里抓鱼，开始只想着能抓几条小鱼就成，一天下来，连鱼鳞片也没捞着一块。后来就想，要抓就抓大鱼，结果呢，大鱼没有抓着，却总能抓住些小鱼。我刚想接话，就打雷了，蚂蚁掏出手机，说高经理啊，您说您说，好好好，西山那边啊！好好好，嗯，明天我就过去，您放心，不过啊！是这样，高经理，您看——呵呵，弟兄们也要吃饭啊！唉，好的好的。

活来了。蚂蚁合上电话说。

远远地，就能见到那栋房子了，红砖墙，两个进出，在偌大的空旷中，如一块扔在砧板上方方正正的生牛肉。下了车，冰棍从面包车里抱出一捆叮叮当当，蚂蚁回头看着抱着钢管的冰棍，说你干吗？冰棍说以防万一啊！蚂蚁骂了一句，声音很低，我没听清，冰棍又悻悻地把钢管放回车里。

阳光很好，旷地上的瓦砾都有了五彩的颜色。我们的双脚坚实有力地踏过一片废墟，踩出咔嚓咔嚓的声响。太阳在头上，我们的身影在脚下蜷缩成一小团，跟着我们的脚步滚动。蚂蚁走在最前面，阳光把他勾出来一个虚幻的光圈，却给了我一个暗淡的背影。

推开门，我才知道面包车里那些叮叮当当的家伙根本用不上。一对老迈的夫妻，男的弓着腰在屋角倒腾着什么，女的坐在一张小椅子上择青菜，青菜有耀眼的绿色，看样子，她是要窖上一坛酸菜。她的边上还有一个木盆，一个三四岁的小男孩蹲在盆边，用手拨弄着浮在水面上的黄色塑料鸭子，嘴里还嘎嘎地叫唤着。

两老对我们的闯入没有表现出惊讶，看得出，之前肯定有人来过。一般情况下，高顺是不会起用我们这群人的，除非万不得已。墙角的老人回过身，我才看清楚他在修理一个水壶把儿，蚂蚁递过去一支烟，老人摆摆手，蹲下去继续摆弄着手里的水壶。女的择完青菜，端着满满一簸箕青菜往外走，我们几个人堵在门口，老人抬起头冷冷地说："麻烦让一让。"我们侧过身子，老人颤巍巍出了门，在院子里的水龙头边蹲下来开始洗菜。

抽完一支烟，蚂蚁搬了把椅子坐在院子里，把身子懒懒地靠在椅子上，闭着眼。阳光均匀地洒下来，孩子脆脆的笑声从屋子里传出来，一切看起来都是那样的祥和宁静。我们几个靠在屋檐下，全都眯着眼，偶尔有咳嗽声。我站得有些累了，于是伸长脖子看看远处，又看看皮影戏样的两个老人。然后我看着椅子上的蚂蚁，他的眼睛还闭着，鼻息均匀干净，阳光在他的额头上铺开一摊油腻的瓦亮。突然，我感到了一种前所未有的恐慌，我怕这种胶着一直持续下去，持续到树叶绿了，黄了，掉了；再绿了，黄了，掉了。要这样持续若干个春夏秋冬的话，我就老了，背就驼了，腿也弯了，那样我就走不出这片废墟了。我打了一个夸张的冷战，身子瞬间冰凉如雪。我惶惶地走到蚂蚁身边，我得赶快把他叫醒，要不然我会崩溃的，我想。

我的手掌还没有拍到蚂蚁肩上，他就醒了。他打了一个好几公里长的哈欠，抹了抹嘴站起来，搭个凉棚看了看太阳，说哟哟哟，不早了哟，太阳都快要滚蛋了。

老男人正龇牙咧嘴地往屋子里搬一桶水，蚂蚁看见了，慌忙跑过去，说老人家，我来我来。老人挡开他的手，黑着脸不说话，固执地往屋子里移。蚂蚁说你这就不对了，怎么着也该给我们这些年轻人一个学雷锋的机会不是，我跟你说呀老人家，我小时候最喜欢学雷锋了，读三年级，好像是四年级那年，对，四年级那年，我还带着同学们去给村里一个抗美援朝的老英雄挑水做饭呢！看着老人摇摇晃晃的背影，蚂蚁接着说，你别不相信啊！我说的都是真的，骗你我是短尾巴狗。

我看了看蚂蚁的脸，真诚得一塌糊涂，丝毫没有开玩笑的意思。

跟着老人进了屋，蚂蚁四处瞧了瞧，男人的老伴正躲在墙角边剔四季豆上的筋，蚂蚁过去蹲下来，捡起一根豆豆就开始剔。老人白了他一眼，把身子移到一边。蚂蚁说老人家，这屋子就别住了，黑黢黢的，大白天都得开灯呢！搬了吧！

休想。老人吐出两个硬邦邦的字。

蚂蚁咬了咬嘴唇，站起来笑了笑。他背着手慢慢踱到床边，床上睡着孩子，小东西看样子是玩累了，睡得很沉。蚂蚁把屁股挂在床沿上，目不转睛地盯着孩子，看啊，看啊，像看自己的孩子一般。看了半天，蚂蚁说小家伙长得真乖，你们都过来看看，虎头虎脑的。蚂蚁忽然转过头问："孙子吧？"两个老人哼了哼，不置可否。"好福气啊！"蚂蚁笑笑，停了停，他说，"哪里都好，就是这脖子细了点。"说着他就伸出一只手圈住孩子的脖子："要是我这手轻轻一转，你们猜会怎么样？"

"断鸡巴球了呗！"冰棍在一边说。

一瞬间，两个老人同时站起来，惊惶地问："你要干什么？"

蚂蚁呵呵笑，说我开个玩笑。

蚂蚁拍了拍屁股，说我们走。走到门边，蚂蚁回头说："我说过了是开玩笑的，要是你孙子的脖子真断了，千万别来找我哟。"

我们走出去没多远，屋子里传出了呼天抢地的号哭声。

"搬了吧，老头子——"女人的声音透着末世的悲怆。

点了一支烟，吸了一大口，蚂蚁回头看看身后的房子说："打蛇要打七寸，铺上的嫩薹薹就是他们的七寸。"

六

我在一片荆棘中行走，四面是望不到边的火棘树，它们密密麻麻地挤在一起，还有锐利的尖刺。我总是避不开它们，每往前一步，我都能清晰地听到那些尖刺刺破我身体的声音，声响夸张得让我恶心，然后，一股股的温热在身上缓慢地爬行，用手一摸，黏糊糊的，流血了。鲜血是触目的黑色，源源不竭地从那些刺破的小孔里飙出来，我试图用手按住那些小孔，刚按上去，黑色飙得更欢了。我抬起头，太阳是古怪的青色，阳光黏稠地在湿答答的云朵上蠕动，我慌慌张张地想走得快一些，可步子就是迈不大。就这样，我绝望地在荆棘丛中爬行，身后拖出一道黑暗的印记。爬了好久，我累了，爬不动了，我想我怕是要死了。我不想死在这片让人憎恶的火棘丛中，我想找一个干净一些、让身体宽松一些的地头死去，我不想让自己死后灵魂也被丢在这里动弹不得，于是我努力站起来，想找一个宽阔一些的地方让自己死去。一望无际的火棘丛向遥远的天边延伸，铺满了让人绝望的色彩。我把头转向左边，忽然，我看见了一个圆，火棘树围成的一个圆，像一张快乐大笑着的嘴。我欣喜若狂，高声尖叫，然后向着那个圆爬去。

圆，规则的圆，更是绝望的圆。

在没有接近这个圆的真相时，我幻想过它是一片碧绿的草地，或者是一汪清澈的湖水，甚至是一方怪石嶙峋的洼地。但是，当我把脑袋从火棘丛中艰难地伸出来后，我看见了一个圆形的黑洞。黑洞很深，我往里扔了一块石头，石头叮叮咚咚地响了好久。黑洞的边上有一网一网的藤蔓，它们暧昧地缠绕在一起，茂盛地显摆着它们的生命力。洞边还有松树，悬吊在悬崖上，裸露着干瘦的根部，像一个个褪掉裤头的垂暮老人。我努力伸长脑袋，向下望了望，一股寒气扑面而来，我打了一个寒噤，连呼出的气息也变成了一团白雾。

我心如死灰，躺在洞口边，几根火棘树的尖刺还插在我身体里，黑色的脓血还在欢快地流淌。我感觉我的生命正被一点一点地抽离，死亡像一张网，缠得我透不过气来。我想逃离这种对死亡的等待，越快越好。

我一翻身，身体就开始急速下坠，先是砸在一网藤蔓上，藤蔓裹挟着我的身体，继续快速下落，开始还能看见光，慢慢地，圆形的光亮变成了一个点，很快，亮点也消失了，我开始在一团漆黑中坠落。这个过程漫长得让人窒息，仿佛一分钟，又仿佛一个小时，一天，一年，甚至更长。

睁开眼，我看见了蚂蚁的脸，他的脸有斑驳的光圈，特别不真实。

"就说你狗日的死不了嘛！"他的嘴拉成一条直线，横跨过整张脸。他走过去拉开门，阳光淌满了一屋，蚂蚁说要不要送你去医院？我还没说话，他接着说："去不去你自己决定，舍得钱我就送你去。"说完他看着我，嘴变成了一条上扬的弧线，仿佛看出了我一定要去医院似的。

想了想，我摇了摇头。

蚂蚁说："我小时候得了一次怪病，抽，不停地抽，抽得嘴都歪了。我妈要带我去镇上医院，我爸不肯，最后实在抽得不行了，我妈用条毯子裹起我就准备出门，可门就是拉不开，后来才知道，是我爸从外面给锁上了。"蚂蚁点了一支烟，长长地吐出一口烟雾，拿手掌在额头上蹭了蹭，他接着说："后来我抽脱了气，我妈以为我死了，抱着我放声痛哭，我爸这时候打开门进了屋，说给我扔了吧！我妈就抓着我爸的头发使劲扯，居然把一绺头发活生生给扯掉了。直到我醒过来，我妈才停止对我爸的扭打，而我爸从头到尾没有还过手。从那时候起，我妈和我爸就开始分床睡觉。"

我挣扎着靠起来问："你爸为什么不送你去医院？"

"那年大旱，我们一家就收了三撮箕谷子。"

把烟屁股扔进烟灰缸，蚂蚁接着说："这几年我回过几次家，都是我爸生病，我不是去看他，我是专程回去送他去医院。哪怕一点小病，我都要生拉活扯将他弄到县上最好的医院去，给他吃最好的药，住最好的病房，请最好的医生，拿感冒当癌症治。"笑了笑，蚂蚁又说："我特别喜欢看我把钱塞进医院收费窗口时他那副痛不欲生的样子。"香烟在烟灰缸里没有燃尽，烟雾缭绕，蚂蚁端起杯子，倾斜，滋的一声，像烟火灼伤皮肤的声音。

"你什么意思？"我问。

蚂蚁呵呵大笑，把杯子里剩下的水一饮而尽。他说每次送我爸去医院，没等我开口，医生就已经把感冒当成癌症了。

我脑袋有些犯晕，我想我得把蚂蚁的逻辑捋一捋。想了想还是有些矛盾，我就问他："要是你病了，会去医院吗？"

"不去，抽死了都能活过来，我命大哩。"

穿上外套，蚂蚁说我得走了，一块拆迁地有麻烦，全是他妈的大洋钉，领头几个还气粗得很，可能要干仗。

我把身子往上撑了撑，说我也去。

蚂蚁不屑地看了看我，嘴动了动，看样子想骂我，没骂出来，转身向门边走去，留给我一个背影。

这是属于蚂蚁的背影，一个成年人才有的背影，有些无所适从，临出门，他还抬了抬右肩，企图将背影调整得更从容一些。要知道，没有一个人认真思考过自己的另一面，仿佛他躲在身后看过自己的背影，看完了他才恍然大悟，原来卑微来自身后，每天都在想方设法装扮眼睛能看见的地方，以为脱胎换骨了，谁知道一转身，就原形毕露了。

这是我最后一次看见这个背影。

七

蚂蚁躺在病床上，像一个大粽子，脑袋缠着厚厚的绷带，只露出两个眼睛，可惜都六天了，两个眼睛从来没有睁开过。

每次冰棍来看蚂蚁，都要手舞足蹈地把他经历的惨烈重复一次。你晓得的，他说，蚂蚁干仗从来不吭声的，眼看绷着了，非干仗不可了，他就上去了。狗日的，手里两根钢管都抡圆了，呼啦啦就撂倒了一片。我们都愣住了，等回过神来，好多乱七八糟的家伙都拍到蚂蚁脑袋上了。我看准了的，最狠的是后脑勺的一板砖，都拍成两截了。

高顺来看过蚂蚁一次，和他一起来的还有两个漂亮的女人，都穿着吊带裙，两个女人一直站在门边，没敢进来。高顺看了蚂蚁一阵，叹口气说可惜了，敢说敢干，说倒下就倒下了。两个女人可能是觉得好像没有想象中的吓人，慢慢挪到床边。高顺弯下腰仔细打量了一番蚂蚁，抬起头对两个女人说："看见了吗，这就是传说中的植物人，理论上讲他是活着的，对不起，从属性来讲，我觉得应该称'它'更合适，植物嘛，就该有植物的叫法。"两个女人被高顺逗得哈哈大笑，脸也舒展开了。她们笑起来很好看，我又想起了在中华路拐角处见到的那个吊带女孩，我想她笑起来也会是这样好看的。

开始那几天，我还有些难过，时间久了，本就稀薄的难过就挥发掉了。我每天除了吃饭和上厕所，其他时间都坐在蚂蚁床边，静静地看着他。看他看腻了，我就抬头看输液管，看着透明的液体一滴一滴通过细长的管子，注入蚂蚁的身体。有时候我嫌它走得慢了，就偷偷开大些，反正床上的人也不会觉得疼的。除了调输液管，我还伸手到被窝里掐蚂蚁的胳膊，狠狠地掐，掐着掐着我就笑了，我想要是蚂蚁还醒着的话，我要这样掐他，他能把我给活吃了。可他现在吃不了我了，因为他连嘴都张不开了，给他喂一些流食时都得把嘴给掰开呢。

日子难过得像一把糟糕的麻将牌，要不是公司还付给我工资的话，我肯定早跑了。实在无聊了，我就偷偷跑出来和冰棍他们去娱乐室打麻将。我手气不好，每次都输，输了回来我就掐蚂蚁，掐着掐着心情就会好很多。心情好了我就跑到楼道里看来来往往的护士，这层楼有两个护士特别好看，皮肤像刚舒展开的莲花白。她们一般不同时上班，一个休息的时候另一个就上班。这样也好，保证了我一直都能有美女看。

晚上冰棍给我打电话，让我去打麻将，地点在离医院不远的一家娱乐室。今晚我好像是转风了，一直赢，狗日的冰棍输得最惨，他脸都成根冰棍了，才两个小时，我就把他们几个全缴干了。一个富人和三个穷鬼从娱乐室出来，三个穷鬼硬要让我请他们吃消夜，推了推没推掉，我就请他们去隔壁的大排档喝啤酒。几杯啤酒下肚，大家话就多了，东说西说，最后说到蚂蚁身上了。本来这段时间我们很少说他了，今天可能是喝了酒，难免感叹一番。

"早知这样，不如直接给拍到火葬场算了。"冰棍说。我们几个没有说话，应该是都赞同了冰棍的说法。"还没通知他家里呀？"一个说。我说："怎么通知？再说要通知也该公司通知才对啊！"

冰棍说："公司通知个球，巴不得他早死呢！这样耗下去，多费钱啊！"

说完我们碰了杯，闷了一大口，为什么碰杯，我也不知道。

我刚倒上一杯啤酒，电话就响了。掀开电话，那头说："你照顾的病人醒了。"

我当场就呆住了。我把电话合上对他们几个说，蚂蚁醒了。几个人把杯子一摆，拔腿就跑。跑远了身后传来大排档老板的骂声：日你娘，又是吃霸王餐的。

蚂蚁的眼睛大大地睁着，可能是闭合的时间太久了，眼睑四周有了一圈眼屎，护士正用打湿的棉签给蚂蚁湿润眼睛。看我进来，护士把棉签递给我，说给他把眼部的分泌物清理干净，我们马上要换个地方做进一步检查。

我抖抖颤颤接过棉签，小心翼翼地凑过去，蚂蚁的眼睛里有淡淡的血丝，可骨碌碌转得很灵光。我说你总算醒了，都好些天了，你知道不？

我忽然听见有呜呜的哭声，我凑近了听，是蚂蚁发出来的。慢慢地他的眼睛就湿润了，继而有泪水从眼角流下来，把缠在鬓角的白布都打湿了。

我还没有开始给他清理眼屎，护士和医生就进来了，说我们要把他送去做检查。我说还没开始清理呢！医生说不用了。

手术车咯咯地从医院的楼道轧过，我们远远看着，互相看了看，最后在楼道里的椅子上坐下来。冰棍刚掏出一支烟点上，一个护士不知从哪里蹿了出来高声吼：不准在这里抽烟。

八

无聊的时候我就坐在医院电梯口的长椅上看来来往往的人。慢慢地，我就觉得这是一件十分有趣的事情，这里仿佛一个分水岭，开合之间都传递着隐秘。

点燃一支烟，我刚吸了一口，旁边椅子上的一个女人露出了厌恶的神色。我没有理她，依然大口吞吐，女人终于走了。她刚离开，电梯门开了，出来了两个打领带的男人，电梯张嘴的刹那，两个人也张嘴大笑着，一出来，笑容就从两人的脸上蒸发了。扭过身，沉痛就笼罩了他们，定了定身子，仔细调整了一下呼吸，他们才向病房区走去。

我趴在窗口，城市坑坑洼洼向远方延伸，矮小的房屋楼顶上全是垃圾，一群哨鸽从天空掠过，丢落一串脆脆的声响。我把烟头从窗口弹出去，烟头在风中踌躇着，左摇右晃，最后掉落在一片碧绿的草地上，草地周围有一丛丛的灌木，灌木丛上点缀着星星点点的黄花。我突然发现这些搭配充满了荒诞色彩，和它们在一个平面时，你会说就该是这样的啊！这一切该有多协调啊！可等你和它们有了一定的距离时，一切都变了，变得那样地难以理喻和不知所云。

我往楼下啐了一口浓痰。

重新坐回椅子，不久前进去的两条领带飘出来了，两人站在电梯门口，眼睛盯着门顶上的楼层显示。

左边一个忽然笑了，他说妈的平时那样横，病来了还不是成了泡面。另一个没有笑，而是满怀忧虑地说他的位置腾出来了，谁接替呢？另一个拢了拢头发说鬼知道。

电梯门开了，两人走进电梯，转身，电梯关闭的一刹那，我发现他们两人真的好帅。

回到病房，蚂蚁还在睡觉，他呼吸均匀，面容祥和，偶尔还会瘪瘪嘴，露出一个难以觉察的微笑。他应该是做梦了，好梦，要不也不会笑得那样好看。

前几天医生把我叫到办公室，他们把蚂蚁的情况告诉了我，说病人虽然醒过来了，但大脑遭受了严重的创伤，根据他们的测试和观察，病人只有四五岁的智力，用我们这里的俗话讲，蚂蚁成了憨包。他们让我有思想准备，我说这不关我的事情，他们说那关谁的事，我想了半天才说我给你们把高总叫来吧。

我给高顺打了电话，说蚂蚁被打成憨包了，医院让他来一趟，高顺噢了一声就把电话挂了。我刚合上电话高顺又把电话打了过来，他在电话里高声喊：你说啥？花了那样多钱救回来一傻子。我说嗯，高顺骂了句日他妈的倒霉。

我特别怕蚂蚁醒来，蚂蚁醒来我就没有好日子过了，我喜欢他沉睡着，要是能一直沉睡下去就好了。我原以为照顾他是件很轻松的活路，风吹不着雨打不着，除了工资，还有免费的饭菜和空调，高顺还特批我晚上可以租个沙滩椅睡在病床边上。蚂蚁无声无息那会儿还好，我每天还能和邻床的老头聊聊天，看看漂亮的护士。自从蚂蚁醒过来，我的日子就难了，不被折腾得精疲力竭不算完。

蚂蚁睁眼了，我的心就提了起来。果然，一睁眼，蚂蚁先是四周看了看，看完了脸就绷起来了，接着哇的一声就哭开了，嘴里还咕哝着。咕哝的内容不明显，像被牙咬住了一般，凑近了就听清了：日，日，妈。每次都这样，第一次这样时我被吓了一跳，说蚂蚁你不认得我了。他盯着我直摇头，然后接着哭。我就慌忙去找医生，医生来看了看说这是正常的，我说都这样了还正常？医生说要不你哄哄他吧！我说他这样人高马大一男人我怎么哄？医生说就像哄小孩那样哄。我就说蚂蚁乖，不哭。哪知道蚂蚁哭得更凶了，哭着喊着：日，日，妈。我也火了，说再哭老子把你从窗子里扔出去。蚂蚁听了直往后缩，撩起被子遮住身体，露出颗惊惶的脑袋，也不哭了，嘴艰难地瘪着，苦大仇深地盯着我看。见有了效果，我就一直这样吓唬他。

日，日妈！他嗷嗷地哭喊。我就说再哭老子把你从窗口扔下去。他怔了怔，继续大哭。可能是我每次都这样对他说，也没有行动，他看出了我只是在吓唬他，不怕了。我站起来，装出要抱他扔出去的样子，他干脆死死抱住床头的铁管，放声大哭。

邻床的老头歪过头来，说他都成憨包了，不要老吼他，不是还小嘛。我说还小？你看这样儿，要是结了婚，孩子都一大堆了。老头说医生不是说了，只有四五岁，给活回去了吗？老头开始两天还无比惊讶，说没想到这人还能活转去，过了几天他就适应了，有时候还会逗着蚂蚁玩会儿。老头是癌症，听他说都晚期了，最多就半年的光景，儿女们都忙，没时间来照顾他，就给他找了个陪护。陪护是个瘦精精的乡下老头，有一口黑牙，还喜欢下棋，每天都去大路边看人下棋。我都看不下去了，就替老头打抱不平，老头笑笑，不说话。儿女问起陪护的情况，老头还会给陪护打掩护，说乡下人实诚，挺上心的。

蚂蚁哭得很坚韧，没有歇下来的意思。我没辙了，干脆看着他哭，还是老头递过来一个苹果，说幺儿乖，不哭，不哭了，爷爷给你吃苹果。蚂蚁试探性地看了看老头，虽然憔悴，还是没能掩盖住慈祥，排除了危险的蚂蚁慢慢伸出手，接过苹果啃了起来。吃完苹果蚂蚁跳下床准备出去，我把他按下来，不让他出去。他出去过两次，总不消停，先前几天还好，只敢扒在门边看来来往往的人，慢慢胆儿就大了，要不就爬窗户，要不就乱按电梯按钮，还冲打扫卫生的老阿姨做鬼脸。

不让他出去，他就在病房里闹，在床下钻来钻去，还疯摇邻床老头的病床升降杆，弄得老头上上下下，也摇出了老头一串串笑声。我怕他弄坏了老头，撵开他，他就摇自己的病床，还硬把我摁在床上让他摇。

我躺在床上和老头聊天，聊了一会儿才发现蚂蚁没声了，我翘起来才发现他在地上睡着了。折腾累了。老头笑呵呵说。我把他搬上床，刚睡下，高顺就来了。

高顺进屋看了看蚂蚁，就紧张兮兮地把我拉到楼梯间，掏出一支烟点上，他说："这样，公司研究过了，准备派给你一个任务。"我说什么任务？高顺说把他送回老家，我刚咨询过医生，医生说让他回到他熟悉的环境，也许能帮他恢复记忆。我说送回去以后呢？高顺说你待那儿个把星期就成，来往的路费我们负责，主要是看看他家人的反应。记住，就说他是自己不小心从楼梯上摔下来弄成憨包的，不许提公司一个字。我点点头。

"明天一早就走。"高顺说，说完他从皮包里拿出一沓钱，"这是一千块，足够你们在路上使的了，另外给你五千块，如果他家里埋怨，就把这些钱丢给他家里人。事情办好了，你就大功一件，完了就回来上班，接替他的位置。"

我接过钱，高兴地答："唉！好的！"

走下几步台阶，高顺又回头对我说："记住，不许提公司一个字。"

我又慌不迭地点头。

皮鞋敲击地板的咚咚声，在寂静的楼梯间闷响。

九

　　冰棍和其他几个人到客车站送我和蚂蚁。蚂蚁站在我身后，一只手紧紧地攥着我的衣角，惶然地看着四周川流不息的人群。冰棍的一个跑腿给大家派烟，第一支烟依旧先派给蚂蚁："蚂蚁哥，来一支。"蚂蚁不说话，往我身后退。冰棍说还蚂蚁哥，都傻了。派烟的说看起来不像呀！冰棍说你晓得个球，他现在就是个小孩儿了，不信你骂他。派烟的看了看蚂蚁，又看了看冰棍，嘴动了动，没敢骂出来。冰棍说你狗日的平时让他给吓傻了？骂，他要敢回句嘴我是你儿。派烟的有了信心，伸出半个脑袋对着蚂蚁说狗东西要回家了？蚂蚁躲在我身后，脸都不敢露出来。派烟的点上一支烟，样子从容了许多："蚂蚁你个狗日的，爹来送你回家了，要乖乖听话，不然老子割了你小鸡鸡。"

　　蚂蚁干脆蹲下来，抱着我的小腿，眼睛盯着地面，都不敢看大家。大家呵呵笑，每个人都把蚂蚁骂了一通，骂完了又觉得无趣了。抽完烟，冰棍递给我两百块钱，说这是兄弟们凑的，给你们在路上花的。我接过来，回头对蚂蚁说还不谢谢冰棍叔叔。蚂蚁把我给他的旅行包抱在怀里，看着大家不说话。

　　上了车，隔着车窗冰棍说快些回来，我们等你。我不知道他等的是我还是蚂蚁。

　　车在不太平整的路上欢快地跳跃。蚂蚁坐在靠窗的位置，一路上都没有声音，呆呆地看着窗外的风景，偶尔能见到田野里悠闲地啃着草的水牛，蚂蚁就欢欢地叫一嗓子，喊完了回头对着我笑。见我不理他，讨了没趣的蚂蚁又继续看窗外。

　　中午，车到了一个小镇，司机让大家下车吃饭。小镇上只有一家餐馆，供应野味，什么蛇啊，斑鸠啊，野兔啊。相比起来，野兔价格便宜些，好多人都要了黄焖野兔。我嫌贵，点了两个家常菜。点完菜我发现蚂蚁不见了，在外面看了看没见着，就绕到屋后，见蚂蚁正蹲在一个铁笼子边看野兔。八九只灰褐色的兔子，顺眉奄耳蹲在笼子里，蚂蚁伸手进去摸兔子的耳朵，还呵呵地笑。我说不要乱跑，乱跑我揍你。

回到外面，两个穿短裙的女孩在说话，空气里飘荡着她们银铃般的笑声，看样子她们是从城市回家的。城市已经把她们身上的乡土味彻底荡涤干净了，她们有城市女孩一样的装束、城市女孩一样的自信，只能从还残留着的乡音里分辨出她们的来历。她们看着寂静的小镇，慢慢就陷入了沉默，脸上就有了难抑的落寞。她们显然已经不适应这种寂静了，她们觉得生活应该是喧闹的、慌乱的、琳琅满目的。

"过两天就回去吧？"一个说。

另一个点点头。

忽然屋后有哭声传来，我刚站起来，餐馆老板就慌慌张张地从里面跑出来对我说："里面那个兄弟是和你一起的吧？"我说是，他说你来看看吧。

我进去，蚂蚁正和厨师较着劲。厨师一只手举着刀，一只手攥着野兔的脖子；蚂蚁则双手抓住兔子的两条后腿，一张愤怒的脸涨得通红，嘴里叫嚷着：日，日妈。我一看糟了，连忙跑过去把蚂蚁拉开。厨师一脸疑惑，说你这兄弟搞哪样？死活不让我杀兔子。我慌忙解释，说他脑筋不管事了。厨师才说难怪哦！说完扳过兔子的脑袋，刀刃从兔子脖子下一拉，一股殷红的鲜血喷薄而出。蚂蚁忽然挣脱我的手，冲过去把厨师狠命地一推，厨师仰面跌倒，手里的兔子飞了起来，荡开的一线猩红溅了厨师一脸。厨师在地上哼了两声，翘起来，举着刀对着蚂蚁冲过去。蚂蚁没有看他，蹲下来摸还在地上痉挛着的野兔。挣扎了几下，野兔才算死透了。厨师一把揪住蚂蚁的后脖颈，刚想理论，蚂蚁哇的一声哭开了。厨师回头看着我，我连忙道歉，说他让人给打傻了，你不要和他计较。厨师这才松开手。蚂蚁先是小声哭，然后声音越来越大，把外面的人也引来了，我慌忙给大家解释，于是有人开始叹息，还有人哄笑。

厨师抹干净脸上的血迹说既然是个憨包，你就该看牢嘛。我慌忙点头，过去生拉活扯地把蚂蚁拉到外面凳子上坐下来，他在凳子上拼命挣扎，我就说再乱动我捉蛇来咬你狗日的，他才安静下来。两个穿短裙的女孩坐在不远处侧着脸看蚂蚁，看了看就呵呵笑，笑得风摆柳一般。

蚂蚁没有吃饭，我吓唬他他也不吃，从头到尾都苦大仇深地看着我，一句话不说。

车在山路上跑了好远，蚂蚁依然不说话，看见路边的牛马他也不兴奋了，我有些累了，慢慢就睡过去了。恍惚中车停了下来，司机打开车门，说这片林子大，要解手的快点。有人开始陆续下车。我刚闭上眼，蚂蚁忽然拼命往外挤，我转过头狠狠地说你干啥。他不说话，只是拼命挤。我说尿涨了，他点点头。我退出来，说老老实实给老子撒尿，撒完乖乖给我回来。

我闭上眼养神，下车方便的人群开始陆陆续续上车，司机大声喊是不是都到齐了，没人应声，客车的自动门叹了口气关上了，接着司机发动了车。我猛然睁开眼，高声喊等一等，还有人没上车。司机转过头说搞什么吗，拉屎还能把人拉死？这都多久了，就是生孩子也生下来了。车门又叹了口气，司机说你下去找找。我拿上包跳下车，回头对司机说，师傅麻烦你等我十分钟，如果十分钟我还没有回来，你可以先走。司机一副厌恶的神色，我又跳上车给他发了一支烟，他才点点头说请你快点。

我站在马路牙子上大声喊蚂蚁的名字，我的声音在山谷里空空地回响，喊了十多声也没听见蚂蚁答应。我有些慌了，就顺着路边的斜坡往下梭。斜坡下一片空地，很平坦，四周都是高大的松树，空地上还有冒着热气的排泄物，一条小路顺着松林往下蜿蜒，我想蚂蚁应该是从这里下去了。我手脚并用顺着小路下到山脚，谷底是一条干涸的河沟，一个个圆圆的水窝里盛满了水，闪耀着斑驳的瓦亮。山谷里竟然有白鹤，在山谷里孤独地滑翔。我大声喊范蚂蚁你在哪儿呀，山谷也跟着喊范蚂蚁你在哪儿呀。

喊了一阵，我累了，就蹲下来掬了一把水送进嘴里，水很凉，有淡淡的甜味。灌了半肚子，我找了一块石头坐下来，看了看四周，悲凉就上来了。我顺着河谷一直走，走出一段我就喊两声，最后也不喊了，骂，有气无力地大声骂：范蚂蚁，你个天杀的，你是不是入土了，你个狗日的。

黄昏上来了，杂七杂八的鸟儿们没了影儿，扑腾着扎进林子里去了，落日把我的影子拉得老长老长的。慢慢地，孤独也上来了，我忽然感觉自己被这个世界抛弃了。上午我还站立在人声鼎沸的城市里，黄昏时分，我就被扔进了这样一个渺无人烟的山谷中，我的喉咙忽然变得硬邦邦的，骂了一句蚂蚁，山壁都跟着哽咽了。

黑夜即将填满山谷的时候，我终于走到了山谷的尽头，尽头是一个狭窄的石门，石门边藤蔓缠绕，不仔细你都看不见。从石门出来，是一片河沙地，细细的河沙铺开满心的欢快。狗日的范蚂蚁坐在河沙地里，两只手插进河沙地，张着的大嘴对着天空，看样子是哭够了，连声音都哭没了。看见他，我出奇地愤怒，我冲过去照着他的后背就是一脚，他惨叫一声，在河沙地里打了一个滚。我不由分说，又照着他的头、胸、腿拼命乱踢。他用两只手护着脑袋，撅着两扇屁股，像只笨拙的鸵鸟。我就使劲踢他屁股，他也不叫不哭了。我终于累了，一屁股坐倒在河沙地上，大口大口地喘气。直到黑夜完全上来，我才平息下来。

我们就这样在河沙地上睡了一夜。半夜我醒过来，蚂蚁站在不远处撒尿，月亮在他头顶。撒完尿，他转过来指了指肚子，我说饿了？他点点头，我说我还饿呢，忍忍吧！他依然指着自己的肚子，我对着他狠狠地扬了扬拳头，他才背着我坐了下来。我不理他，翻过身睡下来，他在后面叽叽哇哇地说了一些我听不清的话，慢慢就没了声息，他该是睡着了。

十

客车一路飞奔。

蚂蚁乖多了，吃了一袋饼干后靠在位子上睡着了。饼干是在上车的那个村庄一个小卖部买的，都有星星点点的霉斑了，我没敢吃，递给蚂蚁，狗东西三下五除二就给解决了。看着窗外我才发现，已经是深秋了，一路都是张张扬扬的黄色，稻谷早已收割完毕，一堆堆憔悴的谷草趴在旱田里。我忽然想起老家，老家的稻谷也该收完了，新收的稻谷过了秋老虎，就该入仓了，稻谷入了仓，乡村就恬适了下来，走走串串、说说笑笑就成了主题。

车上没有一个人说话，这些沉默的人，各有各的心事呢！每个人的眼睛都盯着窗外绵延的黄，这样的黄让人伤感。只有醒过来的蚂蚁最兴奋，客车越往前跑，他越兴奋，应该是要到家了，环境也变得熟悉了起来，难怪他要发出嗷嗷的怪叫。开始我还骂他两句，见没什么效果，我就不骂了，任凭他大呼小叫。

我从包里掏出蚂蚁的身份证，看了看地址，问师傅无双镇小铺村该在哪儿下车，师傅说前面不远处就是了，到了我叫你。

车在一棵皂角树旁停了下来，客车师傅说你顺着这条小路一直往前走，大约半小时就到了。汽车扬起一股烟尘远去了，我把两个旅行包挂在蚂蚁肩上，他高高兴兴地跳来跳去，指着皂角树顶端，手舞足蹈。我说你爬过，他得意地点头。皂角树很粗大，很有些岁数了。蚂蚁挎着两个包，跑到树底下，用手揭开一块干枯的树皮，兴奋地对我招手。我过去，揭开的树皮下有一堆红蚂蚁。他哈哈大笑，脸上流动着清泉一般的干净。我拍了拍他的肩膀说我们先回家。他对着我庄重地点了点头。

我和蚂蚁走在田埂上，黄色的田野筋疲力尽地躺在天底下。偶尔能见到在田里翻晒稻草的农民，在高旷的天底下显得孤寂渺小。

我把蚂蚁拉过来问他："知道你家住哪儿吗？"蚂蚁摇了摇头。我骂了一句，跑到远处问翻晒稻草的人，他指了指远处的一方土丘，土丘被一些古树包裹着，一条小河把土丘圈起来，像一幅很好看的山水画。

蚂蚁在前面蹦蹦跳跳，满脸的欢欣鼓舞，偶尔能见到没有干涸的水田，蚂蚁就蹲下来，找到一个小洞，竖起拇指伸进去捅啊捅的。看了半天我才明白，他是在捅黄鳝呢！果然，捅了一阵，就有一条粗大的黄鳝从另一个洞口惊慌失措地钻出来。蚂蚁高兴了，对着我哇哇大叫，一边叫一边开始脱鞋，挽裤腿，他是要下田抓黄鳝。我一把拉住他，说不许下去，他的嘴就噘起来了，我就吓唬他说田里有蛇呢！他才算罢休。

从田埂上走过，远远地有放牛的老农直起腰喊："那不是蚂蚁子吗？回来了？"见蚂蚁不作声，又喊："呔！妈的，进了几天城连你三爷都不认得了？"

那方土丘越来越近了，一直在前面蹦蹦跳跳的蚂蚁忽然转到我身后，他似乎变得腼腆了，还有一些紧张。推开院墙边的柴扉，一条黄狗在一架葫芦藤下睡觉，听见声响，它翻身起来，对着我汪汪叫，蚂蚁一声尖叫，躲到院墙外的墙根下去了。狗叫了几声，大门开了，一个女人出来了，她穿着一身蓝布汉装，五六十岁的模样。我听蚂蚁说过，他们这一代的人都是明朝派过来平乱的军人，叛乱平息后，小部分军人被就地安顿，以屯或铺为单位定居了下来，繁衍生息至今。这里的人还一直保持着他们最初的装扮，几乎所有人都穿着传统的汉装短衣。看见我，女人有些惊讶，她先喝住了汪汪直叫的黄狗，然后顺着石梯走下来，把一双湿透的手在衣摆下擦了擦问我找谁。

我嗫嚅着，不知道该怎样表述。

没办法，我转到院墙外，把蹲在院墙下的蚂蚁架了进来。

看见蚂蚁，女人就笑了，像在雨后的林子里遇到了野生的香菇。

"我还说谁呢？原来是蚂蚁子回来了。"女人哈哈大笑。

我说你是蚂蚁的妈妈吧？女人说是啊！然后她对蚂蚁说："蚂蚁子，叫你朋友进屋坐啊！站在院子里像什么话啊！"我转过头，蚂蚁的眼神躲躲闪闪，看见女人眼里有责怪的色彩，他就委屈地缩到了我身后。

"蚂蚁子，你干啥呢？"女人歪着头看着我身后的蚂蚁说，脸上起来了一层狐疑。

蚂蚁不作声，女人恼了，跑过来一把把蚂蚁扯出来，吼："做啥呢这是？"

蚂蚁哇的一声哭出来了，女人更是云里雾里了，她看了看我，目光锐利如刀，仿佛要把我生生切割了一般。

"咋了？"她问我。

我说是这样的，我和蚂蚁是朋友，住一个地儿的，他从楼梯上摔下来了，把脑袋碰坏了，我这不是……不是……就把他给送回来吗？

女人眼里一下就潮湿了，然后她转过去捧着蚂蚁的脑袋，像捧着一个易碎的陶罐，上下抚摩，眼泪不停地往下流："蚂蚁子，你不认识妈了？我是妈啊！你叫妈啊！"蚂蚁小心翼翼地挣扎，他不知道这个女人要干什么，可他总挣脱不开，女人的两只手像把夹钳，牢牢地钳住蚂蚁的头。挣了一阵，蚂蚁不耐烦了，死命一甩，才甩掉了女人的两只手。然后他就躲到了我背后，把脑袋贴在我的后背，塞塞窣窣地擦。

女人终于号啕了，她跑到院墙外对着空旷的田野喊："范东升，你回来看看，蚂蚁子憨了。"

十一

虽然坐了一屋子人，屋子里却出奇地安静，只有蚂蚁爸烟锅子嗞嗞的炸响声。我坐在角落里，蚂蚁蹲在我身后的旮旯里，手上玩着一个钥匙扣。钥匙扣是他从院子的泥地里抠出来的，都锈迹斑斑了，他玩得很带劲，一会儿把它拉直，一会儿把它折弯。

屋子里的人基本都是蚂蚁的亲人，除了他的父母，还有他的姐姐和姐夫，靠窗的那个是他堂伯，堂伯旁边的中年人是他堂哥，也就是他堂伯的儿子。每个人脸上都带着冬瓜灰。说实话，我有些胆怯了，怕他们以为蚂蚁成这样是我给弄的。

蚂蚁的母亲和姐姐一直都在哭，两个女人坐在一条凳子上，互相握着手，开始哭声还小，慢慢就变大了。蚂蚁的父亲把烟袋里剩余的一点旱烟磕掉，然后他抬起头看着我说："说说吧！到底咋整的？"这个问题我在来的客车上准备了一路。我顿了顿，说是这样的。在我叙述的时候，每个人都听得很认真，两个女人也停止了哭泣，我讲述得很详细，重点都放到了我是如何把蚂蚁送医院的，如何拿出自己的钱给蚂蚁治伤上。讲完了，我的眼角居然湿润了，我把自己都给感动了。然后我眼泪花花地看着大家。

唉！蚂蚁爸发出一声长叹。

"我们家蚂蚁子有福啊！遇上了你这样一个好人。"重新填上一锅烟他接着说，"要不是有你，他这条命就算完了。"

我心里高兴了，想算是过关了。

屋子里没人说话了，烟锅子又开始了新一轮的炸响。

放下烟袋，蚂蚁爸颤颤巍巍地走到我面前说你让让，我看看他。我闪到一边，蚂蚁爸慢慢蹲下来，我都听见了他骨头炸裂的声音。他看着板凳后的蚂蚁说蚂蚁子，你还认得我吗？蚂蚁看着他直摇头。"你怎么连你老子都认不得了，这怎么得了啊！"蚂蚁爸哽咽着说。看蚂蚁还是没反应，老头火了，一把揪住蚂蚁头发，使劲摇晃着说："儿啊，我是你爸啊！"被摇得晕头转向的蚂蚁忽然把手里拉直的钥匙扣向他爸的额头狠狠地刺了过去。老人一屁股坐倒在地，鲜血顺着他的额头慢慢往下淌，蚂蚁妈和蚂蚁的姐姐跑过来把他父亲扶起来，姐姐冲过来给了蚂蚁一耳光，尖着嗓子吼："瞎眼了你，那是爸呢！你都下得了手？"

蚂蚁哭了，爬起来跑到我身后。

蚂蚁爸往头上缠了一块白布，他看了看屋子里的人说："给他喊个魂吧！"声音悲怆而苍凉。

晚饭有鸡，辣子鸡，土鸡做的辣子鸡味道就是不一样，糯悠悠的。我没敢多吃，蚂蚁一家吃得也少，蚂蚁妈不断往我碗里夹鸡，说你多吃，乡下也没什么好招待你的。我说我也是乡下的，蚂蚁妈说难怪你会把我们家蚂蚁子送回来，原来都是乡下娃娃。

吃完饭，我和蚂蚁爸坐在屋檐下喝苦丁茶，蚂蚁在院子里的葫芦架下刨曲蟮。夕阳淌过一望无际的田野，把大地染得分外耀眼。余晖填满了蚂蚁爸满脸的沟壑，他目不转睛地盯着葫芦架下的蚂蚁。

"小的那阵子，整天都在架子下刨曲蟮，装在瓶子里，到村西边的河沟里钓鱼。"蚂蚁爸对我说，"那时候吃得不好，蚂蚁子懂事，钓到鱼了就让他妈给余鱼汤。那时候家里穷，他硬是没有过上一天好日子。"老人说着说着一抹夕阳就湿润了。

"后来进了城，没少给家拿钱。唉！钱来得容易了，这人啊，就啥都变得容易了，连魂儿都容易丢了。"吸了一口烟，老

180

人又说，"以前啊，总盼他回来，现在回来了，魂儿却给丢了。"

我说这不是魂丢了，医生说的，过不了多久说不定能缓过来呢！

"是魂丢了，魂丢在外面了，得给招回来呢！"

"能招回来吗？"我问。

"要看丢在多远的地儿了，要是丢得远了，就回不来了。"

夜晚，我一个人在月光下走，田野里是此起彼伏的蛙声。

我站在田野里，掏出手机给高顺打了一个电话，把这边的情形给他说了说，他在电话那头表扬了我，我最后嗫嚅地说了说关于蚂蚁空出来的位置的事情。放心吧！给你留着呢，只要事情办好了，铁定是你的。高顺说。

回到蚂蚁家，推开门就看见了蚂蚁爸，他指指里面一间屋子说家里窄，只能委屈你和蚂蚁睡一张床了。洗漱完毕我进到里屋，蚂蚁躺在床上呼呼大睡。蚂蚁妈斜坐在床边，正拧着脸帕给蚂蚁擦脸。老人擦得很仔细，很轻柔，灯光不是很亮，她的脸溢满了慈祥。见我进来，老人站起来不好意思地对我说马上就好了。说完她又坐了下来，拉起蚂蚁的一只手擦，直到把一只黑乎乎的手擦白净了，才拉起另一只手擦。

"你是不晓得，这娃儿小时候就贪耍，每天都是天一亮就出门，太阳落坡了才归家，出门时干干净净的，归来就成了泥猴了，玩累了，一回来倒头就睡，每个夜晚我都给他擦脸，用再大的力气，他也醒不来的。"老人边说边笑。

老人端着盆出去了，我顺着蚂蚁身边躺下来，侧头看了看蚂蚁，他均匀地呼吸着，鼻孔轻轻地翕动。我刚想拉灭灯，蚂蚁妈推门进来了，手里捧着一叠衣服。"你看他这身衣服，太脏了，明天给他换套干净的。"看着我不好意思地笑笑，她接着说，"你也知道，这孩子现在只认你，麻烦你明天给他换换，好吗？"我笑笑点点头。

老人退出去了，我抖开送进来的干净衣服，和这里男人们的衣服一个款式，短装、对襟衫，袖口和裤腿特别宽大。

我拉灭了灯，黑夜里只有蚂蚁轻柔的呼吸声和窗外阵阵蛙声。

我醒来的时候蚂蚁不见了，出来看见他正在院子里忙活，把一根篾条折弯，将两头插进一根竹竿里，然后举着一个椭圆跑到猪圈的屋檐下绕蜘蛛网，东绕西绕，一个捕捉蜻蜓的网圈就做好了。他看着我，得意地把手里的家伙晃了晃，向远处的稻田跑去了。我喊，说衣服还没换呢！他不理我，转眼就没影了。

我慌忙往远处的田野追去。

蚂蚁扛着网圈在田野里跑来跑去，视野里全是大大小小的谷草堆。蜻蜓在田野上空盘旋，有彩色的蜻蜓降落在草堆上。蚂蚁蹑手蹑脚过去，眼睛盯着忽闪着翅膀的蜻蜓，蜻蜓看上去很悠闲，反而是蚂蚁看上去紧张极了，声音憋得很紧，他的脚步很轻，连奔跑时簌簌的声音都消失了。近了，更近了，网圈往下一罩，蜻蜓才意识到危险的降临，振翅欲飞，可惜晚了，终于只能在黏黏的蛛网里挣扎。笑容如花一般在蚂蚁的脸上绽开，把网圈折到脸前，轻轻把蜻蜓取下来，绷开指缝，把蜻蜓的翅膀夹在指缝里，蜻蜓露出肉嘟嘟的肚子，徒劳地挣扎着。

日头懒洋洋地挪步，谷堆们的影子也跟着懒洋洋地移动，远处的村子开始有女人喊：小老幺，快回家吃饭了。于是旷野里就有光着腚的孩子飞奔，跑得远了，消失在一片翠绿的竹林中。我躺在田野里，土地温暖湿润，薄纱样的光芒从天上倾泻下来，在我眼里揉成了一片惨白。蚂蚁站在我的头边，把一片惨白背在身后，脸上是和年纪不相称的笑容。那笑容很嫩，散发着勃勃的生机，像春天刚露头的幼苗。他撇着嘴，眼睛盯着我，然后举起两只手，我看见他两手指缝里夹满了蜻蜓。

田埂弯弯拐拐，将毗邻的稻田连在一起。蚂蚁走在前面，网圈夹在腋下，他像一个得胜的将军，走几步他就回头看看我，炫耀着战利品。我不停地点头，对他乐此不疲的炫耀有些不耐烦了，可他却依旧决绝地炫耀，一点没有停下来的意思。我就干脆不走了，找个谷草堆坐下来。他走了几步，回头，还想继续炫耀，看我坐下了，眼里闪过一丝慌乱。他跑过来，蹲在我身边，我不说话，他蹲得久了，也坐下来，我们一起看着一望无际的萧索。坐了很久，蚂蚁忽然把腋下的网圈往旁边一丢，将两只手平伸出去，慢慢松开手掌，蜻蜓们就掉落在地上，在草堆里慢慢张开黏在一起的翅膀，扑扇着飞了起来，动作开始还显得僵硬，渐渐就舒展了，最后全都消失在了无边的旷野中。

蚂蚁站在田野里，仰着头，目送着它们。

十二

乡村的正午总是百无聊赖的，远处近处的小道上看不见一个人，只有太阳毒毒地吞噬着旷野里的水分。我坐在院坝边的杉树下，浓荫很密实地覆盖着我。蚂蚁爸的咳嗽声从屋子里钻出来，哑哑的，听得让人透不过气来。我四下张望着，觉得眼前的一切显得异常遥远。我翻出手机，先玩了一会儿赛车游戏，赛车在城市的高楼大厦之间风驰电掣，跑过一个超市的时候给撞了，咣当一声巨响，赛车成了一团废铁。骂了一声，我给冰棍打了一个电话，我还没有说话，按捺不住的兴奋就从电话那头淌了过来，冰棍说快回来吧，活儿可多了。忙啊！他说，停了停，他问蚂蚁缓过来没有。我说没有。他先叹口气，说缓不过来你就回来吧，守着个憨包有个球的意思。

合上电话，我闭上眼，脑袋里一片灰白，灰白里还有星星点点的黑斑，欢快地跳跃着。忽然我听见了急促的脚步声。睁开眼，我看见院子里站着一个瘦瘦的老头，他两只手拄在膝盖上气喘吁吁地喊："范老大，你家蚂蚁子搅事了。"

"搅事？搅啥事了？"蚂蚁爸出来问。

"河沟边，你去看嘛！"瘦老头说。

蚂蚁爸踉跄着向外面跑去，我翻起来跟在他的屁股后。阳光定定的，辣辣的，我和蚂蚁爸的影子在田埂上左摇右晃。

很远就能看见河沟了，其实不是河沟，是个水潭，很宽阔的水潭，绿茵茵的，像往水面铺开了一层墨绿色的纱巾。蚂蚁蹲在水潭边一个浅浅的石窝子里，全身赤裸，肩膀上、背上、大腿上都流着血，他把脑袋埋进石窝子里，屁股高高地撅着，下面那根东西悬吊在半空中。不远处，几个女人站在水潭边，脚边都有一盆衣服，每个人的手里都攥着一块石头，脸上是愤怒，还有羞涩。蚂蚁爸跳过一坝鹅卵石，过去弯下腰看了看蚂蚁，转过来对着几个女人吼："咋搞的，这是？"女人们开始没有话，还是一个年纪大些的女人说："咋搞的？你问他呀！"她旁边一个年轻一些的女人咕哝着说："这样大一个汉子，当着我们脱得光丝丝的，还——"蚂蚁爸看了看淌血的蚂蚁，火了，跳过来问："还咋个

184

了？你说。""咋个了？光个身子跑到我们面前，还拿手拨下面那个东西。"年纪大些的女人说。"你们不晓得他憨了吗？"蚂蚁爸喉咙里都有哭腔了。

几个女人似乎觉得理亏了，都低下了头，悄悄扔掉了手里还紧紧攥着的鹅卵石。我从水潭另一边把蚂蚁的衣服捡起来，绕过去把衣服给他披上，蚂蚁慢慢抬起头，我看见他的眼里也有了亮汪汪的潭水。

我们沿着田埂往回走，蚂蚁走在最前面，他的裤带不见了，就用两只手提着裤子。看见旱田里谷草堆上停有蜻蜓，他就腾出一只手，蹑手蹑脚过去，手慢慢伸出去，拇指和食指做成的夹子眼看就要夹住蜻蜓的翅膀了，那生灵忽然一扇翅膀，袅袅地飞走了。蚂蚁就直起腰，落寞地看着远去的蜻蜓。蚂蚁爸这时候就停下来看着蚂蚁，也不说话，等着蚂蚁回到田埂上，我们三个人的影子又开始在田野里慢慢地拖动。

绕过几块旱田，眼前是一片亮汪汪的水田。这样的水田在农村叫作烂田，一年四季不会干涸，其实就是沼泽地，泥是熟烂的老黑泥，田也深，黑泥能漫过人的大腿。蚂蚁爸走在中间，我能清晰地听见他厚实的鼻息，他的腰有些佝偻，让前面的蚂蚁显得更加高大。空中有盘旋的蜻蜓，蚂蚁就跳起来伸手到空中去捞，双手一松，裤子就掉了，露出两截白花花的大腿，他边跳边哇哇乱叫。

"日你娘的！"蚂蚁爸闷闷一声骂，冲过去狠命一推，蚂蚁就树桩一样地倒进了脚边的烂田。蚂蚁在烂田里拼命挣扎。"你死了去，死了我给你抵命，都死了就干净了，你咋不痛快地跌死呢？偏要这样粪球样地活着。"老人狠狠地骂，骂了几句，一屁股坐在田坎上，伤心地号哭，两只手深深地插进田坎边的泥地里。

我跳进烂田把蚂蚁抱到田坎上。"不要捞他，让他闷死得了。"老人哭着喊。

蚂蚁给吓着了，先是呆呆地看着他爸，看了看哇的一声也哭了，泪水在一脸的黑泥中冲刷出来两道白白的沟壑。远处有扛着篾席的村人站在田坎上，踮着脚往这边看。

蚂蚁爸蹲在蚂蚁身边，用谷草给蚂蚁擦身上的黑泥，老人脸上的泪痕还在，反复擦了好几遍。蚂蚁还在哭，声音高高矮矮的，不像刚开始那样嘹亮整齐。

擦完，蚂蚁爸从谷草堆里抽出几根粗大的稻草，坐在田坎上，用膝盖夹住稻草的一端，编辫子样地搓出了一根草绳，他把草绳衔在嘴里，过去把裤子给蚂蚁套上，两只手从后面把蚂蚁搂起来，用草绳把蚂蚁的裤子绑好，牵着蚂蚁的手准备迈步。蚂蚁看了看他，身子往后缩，眼里跳跃着畏惧。我过去从蚂蚁爸手里把那只黑乎乎的手接过来，说我来吧！老人点点头，他的眼里全是哀伤。

晚上，天上有月亮，月光里是一片嘹亮的蛙声。

蚂蚁爸和蚂蚁妈坐在屋檐下，看不见人，只有旱烟在忽明忽暗中嗞嗞的燃烧声。我拉条凳子远远地坐在围墙边，蚂蚁骑在围墙上，手里拿根篾条，"驾驾"地吼。坐了一阵，我起来走到台阶下，对阴影里的两个人说："那头事多，电话都催了几次了。"

烟锅子猛然炸亮，能看见一张模模糊糊的老脸，瞬间又暗淡下去了。

回吧！男的说。

天还没有亮我就起床了，公鸡在鸡圈里长声吆吆地喊，喊得一寨的公鸡都忙碌起来。把东西收拾好，晨曦才铺满了一窗。蚂蚁还在睡，嘴无规律地啪嗒着，像在咀嚼着一张无形的饼。我拉开门，金色的光芒在堂屋里流动，雾气在敞开的大门口徘徊，蚂蚁爸坐在门槛上，依旧吸着烟，晨光劈面，把他勾出一个金黄的幻影。我站在堂屋里伸了一个懒腰，蚂蚁爸回头，把烟杆从嘴里抽离，说起来了，我点点头。我过去和他在门槛上一排儿坐下来，天边正一片绯红，旱烟的烟雾和清晨的雾气搅在一起，在我们的呼吸之间打着旋儿，我们这样坐着，都不说话，都心事重重的样子。我想走了，每晚都做梦，梦里看见的都是那些熟悉的景儿，悬在半山腰的房子，窗户里孩子们的脸蛋，山脚下的火葬场，远处高高矮矮的楼宇，一溜儿向远处延伸的绿化树。这些景象在梦里清晰得像一面平整的大镜子，我甚至能听见自己夜晚踯躅在巷子里的脚步声，啪嗒，啪嗒，脆脆地敲击着鼓膜；依旧能在街道拐角处遇见那个穿吊带裙的女孩，我们并肩站着，我能闻到她身上那股淡淡的香味，有点像老家香瓜的味道，还有她的呼吸声，轻柔、恬淡，轻轻掀动着垂在嘴边的一绺秀发。每次梦醒，先看见的却是一屋子暧昧的月光，还有身边打着鼾的蚂蚁，屋角的土豆已经有了腐烂的味道，酸酸地在鼻孔里流淌。还有很多，蟋蟀的尖叫，老鼠的闷哼，尖嘴蚊最后的哀鸣。醒来后，我就睡不着了，只能睁着眼睛，等待黎明的来临。

　　蚂蚁妈递给我一碗面，面条是自己加工的，颜色不好，有些灰暗，但味道不错，剁碎的青椒和西红柿在猪油里焙焙，浇在面上，勾得满嘴唾液。吃吧！她说，这里离城好远呢！我蹲在檐坎上呼啦呼啦地吃面，两个老人目不转睛地看着我，我感觉到了一丝淡淡的异样。

蚂蚁爸坚持送我出去，他走在前面，两只手背在身后。旷野里湿漉漉一片，朝阳照着田埂上的大脸草，发出耀眼的光芒。我们站在公路边的皂角树下，树上那片新鲜的创面还在，只是那些红色的蚂蚁已经不见了，只有一片收水后的暗褐色，像一块结痂后的伤口。蚂蚁爸的眼睛一直望着公路那头。"每天就一次班车，不要指望有座位，都是塞得满满的。"他望着远处说。

我的手一直捂着旅行包，脑子里想着那沓钱，五千块，没错的，全是百元面额，我数过很多次的。好几次我都想把它往外掏，可就是掏不出来，它仿佛重逾千斤，慢慢地我的手都开始颤抖了，还有些酸麻。我还是怕，怕袋子变得空空，那样心也会跟着变得空空的了。我始终跟那只手较着劲，可它就是不听我指挥。我知道，我是彻底被我的左手打败了。

蚂蚁爸忽然递过来一沓钱说："蚂蚁子能回家，全赖你了，我们也不知道你花了多少钱，我和他妈商量了一下，这是两千块钱，你不要嫌少。"我连忙把他的手推回去，说不用的，真的不用。老人坚持着，我也坚持着，我最后脸都红了，老人有些难为情，以为我的脸是急红的。他终于一脸歉意地缩回了手。

客车终于来了，像个喝醉的大汉，踉跄着。果然满满当当，几张年轻的脸孔贴在车窗玻璃上，木木的，如同被冰冻住了一般。我拍了拍蚂蚁爸的肩膀，老人看着我，对着客车挥了挥手，我抬了抬腿，迈不动步子，我回头，蚂蚁站在我身后，两只手紧紧地抓住我衣服的后摆。我对着他笑笑，伸手去拨他的两只手，拨不开。见我这样，他似乎焦急了，紧紧咬着的嘴唇忽然松开，哭声涌了出来，这时我才发现，蚂蚁只穿了一条裤衩。蚂蚁爸过来，用力把他的两只手拉开，我慌忙向客车跑去，刚准备上车，蚂蚁甩掉了他爸，哭喊着冲过来，拉住我的衣服拼命把我往下拉，我则死死地把住车门。我们就这样僵持着，湿湿的晨雾里只有蚂蚁的号哭声和客车机器低低的轰鸣声。我猛然发力，终于跳上了客车，哪知道蚂蚁也跟着跳了上来，一截白花花的身体挤在车门口，好几个女人都把头转开了。

"下去！"我用力推他，"滚下去！"蚂蚁不看我，两手死死地抓住车门边上的扶手。

"到底走不走？"司机愤怒地问，一车人用厌恶的神色看着我。

僵持了一阵，我最终投降了，跳下了车，蚂蚁也跳了下来。

客车颠簸着远去了，我怅然地看着远去的客车，火上来了。我一把揪住蚂蚁的脖子，眼睛恶毒地盯着他。他咳嗽着，对着天空翻着白眼。

蚂蚁爸站在一旁，他的嘴和手都蠢蠢欲动，最后还是内疚占了上风，没有动，也没有说话。直到我把蚂蚁放开，他才对我说："要不再耽误你两天，等给蚂蚁子喊完魂，你就回去吧！"

十三

喊魂师是从很远的镇子上请来的，很清瘦的一个老头，和他一起来的还有他的三个徒弟。还没有进院子，就能感觉到他的与众不同，他走在最前面，有黑白间杂的长胡须，头顶秃得很厉害，光亮的头顶让他看上去更加仙风道骨。蚂蚁爸妈迎出去很远，把他们接进院子。四个人一排坐在一条长凳上，喝了一口茶，喊魂师问："娃儿呢？"蚂蚁爸指了指远处的稻田，旷野里有个渺小的影子在欢快地奔跑，不时还发出几声尖厉的笑。

"有现成的喊魂坑吗？"喊魂师问。

"有，村子西边火棘山上，好多年的老坑了，这一带喊魂的都在那儿。"蚂蚁爸说。

"去看看。"喊魂师把茶碗递给蚂蚁妈，站起来就往外走。

我们一行人在曲折的山路上迤逦而行，开始还是一马平川的田野，慢慢稻田就消失了，坡度越来越大，越往上，火棘树就越多，到了山顶，这里就简直是火棘树的天下了，火棘密密麻麻簇拥着，满身都悬吊着火红的果子，锐利的小刺恶狠狠地向外伸着。

终于见到喊魂坑了，我打赌，这个地方我见过。一片张张扬扬的火棘丛中，居然是一个黑洞洞的深坑，深坑边上有鲜嫩的藤蔓和常青的树木，藤蔓缠绕在那些悬挂在洞壁上的树木上。绕出的不仅是恐惧，还有神秘，白雾从洞底袅袅地升腾起来，<u>丝丝缕缕地悬吊在洞口的藤蔓上</u>。

喊魂师沿着洞口绕了一圈，捡了块石头扔进去，叮咚叮咚的好一阵子，洞子才归于平寂。"好地方。"他说，"山魈洞神就在这样的地头了。"

"就这里了。"他对蚂蚁爸说。

一早，蚂蚁一家就开始忙碌了，除了自己家人，寨子里还来了好些帮忙的。喊魂师开出了一张长长的清单，都是喊魂用得上的。四张八仙桌、四个猪头、灵幡一面、未开锋的菜刀四把、白酒十斤、香蜡纸烛若干。蚂蚁爸很会安排，听蚂蚁妈说，蚂蚁爸一直是镇子上大务小事的管事，不管婚丧嫁娶，他都能安排得井井有条。吃完午饭，大家把备齐的东西往火棘山上运。我坐在树荫下看着来来往往的人，他们脸上都一色的严肃，很少有人说话，仿佛一个神圣仪式前就该这样，否则会亵渎了神灵似的。蚂蚁爸最后一个出门，他肩上扛着一张老式的八仙桌，桌子黑色的土漆都掉得差不多了，露出暗灰色的真相。我想它该是核桃木的，很好的木料，好木料都沉重。老人喘着气对我说，他听你话，烦劳你把他带上山来。

我在竹林里找到了蚂蚁，他正聚精会神地蹲着扒竹虫，掰开一段腐烂的竹子，里面有一堆白白的虫子，用小篾兜装起来，直接下到烧沸的油锅，快速跑一道，就能吃上金黄的竹虫，嘎嘣脆，能香死人。我凑过去，蚂蚁的篾兜里已经有了不少的竹虫，我踢了他屁股一脚，蚂蚁猛地跳起来，手里的篾兜打翻在地，白白的竹虫争先恐后往外爬，等他慌慌地收拾起地上的篾兜，里面已经空空的了。蚂蚁急了，嘴里咕噜乱叫着，蹲下去慌忙去捉那些竹虫，我又一脚将篾兜踢出去老远，伸手捉住他的耳朵，把他硬生生提起来往竹林外走。

蚂蚁一路上都在挣扎，他耳朵都变得通红了。我指着他说要我放开也行，你得听话，知道吗？他点点头。我松开手，蚂蚁就一溜烟往回跑，我快步追上去，从后面抓住了他的领子，把他拖拽到一个稻草堆后。我四下看了看，旷野里没有一个人，我把他按倒在地，噼里啪啦一阵乱打。蚂蚁脑袋埋进草堆里，露出半截身子给我揍，我力气下得很大，拳脚在蚂蚁身上击打出砰砰的空响。奇怪的是，他居然没有哭，只是把身子不停地往草堆里钻，最后只剩下了两扇屁股。

我揍得痛快极了，一切的不满都在拳脚交加中一点一滴地往外流淌，最后我累了，坐下来喘气。平息下来我忽然发现，那些流走的不满，原来都是些模糊的影像，我无法说清楚它们的模样，或许它们本就不存在吧。看了看草堆里的人，我有了些淡淡的内疚。总是这样的，每次搞整了蚂蚁，我都会内疚的，不过我喜欢这种内疚，内疚起来和消失都极快。内疚退潮了，我就心安理得了，心里就说：蚂蚁啊，不要怪我了，我都内疚了，你还要我怎么样呢？

把蚂蚁从草堆里拔出来，他的样子把我吓了一跳，两个眼睛定定地看着我，竟然有了些昔日的威严，他拉下耷拉在脑袋上的几根稻草，伸出一只手指着我："你打我。"话音干净简洁，还如刀刃般锐利。我慌了，往后退了两步，看他的样儿，和变故前的那个蚂蚁一模一样。我惊慌地摇着手，他往前跨了一步，眼睛里忽然潮湿了，嘴一下撇开，指向我的手慢慢弯回去擦拭流出来的泪水。"日，日，妈！"他终于哭出来了。我松了口气，过去端着他的脑袋，和颜悦色地说："只要你听话，我保证不打你。"他看了我半天，才点点头。

我牵着蚂蚁在一望无际的田野里走着，黄昏快上来了，阳光变得很薄，蝉翼般地包裹着大地，像一个饱满的茧子。

到了火棘山，一切都安排好了，洞坑东南西北各摆放了一张八仙桌，每张八仙桌上都是一样的物事：两面纸糊的灵牌，一面是土地，一面是山魈；灵牌前是新燃上的香烛，还有一个洗得白白净净的猪头和一把菜刀。人们三三两两站成几堆，都紧锁着眉头，蚂蚁爸和蚂蚁妈在东边的八仙桌边和喊魂师低声说着什么。看我们来了，蚂蚁的几个亲人连忙迎上来，蚂蚁爸说可算来了，正等着给他落魂呢！

"落魂？啥叫落魂？"我问。

"喊魂前得先把剩下的那点残魂给甩掉才成的。"蚂蚁妈擤了把鼻涕,伸手到腋下擦了擦,说,"得空闹闹地喊才成。"

喊魂师穿了一身白,像团营养不良的棉花,他袅袅地飘过来,手里举着一杆白幡。他是沿着洞沿过来的,我有些怕,怕一阵风就把他给扔进洞里去,不过还好,他还是安全地过来了。他先弯下腰把白幡插进地上的泥土,一把抓住蚂蚁的手腕,蚂蚁尖叫一声,和喊魂师扭成一团。这时候过来几个年轻人,三下五除二就把蚂蚁按住了。"日,日,妈!"蚂蚁叫嚷着。再看喊魂师,气喘吁吁地往西边那张八仙桌一指:"起!"年轻人们一声轻呼,蚂蚁就升到半空了,他们从我旁边经过的时候,我看见了蚂蚁的那双眼睛,眼神绝望,死死地看着我,那样子像是在哀求,哀求我去搭救他。他不明白这些人要对他干什么,他看了看深不见底的洞口,脑袋倏然扭开,脸上完全被恐怖笼罩着,他以为,这些人定是要将他扔进洞里去了。

蚂蚁高悬,夕阳好奇地斜射过来,把蚂蚁的影子长刺刺地平铺在洞口上那些鲜嫩的藤蔓和憔悴的古树上。洞口边是喊魂师和他的三个徒弟,他们全都一身素服,手里高举着一块四四方方的青石。

"投石问路,魂归洞府!"喊魂师高喊。四块青石猛然砸向悬浮在洞口的蚂蚁那个细长的影子上,咕咕咚咚一阵闷响,一切才归于平静。

喊魂师拍拍手,说放下来吧!几个年轻人把蚂蚁放了下来。双脚甫一沾地,蚂蚁就拼命向火棘丛奔去,他跑得很快,我甚至听见了火棘树的尖刺刺破衣服和皮肤的声音。几个年轻人愣了一下,拔腿就往蚂蚁逃离的方向追去。我呆呆地看着无边无际的火棘丛和天边渐渐变淡的那抹夕阳，感觉一切都变得那样的遥远和虚无，我忽然记起了那个梦，梦里的场景是如此的真切；可当自己置身于真切的场景时，这一切又变得如梦一般缥缈。看着蚂蚁逃跑的方向，我想，蚂蚁此时在想什么呢？像我在梦里那样的绝望吗？还是什么都不想，就这样一直奔跑着，只要前面还有方向，双脚还有气力，就一直跑下去。

蚂蚁当然不会一直跑下去，一支烟工夫，他就被几个汉子架了回来，给按倒在八仙桌前。此时蚂蚁已经血泪满面了，衣裤的好几处都拉破了。

"还跑吗？"喊魂师低下头问。

我以为蚂蚁又要怪叫了，出人意料，他紧咬着嘴唇，不出声。

蚂蚁妈泪眼婆娑地过去给蚂蚁擦拭脸上的血迹，蚂蚁没有挣扎，他甚至都不看我了，脑袋一直埋着。开始几个汉子还不放心，看见蚂蚁没有了挣扎的迹象，都慢慢松开了按着蚂蚁的手。蚂蚁顿时松软了，像骨头被抽掉了一般，他松松垮垮地晃来荡去。我有些担心，想过去把他架住，刚跨出两步，蚂蚁忽然伸手抱住了八仙桌的一只桌腿。

看蚂蚁顺从了，大家才慢慢散开去，各自操持自己的活儿。

黑夜终于抖擞着精神上来了。

洞坑边灯火通明，每张八仙桌上多了两根粗大的火烛。

"娃娃魂儿是在哪个方向丢的？"喊魂师问蚂蚁爸。蚂蚁爸转头看着我，我摇头，说："我不知道呀！他魂儿丢哪儿了我哪知道啊！"说完我讪笑。

"就是蚂蚁子跌倒的那个地头，我没进过城，辨不明方向。"蚂蚁爸说。

我四下望了望，黑咕隆咚一片，我哪分得清是哪个方向？

我摇摇头。

蚂蚁爸急了，他说你想想呀，在城里待了这样久，哪能不知道方向呢！我瞥了他一眼，他的眼神焦急而愤怒。

"那儿！"我随手指了指远处一座黑黢黢的山梁。

老人脸色一下就舒展开了，他转过去看着喊魂师，手往远处一抬："就在那座山后了。"

仪式自东方开始，喊魂师先恭恭敬敬上了一炷香。他的三个徒弟拿着各种物事立在他的身后，都一脸的严肃。

喊魂师先举起白幡在空中比画了几下，那模样像是画了一道符，接着他对着远处的山梁高喊："蚂蚁子，你快回来，三魂七魄回家来；你要来，你就来，不要在阴山背后挨，阴山背后狂风大，一风把你吹下来。"

声音高亢悲凉，穿透夜空，奔着远方去了。

喊罢，喊魂师把手里的灵牌往桌上一拍："远行之人丢了魂，全靠山魈来指引，如能顺利回家转，好酒好肉供奉您。"喊魂师退后，一个徒弟走上前来，将桌上的猪头扔进了洞坑，另一个徒弟也跟着往洞里倒了一大碗酒。

接着是南方和西方两个方位，一样的程序，一样的号子，一样的悲凉高亢。

我转头看了看蚂蚁，他站在北方那张八仙桌边，拿着一根细木棍捅桌案上猪头的鼻孔，还发出咯咯的笑。之前的惊吓仿佛已经随着喊魂师的声音飘走了，蚂蚁又无忧无虑了，他目不转睛地看着喊魂师和他的徒弟，还有他的亲人和寨邻，眼睛里两团烛火兴奋地摇曳。只有在回头看见两个把他抓回来的汉子时，他才会有些不快。

抬起头，他看见了我，他的目光瞬间变得柔和了，丝丝缕缕，点点滴滴。那是见到亲人时才有的眼神，温暖、信赖，没有任何杂质。他的眼睛离开我一会儿就要回来一趟，他需要我在，我在他就会放心地用眼睛去看那些他觉得充满危险但却新奇的人和物。

东南西三方都喊罢了，喊魂师转到了北方的八仙桌，我以为又该如法炮制了，没想到喊魂师喝了一口酒，抽出两炷香点上，一炷插进香炉，把另外一炷递给蚂蚁爸，说："规矩你知道的，能走多远走多远，地势越高越好，时间要掐准，成不成就看天意了。"

蚂蚁爸点点头，转身对我说："得求你了，你带上蚂蚁，跟着我。"我说干啥呢？他说你别管，跟着就对了。我勉强点了点头。走！他说。我过去拉上蚂蚁，他开始有些不愿意，半推半就，我狠狠瞪了他一眼，他才算迈了步。

黑夜在耳边呼呼淌过。

我拉着蚂蚁跟在蚂蚁爸身后，不是走，是跑，没命地跑。密实的火棘树拉得手脸生疼，蚂蚁爸跑在前面，喘气声和夜一样凝重。我惊讶于他的体力，这样的年纪还能在暗夜里用这样的速度奔跑，我都有些吃不消了。他手里的那炷香在奔跑中发出耀眼的亮光，跟着他的身体一起颤抖。

终于跑出了火棘林，接着开始爬山，山势很陡，抬头望去，黑乎乎地插入夜空。前面的老人开始是跑，然后是爬。蚂蚁在中间，也呼呼地喘着气，他很配合，前面的慢他也慢，前面的快他也快。

终于爬到山顶，我全身都湿透了，有山风过来，吹得满身的舒畅。我对蚂蚁爸说歇歇吧，爬不动了。老人不答话，径直跑到崖边，扑通跪倒下来，把香插在地上，他对我招手，说快叫蚂蚁子过来跪下。我过去把地上喘着气的蚂蚁拖过来，按下来和他爸跪在一起，蚂蚁想挣扎，我照着他屁股猛踢了一脚，他才软下来。蚂蚁爸对着远方磕了三个头，喊："蚂蚁子，回家来，三魂七魄回家来！蚂蚁子，回家来，三魂七魄回家来！蚂蚁子，回家来，三魂七魄回家来！"

蚂蚁爸就这样一直反复喊。声音开始还响亮，喊到最后就低沉了，最后老人终于哭了，他瘫坐在地，哭着说："才多大点的娃哟！就这样把魂儿丢了，就这样憨了，造孽哟！"

我过去挽住老人的胳膊，说起来吧，地上凉呢！老人一下翻起来，重新对着远方跪下，扯着嗓子喊："蚂蚁子，回家来，三魂七魄回家来！蚂蚁子，回家来，三魂七魄回家来！蚂蚁子，回家来，三魂七魄回家来！"

反反复复喊了几遍，老人看了看地上那炷香，说差不多了，我们回。站起来就往回跑，看见他跑，我没法子，只好扯起蚂蚁跟他跑。下坡路不好走，老人开始还算利索，过一个窄道时，他滑了脚，咕咚滚下去了。他卡在两块石头中间，正咔嚓咔嚓打着火机，嘴里喃喃地念叨："这香可不能灭喽，这香可不能灭喽。"借着火光，我看见他满脸鲜血。

见我过来，他猛地一挣，硬生生把自己从石臼中拔出来，歪歪扭扭向那片火棘林跑去了。

跑回洞坑边，案桌上那炷香都到了根部，但还在袅袅地燃，老人两腿一软倒了下去，嘴里还兀自喊着：刚刚好！刚刚好！狗日的蚂蚁子有福气。蚂蚁的几个亲人过来把蚂蚁爸扶起来，一家人呜呜哭成一团。

我坐下来，全身软塌塌的，蚂蚁妈走过来，擦着眼泪对我说：感谢你了。我说我还不知道跑来跑去干啥子？

旁边喊魂师说："喊魂最要紧的一关，是丢魂人的至亲要在北方开喊前跑到高处帮亲人喊魂，山越高越好，离落魂的地方越近越好。只有一炷香工夫，近了，怕丢在外面的魂儿听不见；远了，回来香燃过了，那魂儿就回不来了！"蚂蚁蹲在不远处，不断往洞坑里扔石头，扔完，就把耳朵凑过去很认真地听那响声，响声消散了，他又兴致勃勃地开始扔。两个汉子站在他的身后，神经兮兮地看着他，生怕他生出跳进洞里看个究竟的想法来。

那炷香燃完，北方的仪式开始了，和前面的几个方位相比，这边的内容就烦琐了。前面和东南西方一样，多出来的内容叫"看蛋"。喊魂师从挂在腰间的袋子里摸出一个鸡蛋，走到蚂蚁旁边，把鸡蛋从蚂蚁脑袋一直螺旋状往下滚动，一直滚到脚，嘴里还念念有词，滚完了，回到供桌边，供桌下已经烧起了一个熊熊的火盆，喊魂师把鸡蛋放进火盆里，然后就有噼啪爆裂的声音传来。慢慢地，那汪火熄灭了，喊魂师夹出烧好的鸡蛋，剥去皮，凑到烛火边，翻来覆去地看，足足看了一袋烟工夫。

"不要看我手里拿的是个鸡蛋，其实我握着的是娃儿的过去和将来呢！不管啥，都能从这个鸡蛋上看出来。"喊魂师说。

半晌他又说："娃儿的魂不是丢了，是被人带走了！"

"被啥人带走了？"蚂蚁爸问。

"穿黑衣黑甲的人，你看——"喊魂师说，蚂蚁爸把脑袋凑过去，喊魂师指着鸡蛋对他说，"一队穿黑衣黑甲的人，还骑着高头大马，卷起一阵烟尘往西边去了，身后还跟着好些人，你看这一块，跟在尘烟后跑着呢，衣衫褴褛的一群人。"

"蚂蚁子在哪里？"蚂蚁爸问。

"应该在中间这一堆，也跟在后面跑，手里还拿着梭镖呢！"喊魂师说。

"能喊回来吗？"蚂蚁爸焦急地问。

凑过去仔细看了看，喊魂师对着人群无奈地摇了摇头："跑得太远了！怕是回不来了！"

夜幕下先是一阵揪心的沉默，然后有了低沉的啜泣声，啜泣声很快蔓延开来，填满了昏黑的夜。

这段时间，在这样一个夜里，我第一次感觉到悲伤，我也第一次感到了绝望。

十四

喊魂结束了，村庄忽然变得疲惫不堪，像一个陷入淤泥的人，挣扎了好久依旧徒劳无功后，只有沉默的绝望了。

其实，生活好像一直在继续。每天一早依旧能看见蚂蚁一家忙碌的身影，蚂蚁爸还是要将猪圈里的积粪一背篓一背篓地往地里送，土已经翻好了，该把麦种播下去了。虽然他的背看上去更佝偻了，但他仍旧如一匹远行的老马，丝毫没有停下来的意思，他好像连劳累时的喘气声都变得细微和不可捉摸了。蚂蚁妈依旧站在屋檐下筛麦种，大多数时候她都隐藏在一团尘雾中，那是她双手簸动簸箕后扬出来的灰尘。所以，我看不清她的脸，更无法看清她的表情。蚂蚁的姐姐和姐夫照例每天过来看看老人，来时都会带上一点东西，两捆豇豆啊！半袋子糯米啊！甚至只是一块粘鞋垫用的旧布。总之是不会空着手来的。来了也没有多少话，把东西撂下来，伸手帮忙做些小事，又沉默着回去了。

田野里，依旧能看见翻土背草的村人，只是没有了遥遥相望时那种安适的相互招呼，有想说的话，都要动动腿脚，面对面了才开口说话。

仿佛一夜之间，笑容就被山那边过来的风给带走了。

除了蚂蚁。

他依旧在田野里奔跑，依旧放声大笑，依旧骑在围墙上挥动着马鞭，依旧在旷野里追逐蜻蜓。

又仿佛一夜之间，山那边过来的风把蚂蚁的快乐带回来了。

我则随着这个村庄陷入了沉默。

此刻，我坐在院子里的杉树下，检阅着秋末特有的荒凉。我曾经渴望的离开也变得可有可无了，我希望一直这样坐下去，直到有一天，两眼一花，身子一歪，就完成了生与死的交接。看着田埂上呵呵笑着奔跑的蚂蚁，我不知道他的魂到底是不是丢了，或者原本就丢了，现在才是真的回来了。

"日，日妈。"他指着远处一个老人喊。

"归来！"老人扬着手里的鞭子喊扭向道路旁的老水牛。

手机响了，是高顺的电话。

我摁掉了电话。

那天清晨，我悄悄走了。临走前，我仔细看了看熟睡中的蚂蚁，他的面容如孩子一般洁净，连打呼噜的样子都洋溢着童真。我伸出手，想摸摸他的脸庞，伸到一半，我停住了。

把那沓钱放在枕头下，我轻轻拉开门出来，天边露出了温暖晨曦。穿过村庄，鼻子里全是鲜嫩动人的气息。

客车在路上颠簸，透过车窗，能看到天边那排隐约的绿。我忽然想起那个遥远的电话："兄弟，我是刘新民啊！你这号码我是拐了好几个弯才给弄到的，你还好吗？我现在在新东县办了一个养猪场，还不错，就是人手不够——"

我慌忙打开手机，想把它翻出来，翻着翻着我绝望了，那个电话被挤掉了。

我哭了。

犯罪嫌疑人

一

　　这是一个属于一九七六年的早晨，一个风和日丽、万里无云、空气清新、舒适恬静的乡村早晨。

　　一大早，棺材匠从床上爬起来，还很诗意地站在屋檐下瞻仰了一阵鲜嫩的朝阳，接着他从墙上取下一挂水桶挂在肩上，踩着轻快的脚步往村东的大水井去了。

　　乡间小道铺着四四方方的青石板，有幼苗从石缝中探出头来。棺材匠脚步轻盈，起起落落都显出了奔放的时代气息。棺材匠的性格可不像他的职业那样凝重沮丧，好天气激发了他朴素的革命乐观主义精神，拐过两道弯，清新的空气中飘荡起了口哨声。在乡村，口哨不算是庄重的艺术形式，但棺材匠吹响的内容却庄重异常：太阳最红，毛主席最亲。口哨声让一片树林变得无比生动，那些叶片上晶莹的晨露，慢慢拢成一团，滑向叶尖，然后优美地坠落，浸入大地。

　　口哨声是在一处开满了水仙花的旷地上停止的。当时棺材匠一转头，口哨声就被一刀两断了。

一片开得无比灿烂的水仙花丛中，横卧着一具雪白的女人身体，身体四周的水仙花被压得东倒西歪，身体上有星星点点的残破的花瓣。这时，阳光薄纱般倾泻而下，在女人身体上形成了一层耀眼的橘黄。她的两只眼睛还大大地睁着，直视着通透高远的天空，那片广袤的湛蓝中，有雄鹰在盘旋。

扁担从棺材匠肩上悄然滑落，他瞪着眼睛看了一阵，使劲扭了扭脖子，收回了两扇嗫着的嘴唇，往前走了一步。

"喂！喂！"他轻轻喊了两声。

天地寂然，只有林间悦耳的鸟叫声，好像是画眉。

棺材匠回身就跑，跑的过程中，嘴大大张着，看样子想喊，可没有声音。

棺材匠跑出去好远，村庄上空才响起了凄厉的喊声：死人了。

和村东头那个清澈碧绿的水潭一样，龙潭村一直安静沉默，祥和安宁，像一个闲聊时躲在墙角的聆听者，不啰唆，不插话，悄悄来，悄悄走。就是运动最厉害那几年，别的村子轰轰烈烈，乌烟瘴气。再看看龙潭，老人们依旧坐在屋檐下，披着一身的阳光啪嗒啪嗒吸着旱烟，目光慵懒，盯着村庄的一草一木看，去找寻那些已经远去的日子；女人们还是成群结队去水潭边洗衣服，沿着岸蹲成一排，东家长西家短，也会说些男女之间那些隐秘事儿，于是水面就荡开一片肆意的欢笑；孩子们仍旧在月夜下奔跑，手一捞，就能把萤火虫关进掌心，凑到眼前，张开手缝，亮光映着长长的睫毛，看够了，手一松，目送着一汪萤火摇曳着远去。

一声凄厉，祥和不再，惶恐犹如暴雨前天边陡然而至的黑云，压得一个村庄直不起腰来。

二

一共来了三个公安，一老两小。老的叫老黄，两个小的，一个叫小梁，一个叫小赵。生产队长萧明亮本来想问清楚具体的姓名，但看见老黄一直阴着脸，就打消了念头。

龙潭和外面连接的只有一条青石铺成的小路，三个公安是踏正步进来的。生产队长早早就带了一队人在村口等。老黄走在最前面，五十出头，步伐沉稳有力；依次是小赵和小梁，两人嘴上刚起来一层茸毛，小梁肩上挂了一个包。

站在众人面前，老黄伸手擦了一把汗问："生产队长呢？"

萧明亮举起一只手。

"说说情况。"老黄伸出一只脚踩在路边的石头上说。

"要不先喝口水？"生产队长说。

"你还真稳得住盘子哈，都死人了，还有这闲心。"老黄语气里含着讥讽。

生产队长脸上起来一层灰白，忙说不是的不是的，我就是那个啥，看你们——语意含混，笨口拙舌。

"现场在哪儿？"老黄问。

"林子那边。"生产队长往远处指。

"走。"老黄一挥手。

看到现场，老黄一张脸就黑了。

"毛毯是谁盖上去的？"老黄问。

生产队长又举手。

"哪样鸡巴生产队长？连点常识都不懂，谁让你盖毛毯了？你怕她冷啊？"老黄语速很快，每个字都像出膛的子弹。

萧明亮心里窝火了，龙潭没人这样和他说话。连旁边的一干村民都有些愤愤，公安有鸡巴哪样了不起，说两句话像喷粪，枉自披了一身公安皮子。

萧明亮上前一步，冷冷地说："姑娘光着身子呢！死的又不是一头猪。常识我不是不懂，姑娘爹娘来了，死活要凑过去，是我喊人拉住的。"

老黄斜着眼看了看萧明亮，哼了一声："哟！你还有理了呢，现场可留下你的脚印了，你不怕成嫌疑人？"

龙潭的生产队长爆发了，冲过去对着老黄，两张老脸之间只有一指的缝隙，四目相对了片刻，萧明亮说话了，一字一顿，像往老黄脸上扔了一堆锋利的石头：

"就算是我，有本事拉我去枪毙。"

老黄没说话，半天转头对两个年轻公安说："做事！"

黄昏如约而至，红云在天边漫天翻卷，像个打翻的血盆。

萧明亮坐在院子边，闷着头一直抽闷烟，老婆子喊他也不答应。眼前还是那张老脸晃来晃去的，他恨不得捡上几砖头，把他妈的砸成个烂柿子。不就是披了身皮子嘛，有啥了不起？

龙潭人有句话，叫恨谁见谁。这话还真不假，萧明亮一抬头，就看见那张老脸了，正气粗地往自家院子走来。三个公安走进来，在萧明亮面前站成一排，像等待他检阅一样。萧明亮歪头看了一眼，鼻腔闷哼一声，低头把旱烟咂得烽烟滚滚。

老婆子拉出两条凳子，老黄坐下来，看着萧明亮说："对我有想法可以保留，我现在是和你说公事。有三件事要你帮忙：第一，腾间屋子给我们临时办公用；第二，马上找人搭一个棚子，我们要验尸；第三，通知村子里所有人，没有我们允许，这段时间谁也不能离开。"

生产队长冷笑一声："你国家主席啊？你说啥就是啥啊？"

老黄也冷笑一声："你如果不同意，我只有回去汇报了。"

生产队长又闷哼一声。闷哼归闷哼，闷哼完了还得顾大局，识大体，尽管不是很心甘情愿。公安同志的临时办公室和猪圈一墙之隔，整晚能聆听猪的豪言壮语。最闹心的是不期而至的猪粪味，凶猛地从破烂的窗户挤进来，吸一口，还滚热着呢！临时办公地点是一扇一口气都能吹倒的破门，鸡啊，狗啊，文进武出，吼也不走，胜似闲庭信步。萧明亮在院子里偷偷乐："你以为是公安它就怕你啊？"

蜡烛滋滋乱炸，老黄盘着双脚坐在床上，不敢动身，一动身，那床就哆嗦。身子往前倾了倾，说："小赵，你先说说。"

小赵掏出笔记本，封面红色塑料皮儿，老人家正站在城楼上挥手。

清了清嗓子，小赵说："死者刘桂花，女，今年二十岁，是龙潭村刘老把大女儿。根据现场勘查和尸检情况看，死者大约死于十六日晚七点至十点之间。从案发现场情况推测，死者有过激烈的反抗，罪犯可能是准备对受害人实施强奸。在犯罪过程中，因为受害人大声呼救，所以用双手掐住了受害人的脖子，导致受害人窒息死亡。从尸检情况看，这应该是一起强奸未遂引发的杀人案。"

小赵念完，看着老黄，老黄点点头，转头看了看小梁。

小梁翻开本本说："根据走访的情况，受害人在案发当天是从亲戚家回来。据受害人父母说，受害人性格内向，没有谈过恋爱，也没有和人发生过矛盾。同时，受害人亲戚反映，受害人是一个人离开的，离开时间大约是下午五点，两地距离大约三个小时路程。所以，基本可以肯定，受害人应该是在晚上七点到九点之间遇害的。"

翻了一页纸，小梁还没开口，隔壁就嘹亮了。两头猪似乎是斗殴，恶狠狠地嘶叫。小梁无奈地看着老黄，老黄龇着牙吼："再闹，再闹毙了你个猪日的。"

隔壁躺在床上的生产队长听见了，瘪瘪嘴："你试试？"

半天，两头猪才停止了哼哼。可能是掐架把圈里的猪粪操翻了，哽人的粪味又溢满了一屋。老黄耸耸鼻子："就当自己是时传祥了。"然后一挥手，说继续。

小梁把手从鼻子上拿开，咳了一声继续说："根据走访得知，全村共有四个人不能说清楚案发时段的活动情况。一个叫林北，男，未婚，二十二岁，村小学的老师；一个叫张维贤，三十四岁，已婚，有两个女儿，妻子前几年修房子被大梁砸断了腰，至今瘫痪在床；一个叫母光明，七十二岁，丧偶，左脚有残疾；最后一个叫胡卫国，四十三岁，当过民兵连长，据群众反映，胡卫国爱喝酒，醉酒后经常打老婆，后来老婆受不了，带着两个孩子远走他乡，至今下落不明。"

三

这段日子，老天像讨好龙潭村似的，天天阳光明媚，龙潭人不买账，个个阴着脸。特别是他们的生产队长，霉豆腐样，没事就咕哝：妈的，自己的村子样样争第一，春耕秋收，铺路修桥，哪样不走在前列？现在而今眼目下，却出了这样一件掉门脸的事情。花案啊！就像脸上长了痔疮，眼现大了。

沿着村里的石板路，萧明亮低着头，鼠目寸光地往前赶，这不是龙潭村生产队长的德行。生产队长以前走路都是前程无限的模样，还会敞开衣领，露出脖子上那个骇人的伤疤。遇上好奇的，会问问伤疤的来源，生产队长就一挥手：朝鲜战场的纪念品，美帝国主义的刺刀留下的。于是问话的立马起来一层敬仰，龙潭村屁大点地盘，竟然还有巴掌大一块死肉和帝国主义扯上了关系，不得了啊！

有德两口子在路上捡牛粪，看见生产队长过来，有德直起腰喊："队长，去哪儿？"生产队长两手叉在腰上，模样像要把自己提起来。自从看了《南征北战》，生产队长就爱上了师长这个动作，很革命，很领导，两手一叉，气势恢宏。生产队长和师长的差别在于，师长造型和话语都豪壮，生产队长不同，叉好腰，看了看有德，半晌才小声说："你忙！"

经过刘老把家门口，萧明亮停下了脚步。走进院子，咳嗽了两声，门拉开一条缝，露出了老把妻两个寿桃样的眼睛。两口子出来，看见生产队长就哭开了。老把妻一五一十地坐在生产队长面前数：我家一不偷人，二不养汉，老老少少，规规矩矩，没人说句屁话。桂花哪个出来不夸两句，立春才刚满二十岁，哪晓得……！畜生啊！找出来了你看我不剥他的皮，抽他的筋。

刘老把倒碗茶递给萧明亮，说："龙潭这么多年，顺顺当当，没出过恶人，这倒好，恶人出来了！"说完也呜呜哭开了。

萧明亮叹口气："都怪我啊！龙潭屁大点地盘，我没能看好啊！王八羔的，看上去个个都老实巴交，唉，画龙画皮难画骨，

208

知人知面不知心哦！"拍拍老把的肩，队长安慰说："你放心，人民的眼睛是雪亮的，坏人绝对没有好果子吃。"

老把妻哭："不管吃啥果子，也得把坏人挖出来啊！"

"没见几个正忙着吗？"生产队长说。

哼哼！屋檐下一张脸在阴冷地笑。刘小把，老把的儿子，桂花的弟弟，咬牙切齿地看着生产队长。

"你小狗日的笑啥？你还信不过公安？"萧明亮骂。

"来了好些天了，坏人毛毛也没找出一根。"

萧明亮指了指刘小把，没说话，站起来背着手走出院子，老把在后面喊："找出人来了给我个信，老子活剐了那天收的。"

四

回到家，老婆子正在安排晚饭，萧明亮背着手在厨房巡视了一圈，菜数还是老三样：素酸菜、炒土豆片、牛皮菜拌水豆豉。

老太婆往锅里舀了小半瓢油，回头看见萧明亮，慌忙舀出一些放回油碗里。生产队长对着领导家属和颜悦色地挥挥手，老太婆立刻堆满了笑，重新把舀出来的油倒进锅里。

在灶台边转了两圈，队长开始现场办公。

"不是还有一截老腊肉吗？"萧明亮问。

"还剩个把把，想等你过生的时候再拿出来。"老太婆说。

萧明亮说："拿出来吃了算球。"

"给他们，你舍得？"老太婆声音压得低低的。

"我是怕把他们饿憋了，整点好的给他们吃，早点破了案好滚蛋，整天在眼前晃来晃去的烦人。"生产队长说。

"老东西，鸭子死了嘴壳硬。"老太婆笑着说。

饭菜上了桌。老太婆把着门朝那边喊："黄公安，吃饭了。"

三个人鱼贯而入。

老黄朝饭桌上看了看，脸像朵绽开的老蜡梅。

"哟，莫非台湾解放了吗？"

老太婆撩起围裙擦着手惊讶地问："真的？"

萧明亮坐在墙角，斜眉吊眼看着老黄："你解放的呀？"回头又狠狠瞪了一眼老太婆："人家涮你坛子呢！憨婆娘。"

端起碗，老黄看着老太婆连声说谢谢，老太婆不好意思地看着萧明亮说是他的主意。老黄抬眼看了看萧明亮，嘴动了动，半天才说，晚上请你过来一趟，我们有些情况想跟你了解一下。

猪粪味儿很浓烈，一股股往鼻孔里钻。

四个人围成一桌。

老黄在桌上铺开一张卷烟纸，摸出一个烟丝盒，烟丝盒是牛骨做成的，上面还摇曳着几根热带的椰子树。把烟丝均匀撒在卷烟纸上，老黄粗壮的手指把着烟纸一端，反卷，滚动，送到嘴边，伸出舌头在接缝处一拉，一根崭新的卷烟诞生了。

"把烟点燃。"老黄对小梁说，"你把情况说一说。"

小梁转过身子对着萧明亮说："萧队长，是这样的，根据我们掌握的情况，案发当天，有四个人不能提供不在场的证据，这四个人是林北、张维贤、母光明、胡卫国，在我们正式传讯这四人之前，我们想请你先介绍一下这四人的情况，听听你对他们的看法。"

萧明亮瞪大眼："不可能，你们是不是搞错了。"

老黄深吸一口烟，猛了，一阵目眩，烟卷烧了起来，火苗腾腾的。老黄慌忙拿烟卷往桌面上杵，杵灭了烟火，老黄对萧明亮说："我们没说他们是坏人，就是先听听你的说法。"

"那你们就去调查，问我搓卵哦！"

老黄把划燃的火柴吹灭，拿出叼在嘴上的烟卷，面带愠色说："请你搞清楚，这不是人民内部矛盾，这是敌我矛盾，像你这种态度，是对人民的不负责任，是犯罪。"

帽子有点大，兜头罩下。生产队长有点蒙了，半天才嗫嚅着说："主要讲哪个方面的？"

老黄给生产队长倒了一碗茶，说："说说他们平时的表现。"

喝了一口茶，萧明亮说："这几个都是本村人。林北早先在县城上中学，运动开始后，学校停课了，林北就回来了。后来就一直在家务农，前年我看村小学缺老师，就让他顶上了。他书教得好，晓得的东西多，三国、西游、封神、聊斋，讲起来一套一套的，娃娃们都喜欢他。平时也好打扮，整天整得油光水滑的，脸皮又白净。不过我丢句话在这里，这事不会是这娃娃干的。"

"有啥依据？"老黄问。

"这娃娃，在村子里最讨姑娘喜欢，哪家姑娘看见他都一肚子心事。我听他老娘说，林北床边箱子里头鞋垫摞起来都到胳肢窝了，全是村里姑娘们悄悄送的。隔三岔五就有媒婆上门，狗东西一直推，说还年轻，要趁年轻为祖国的教育事业多做贡献，先大家再小家，弄得一大片肝肠寸断。你说，姑娘排着队等他挑的这样一个人，会去犯花案？最重要的，是老把曾经托我给他家桂花说媒，对象就是林北。"

"他咋说？"小梁问。

"脑壳摇得像拨浪鼓，还跟我说，让我不要操心了，他不会在村子里找对象的。"

"这个张维贤呢？"小梁问。

"张维贤以前是个骗匠，整天提个马骡子铃铛走乡串寨。骗匠这活路，长久不落屋，这样就难为他婆娘了。婆娘吃得苦，带上人修房子，上大梁那天，梁没支好，她运气不好，被掉下来的大梁砸了，命是捡回来了，腰断了，现在还瘫在床上。婆娘出事了，张维贤痛哭流涕了一回，改行做麻糖。麻糖出锅，张维贤就站在村口喊一嗓子，大家就去他家换麻糖，三斤苞谷换八两麻糖，两斤大米换一斤麻糖，还有拿黄豆、高粱去换的。张维贤这人舍得，有时候遇上麻糖出锅，有人家舍不得粮食，娃娃们嘴馋，就去张维贤麻糖铺子前守嘴，张维贤看不过，就叮叮当当敲几块递给娃娃些。"

"嗯，下一个。"老黄点点头。

把半碗茶倒进嘴里，萧明亮横着袖子拉干嘴角残留的茶水问："下一个谁？"

小梁看了看笔记本："母光明。"

"这个不说了吧！"萧明亮说。

"为啥？"小梁问。

"老得像根糟了的泡桐树，七十多了，风大点就能给刮飞了。他要还能当强奸犯，龙潭的水田都能亩产三万斤了。"

"胡卫国呢？"老黄重新点燃烟卷问。

"老酒鬼了，二两黄汤灌下去，爹妈都不认得了。龙潭一号浑人，但要说犯花案，我看可能性也不大，狗日的眼睛里头只有烧酒。"

212

"这也不能说明他不会犯强奸案啊！"老黄说。

萧明亮不屑地笑笑："他要好这一口，会舍得把婆娘打得远走他乡？"

烛火滋滋炸，大家都陷入了沉默，倒是圈里的肥猪在快乐地歌唱。

老黄眼睛投向窗户，眉头紧锁，嘴里的烟卷短得都快烧着胡须了。

五

四个人在院子里坐成一排。

有些闷热，蝉停在院子边一棵椿树上，一阵漫长的聒噪后，停了下来，天地一下陷入了死寂。四个人额头上都有细密的汗珠，阳光从高大的椿树缝隙间投射下来，一排儿人都披着大大小小不规则的光斑，风懒懒地摇着树叶，光斑也跟着变形，人就被摇成了一堆碎片。

生产队长背着手从屋里出来，立在四个人面前，眼睛从一堆碎片里扫过说："不做亏心事，不怕鬼敲门，老老实实把事情说清楚。"

四颗脑袋鸡啄米似的。

"母光明。"里屋传来老黄的喊声。

母光明颤巍巍站起来，伸手去捞拐杖，没捞着，拐杖顺着板凳边沿滑倒在地。他扶着板凳去捡拐杖，一弯腰，几个人都听见了骨头开裂的声音。挨着他的张维贤连忙过去帮他把拐杖捡起来，接过拐杖，母光明偏偏倒倒进屋去了。

老太婆出来给三个人倒了一碗茶，三个人仰着脖子一饮而尽。

院子里静悄悄的，所有的眼睛都盯着那扇窗户。

一声咳嗽，三个人都吃了一惊。萧明亮说看你们那样儿，胯下夹个火盆样的，身正不怕影子斜，没干坏事，还怕哪个咬你鸡巴两口？三个人伸长一直缩着的脑袋，强挤出一抹笑。看见几个人的笑，生产队长还是不满意，说妈的，不就是公安问几句话吗？看你们笑的那样子，比哭还难看。

又是一阵沉默，树上的蝉变成了两个，独唱成了二重唱，停顿也没有了，树叶蔫巴了，垂头丧气耷拉着。

日子像一场乏味而漫长的苏联电影。

门嘎吱开了，母光明艰难地迈出门槛，也许是阳光太刺眼了，或许是他在屋子里待的时间太长了，阳光差点将他扑倒，身子晃了晃，他连忙伸手抓住门沿，才算稳住了身形。

林北跑过去把母光明扶过来坐在凳子上，母光明长叹一声。

"如何？"胡卫国问。

"不如何。"母光明答。

"都问些啥？"

"鸡零狗碎，啥时候出的门，谁看见了，反正拉泡屎都要问，只差问你拉的是干货还是稀货了。"

三个人眼睛重新回到了那扇窗户，三张面孔上跳跃着不安，仿佛待宰的羔羊。

生产队长给母光明倒了一碗水，母光明接过来，喝急了，吭吭打着水枪，一张脸涨得通红。

老黄狗在院子里扑腾两只鸡，一阵撕扯，漫天鸡毛。两只鸡最后躲到生产队长胯下，黄狗不依不饶地扯着沾满鸡毛的嘴扑过来，生产队长站起来主持公道，飞起一条老腿，很革命地一踹，踹得强权者落荒而逃。

每个人都在等待，等待屋里那一嗓子。等了半天，小梁出来了，说今天就这样了，你们先回去吧！明天早上再过来。

几个人站起来，规矩老实的坐姿搞得两腿酸麻。抖抖脚，正准备离去，小梁又说：母光明可以不来了，需要的话我们再找你。

晚饭两个公安哥哥和一个公安伯伯吃得很快，吃完就回屋去了，饭桌上也没有话。气氛有些异样。吃完饭，萧明亮蹲在墙角吧嗒吧嗒抽着旱烟，最后他决定过去问问。进屋来，三个人正在收拾东西。把烟袋从嘴里拔出来，萧明亮鼓着眼问："这是——要走啊？"

老黄点点头。

"事情不是还没整清楚吗？"萧明亮说。

"暂时还没搞清楚，不过快了。"老黄说。

裹好一个烟卷点上，老黄说："明天一早就走，正好跟你通个气，明早我们要把其他三个人带走。"

"为啥？"

"根据走访，除了四个人，其他人都有案发时间不在案发现场的证据，姓母的你也看见了，不具备作案条件，所以，可以肯定，凶手就是这三个人中的一人。我们一并带回去，让局里组织审问。另外，还需要技术上做一些鉴定。"顿了顿老黄接着说，"希望你配合一下。"

"如何配合？"

"我们需要一些绳子，结实些的。"

"要绑啊？"

"万一中途跑了谁负责？"

"可这一绑，以后他们还怎么做人？"

"找出凶手，剩下的不就清白了。"

生产队长沉默一阵，说："那好吧。"

老太婆在油灯下缝衣服，灯光不好，老太婆眼都要凑到布面上了。走几针，就把缝衣针伸进头发里磨磨。萧明亮躺在床上，翻来覆去地叹着气。老太婆抬起头，说看你，肠子都叹淌出来了。萧明亮坐起来，指指老太婆，嘴唇动了动，又仰面躺倒，说算了，给你说了你也不明白。

六

注定这是一个特殊的日子。

凌晨都还月明星稀的，天刚泛白，黑云就从山那边过来了，像往龙潭上空扔了几床破棉絮。天一大亮，居然落起了毛毛雨。此刻，生产队长家院子里人头攒动，就算平时开生产大会，人也不会这样整齐。

捆绑对林北来说，猝不及防得像夜晚床铺上的一激灵。等醒过来，早就湿漉漉一片了。林北踏进院子时，三个人面色严肃地坐在屋檐下。林北礼貌地丢过去一个笑脸，屋檐下的不领情，年纪大的一挥手：捆了。

捆绑用的是乡下人最信任的棕绳。别看它细拉拉的，但牢实。龙潭人管这种绳子叫牛绳，蛮牛都能被捆得服服帖帖的，更别说豆芽样的乡村教员了。

乡村教员很快就成了一个粽子，捆牢了，就往堂屋里一丢。林北蹲在墙角，他的心理在这个早晨完成了人生中最大的跳跃，像一条高低起伏的曲线，呼啦啦上，呼啦啦下，颠簸得让他寻思的间隙都没有。从惴惴，到惊恐，再到茫然，最后，只剩委屈了。他先是大声申辩："你们这样乱绑人是犯法的，运动早过了。"接着质问："为什么绑我？"喊了两声，不见动静，小学教员把斯文往兜里一揣，大骂："日你先人板板的，你们这些卵公安，有本事把我放开。"忽然，大门砰的一声，光明被切断了，同时切断的还有林北的叫骂声。

黑暗中，只有林北呼呼喘气的声音。

最后，他哭了，像一个受了委屈的孩子。

和林北烈妇般的抗争相比，另外两个被捆绑的就乖多了。

麻糖匠一进院子，就看见了院门边的两个年轻人，一左一右，像是尉迟恭和秦叔宝。两个门神手里都提着绳子。麻糖匠左右扫了几个来回，像是明白了，然后他问，要绑啊？屋檐下的老黄点点头。麻糖匠鼻腔抽了一下，又问，绑前面还是后面？左边的小梁说后面。麻糖匠把双手背好，转过身对着小梁。

酒疯子来之前喝了点早酒，熟面条样地从外面晃荡着进来，刚进院子就瘫软下去了。可以肯定的是，不是被吓趴的，因为好半天他才清醒了，动了两下，好像感觉有些别扭，把自己上下考察了一通，他才问：谁开这样大的玩笑？

被绑得像节节虫样的三个人，在院子里蹲成一排。

老黄站在屋檐下，对着黑压压的人群说："大家不要误会，绑上的不都是坏人，坏人只有一个。我们这样做也是迫不得已，为了揪出坏人，好人有时候难免要做出暂时的牺牲。在这里，我希望被错绑的好人和家属要辩证地看，等把事情弄清楚，我们敲锣打鼓地把错绑的人送回来。"

闹哄哄的人群开始安静下来，娃娃们把脑袋从大人的腋下伸出来，心惊胆战地看着蹲在地上的三个人。他们的林老师没有给他们讲述过坏人的样子，书上画的坏人都是斜眉吊眼、凶神恶煞的呀！

那一天，蒙蒙细雨中，一根绳子从三个被绑牢的人腋下穿过，两个年轻人一前一后拉着绳子的两端，像拎着一串肥瘦不一的蚂蚱。他们的脚步踏过石板铺成的小路，慢慢向村外走去。经验丰富的老公安老黄走在最前面。他背着手，脚步依然坚定。

人群跟着蚂蚱串的节奏，耸动着往村外移。这样的场面，龙潭只有姑娘出阁的时候才会有。在村人的心中，把一个姑娘送走是件伤感的事情。因为从此以后，她将去熟悉另外一块土地。等有一天你和她再次邂逅，你会发现她已经变得陌生，她的打扮，她的声音，甚至她的眼神，都满含着让人费解的气息。每一次送别，都意味着失去。所以，姑娘出阁，总要敲敲打打、锣鼓喧天地热闹一回，大抵是想驱散那种凝固的伤感。

今天的送别却没有一点声息，雨静悄悄地下，偶尔能听见咳嗽声，都收得紧紧的。

翻过垭口，人群停了下来。再过去，就是邻村的地界了，以往送姑娘出阁，这里就是分界线。三个人都停了下来，回头看了看身后的人群。忽然，人群中冲出一个年轻人，过去揪着绑在最后的麻糖匠就是一顿乱打。麻糖匠本能地蹲下去避让，他两腿一屈，前面的两人也跟着矮了半截。打人的是刘小把，受害人的弟弟，个子不大，但力气足。麻糖匠刚蹲下去，刘小把照着他的脑袋就是一脚，麻糖匠立刻向路旁仆倒，前面的当然也跟着仆倒。变故来得太快，等三个公安反应过来，三个人都倒进了路边的水沟。两个年轻公安把刘小把架住，老黄冲过来，指着刘小把说："再动连你一起绑。"刘小把鼓着两个眼，气粗地看着老黄说："别挡我，我给姐姐报仇呢！""报仇？你知道谁杀了你姐，你就报仇？"老黄吼。"反正就他们中一个。"刘小把也吼。"就算报仇也轮不到你。"最后，老黄一挥手，六个人被小路连成一串儿，慢慢向山下滑去。

生产队长躲在屋后的草垛下抽闷烟，细雨密密麻麻地落在他的头发上，像早晨沾满露水的茅草窝，他的眉毛一直蹙着。老太婆从草垛后探出脑袋说："别躲了，都走了。"生产队长没有动，狠狠地吸了一口烟说："妈的，舍不得孩子套不着狼，等两个清白的回来，我给他们摆桌酒。"

七

白花花的太阳光，漫过绿油油的苞谷地，沿着后坡往山脚淌。

今天是交叉出工，另一个生产队过来了四组人。在村口萧明亮就检阅过，都是壮劳力，男人个个牛高马大，婆娘人人腰圆臂粗。这个生产队的实力他知道，女人当男人用，男人当牛用，很少有下脚货。薅起苞谷一阵风，其他生产队的连一垄都还没过半，他们早就站在那头喝甜酒水了。萧明亮有点埋怨自己出的这个主意。以前各个队干各个队的，就是他找另外三个生产队的队长，提出搞比学赶帮超，实行劳动交叉，今天你来帮我，明天我去帮你，工分各个生产队自己计。几个生产队长都是要脸面的人，不愿丢丑，每次派出的都是精兵强将，薅秧除草当打仗。

这个事情，比的不光是庄稼把式，还比赛歌。唱歌是文争，干活儿是武斗，不找些文武双全的，就会落下风，那样脑壳好几个月都抬不起来。

萧明亮不怕，昨晚他已经做了周密的安排，还引经据典地给参加会战的社员讲了田忌赛马的典故，整得一帮人群情激奋，斗志昂扬。为了造成战天斗地的劳动效果，萧明亮安排了三面锣鼓，按他的说法：要让劳动的鼓点翻越千山万水，直达北京。

五月的日头不晒人，看起来气势汹汹，粘在皮肤上却没有六七月那种灼人的辛辣。男女间杂着站成一排，面前的垄沟就算起跑线了。土坎上三面锣鼓响了起来，开始还像老人的步点，渐渐就密集了。

垄沟前的庄稼把式们，往手心里啐一泡口水，两手搓搓，牢牢地攥紧手里的锄把，像一群准备冲锋的战士。

生产队长一挥手，高喊：开始。

锄头上下翻飞，地里很快漫开一片烟尘。

敲鼓的跳进地里，跟在速度最慢的那人屁股后面，鼓声如同密集的雨点，砸得掉后的人心急如焚。鼓声里，悠扬的薅秧歌跟着尘烟漫天飞舞。

　　　　前头快来就是快，

　　　　快过日头过村寨。

　　　　两手握紧亮锄头，

男男女女来比赛。
看你慢得像只鹅，
十年渡过小桥河。
不像农村蛮姑娘，
倒像地主小老婆。

落后的女人被唱得心焦，手忙脚乱地一阵挥舞，又把另一个甩在了身后。鼓声跳过两垄土，冲着落后男人的屁股一阵猛敲。

昔日桃园三结义，
匡扶汉室英雄气。
今日结义三桃园，
只见胯下软绵绵。
关公青龙偃月刀，
张飞丈八点钢矛。
让你提锄薅根草，
偏偏倒倒惹人笑。

旷野下，歌声、笑声、鼓声，还有锄头摩擦泥土的沙沙声，有韵律地撞击着人的鼓膜。

早早跑完一垄的好把式，站在垄沟上自豪地看一眼双手翻开的土地。深吸一口气，全是新鲜的泥土味儿。把锄头往地上一倒，屁股挂在锄把上，双手接过姑娘们倒来的一碗甜酒水，咕噜噜灌了个透心凉。

一轮走完，抹一把汗，重新站在垄沟前，等待生产队长那一嗓子。垄沟前的摩拳擦掌地刚握好锄把，山响的鼓声却戛然而止。

三颗敲鼓的脑袋，齐齐地往山脚的小路看去。

生产队长刚想骂娘，转头发现了三颗摆放整齐的脑袋。目光顺着山势滑下去，队长就怔住了。

山道上，走过来三个人。不错的，是三个。生产队长使劲揉了揉眼睛，还是三个。

歌声、笑声、鼓声，刹那间都停滞了。

"应该是两个才对啊！"生产队长喃喃自语。

最前面的是林北，麻糖匠在中间，胡卫国被远远地拖在最后。从山上俯瞰，三个人仿佛几粒耗子屎，慢慢腾腾地朝着村子的方向滚动。

生产队长忽然觉得闷热难当，他想解开对襟短衫透透气。两手抓住布扣子，鼓捣了半天仍旧没能解开。把衣服狠狠一扯，他对众人喊：今天就这样了。

工分咋算呢？有人问。

队长一摆手，吼，工分？还母分呢，就当义务投工投劳了。

顺着弯弯拐拐的山路下来，队长的心情像路边石缝里营养不良的野草，枯黄干焦。此刻，他纠结得像面前的两排布扣子——不解开，闷热；解开了，难看。

为啥还是三个呢？这个问题他一直问到晚饭上桌。老太婆就说他："咕咕叽叽叫唤啥子？人家回来了就回来了，难不成死在里头你才高兴？"队长白了妇道人家一眼："你懂屁，公安就是筛子，本来想靠他们把坏人筛出来。没承想，筛子眼眼太大了，最后还是好人坏人都给老子筛了回来。"

都回来了。这个信息先是在妇女们交头接耳间传递，天还没有黑尽，连老刘家傻子都知道了。于是，和月亮一起升起来的还有淡淡的不安，仿佛胯下的水疱，一转身一抬腿都能感觉得到。等月亮卡在对面山上的松树丫杈里时，水疱被萧明亮院子里的一声痛哭戳破了。

"姑娘，你好命苦哟，害你的畜生又转来了。"哭喊把屋里的队长吓了一跳。

两口子出来，老把妻正跪在地上呼天抢地，老太婆慌忙过去把老把妻牵起来。

老把妻过来，扯着队长胳膊说："哪有这种整法？人都拉进牢里了，拍拍屁股又出来了。"

队长说："你先不要哭，这样处理有这样处理的道理，等把事情搞清楚了再说。"

老把妻瞪着眼问："处理？这就算处理？要是杀人放火就是这种处理法，我也去杀两个摆起。"

萧明亮本想教训老把妻两句，嘴动了动，没有声音。他想，这不是正事，他还有更重要的事情需要搞清楚。

八

又看见龙潭的模样了，林北喉咙硬邦邦的。还是龙潭好，一草一木都抖擞着，连悬崖上的松树斜伸出来的枝丫都显得亲切。

林北走进院子里，老娘正在窖酸菜。把绿油油的青菜摘回来，洗净，放进滚热的开水里跑一圈，趁着热塞进封釉的坛子，倒进半碗老酸汤，六七天就能吃上嘎嘣脆的老酸菜。

老娘背驼得厉害，日复一日的劳作将她折弯了。去年还能下地挣几个工分，迈过年关，风湿性关节炎让她只能在家做一些简单的活路了。老爹死得早，在林北的脑海里没什么印象，只能通过老娘在油灯下的唠叨构建起来一个大概。在里面，面对没日没夜地问、没日没夜地答，还有悬挂在墙上的橡皮棍子和潮水般涌来的反帮皮鞋，每一次他都咬牙坚持。他只有一个信念，就是要回家。他怕自己一旦垮掉，老娘就过不去了，烂在家里都没人知道。

林北喊了一声妈，老娘转过头，看了半天才看明白，说："回来了，饿了吧？厨房里还有剩饭。"说完转过去继续往坛子里塞酸菜，林北走过去蹲在老娘面前，眼泪正从老娘眼眶里涌出来，啪嗒啪嗒砸落在坛沿上。

老娘伸出一只手摸了摸林北的脸，说："去吃点饭，你盐吃得重，辣椒水里头再加点盐，盐罐在碗柜头。"

林北端碗饭蹲在檐坎上吃，老娘坐在门槛上，笑眯眯地看着说："我就知道你会回来的，我娃娃不是那种人。"

九

麻糖匠张维贤坐在竹林里，透过竹林，能见到自家的屋顶，屋子里有他的老婆和两个娃娃。该是吃晚饭的时候了，娘儿仨肯定有饭吃。他有两个让他落心的姑娘，虽然大小加起来还不足十八岁，但啥活都称手，洗衣做饭，割草捣米，甭管男娃女娃的活路，都做得巴巴实实的。这两年，两姐妹把照顾老娘的担子接过去了，张维贤可以一心一意熬麻糖了。

动了动身子，脑袋钻心地痛，一张脸像霜冻的烂茄子。

远处的山树木稀疏，没有了富贵饱满，只有让人揪心的瘦骨嶙峋。灌木丛唯唯诺诺地匍匐着，袒露着的土黄色像是一张营养不良的穷人面皮。张维贤扯着两扇饱胀的嘴唇笑了笑，他发现眼里的景致好有意思。以前，熬麻糖累了，就拉条凳子坐在院子边看远处，总觉得对面的景致邋里邋遢的。现在不同了，那片焦黄像父亲温暖的巴掌，拍拍打打都是爱。在黑屋子里，闭上眼，全是这方模样。那些矮小丑陋的火棘树，硬是把根扎下去，靠着薄薄的黄土层，一样活得像模像样。

站起来，脑袋一阵晕眩，把着竹子顺了顺气，张维贤回家了。

一进屋就闻到了麦芽香，那是他出门前窖上的，等到麦芽溃了皮，就能熬糖了。这味道，还淡了些，证明麦芽皮还没有完全溃掉，最多两天，就能下锅熬制了。

两个姑娘坐在墙角刐玉米，沙沙的声响让小屋子充满了烟火味。

看见父亲进屋，两个娃娃一怔，放下摊在膝盖上的簸箕，过来抱着父亲就嘤嘤地哭。摸了摸两颗脑袋，麻糖匠说别哭，爸爸好着呢。

折进屋，女人已经泪盈盈地盯着门口了。

张维贤过去，蹲下来。抹干女人的眼泪，他说："没事了。"

女人看着他，说："看你这张脸，受委屈了吧？"

"进去了哪能没有点磕磕碰碰的。"

"回来就好了，我知道你干不来那种伤天害理的事。"

"我去把大铁锅洗一洗，明后天该熬糖了。"

十

萧明亮推开胡卫国的门，胡卫国正咕噜咕噜往嘴里倒酒。

看见萧明亮，胡卫国抹了一把嘴说队长来了。萧明亮坐下来，胡卫国又往嘴里倒了一通酒，他的一条胳膊挂在胸前，样子看起来老了一轮。

"手咋了？"

"断了！"

"断了？咋断的？"萧明亮惊讶了。

伸出舌头舔干净嘴角残留的酒汁，胡卫国把瓶子放下来，对着队长一挥手说："你别小看那种软不拉唧的皮棍子，砸在身上那叫一个痛。哪种痛法呢？对，紧实，痛得特别紧实，好长时间都散不去，我就是小看这种软得像鸡巴样的棍子了。当时一棍子下来，我就伸手去挡，就这样！"胡卫国伸出手往上一抬，做了一个遮挡的动作，"狗日的，咔嚓一声，断得干干脆脆的。"

萧明亮盯着胡卫国，胡卫国似乎有些迷离了，他的脸上浮动着一种难以捉摸的神情，像一团飘荡在村子上空的浮云，转瞬间，模样就变了。开始和萧明亮说话的时候，他一脸的不在乎，那模样不像进了局子，倒像是去了一趟厕所；后来他哭了，向萧明亮数落着里头的种种不是。最后他又笑了，笑得肆无忌惮，笑完了他说："咋样？我命大，断手断脚可以，让我认账不行，不是我干的就不是我干的。"

十一

萧明亮起得很早，站在院子里伸了一个懒腰，转头对屋子里的老太婆喊，给我下碗面，我要去公社开会。

面条是自家擀的，看起来黑乎乎的，味道却好得出奇。老太婆心疼萧明亮，舍得下油，面汤里浮动着嫩嫩的朝阳和汪汪的猪油。萧明亮端着碗沉思了半天。他想，等共产主义了，这猪油还得多，说不定啊，就光喝猪油了。想想又不对，乡下人都知道的，猪油吃多了，能蒙住心的，就看不清楚子丑寅卯了。

到了公社萧明亮才发现自己来得早了，偌大的公社院坝里空空荡荡。公社两层楼房，苏式建筑，楼板有些老旧了，踩上去吱吱嘎嘎响。穿过院坝，萧明亮蹲在墙根下，裹好一袋烟开始抽，刚抽了两口，公社书记从楼梯口伸出脑袋喊他。

书记把萧明亮叫到二楼，先问了一些诸如庄稼长势如何啊、社员情绪高不高涨啊、有没有具体的增产措施啊一类的问题，最后公社书记才神色严峻地对萧明亮说："出了那事儿，今年的先进生产队你怕是没戏了，花案啊！"

萧明亮垂下脑袋，叹声气说："丢丑了！丢丑了！"

"前两天我去县城开会，公安局的老黄找到我，让我给你捎个话。"公社书记突然说。

"哦！"萧明亮身子一耸，往前凑了凑问，"他说啥？"

公社书记以极高的革命警惕性左右看了看才低声说："让你看住那三个人，不能让他们离开你的地界，如果三个人有一个不见了，你这队长就别干了。"

"这个？"萧明亮皱着眉，露出为难的样子。书记拍拍他的肩膀说："不能让少数坏人破坏了大好形势，就这么办吧，要开会了，我去准备一下。"

开会的内容是关于安排好县放映队送电影下乡的事情。公社书记从好几个方面论证了做好这项工作的重要性和必要性，声音很洪亮，显得格外地高屋建瓴。萧明亮坐在最后一排的长条木椅上，思想活跃地开着小差，公社书记的指示他一个字没听进去，脑袋里全是那三个影儿，晃来晃去，赶也赶不走，挥也挥不去。他只希望会议快点结束，好回去看看三个人还在不在。他怕自己一转身的空儿，三个人就一个筋斗云翻走了。

会一散，萧明亮就一路小跑回了家。急归急，队长方寸没有乱，气喘吁吁的当头他还想出了让三个人不能乱跑的理由。就说，眼下你们都是嫌疑人，不能乱跑，乱跑人家还当你心虚呢！所以，把屁股牢牢粘在龙潭这块地皮上，才能显出自家的理直气壮来。

十二

龙潭是放映的最后一站。没办法，出了这样大的丑，哪还有脸面去和人家争，以往县上放映队下来，龙潭都是第一站。队长就骂：日你娘，放个屁的工夫，就从胯前转到了腚后。

一早，队长就派人去公社接人。放映员一共两人，一台发电机，两个大音箱，十六毫米放映机一台，拷贝五个。县上下来的放映员自己扛不了这样多设备，生产队还得派人去。运动那阵子，扛设备这活是那些"地富反坏右"的专利，龙潭没有这些特殊品种，都是队长指派的年轻小伙。

社员们没有队长这样崇高的荣誉感，轮次他们不关心，他们关心的是放啥电影。日子一路过来，枯燥得像咀嚼了一整天的甘蔗渣，唯一的娱乐活动就是夜晚吹灯后床上那点折腾。可折腾也不能天天坚持，也得隔三岔五吧。这样，百无聊赖成了乡村固有的调调，能赶上一场电影，就当过年了。一场电影就像一针强心剂，能让村庄活蹦乱跳好一阵子。所以，乡村对电影的期待，好比四十岁老童子对新媳妇的渴求。

叶片上的露水还没有被太阳烘干，接电影的就回来了，沿着石板路一路高喊：干仗的，《铁道游击队》，干仗的，《铁道游击队》。人们奔走相告，开始重新安排今天的生活，晚饭是一定要早的，除了爹妈跷脚，再重要的事情都要撂下。孩子们更是早早就把小板凳夹在腋下，连吃饭都舍不得放下来。草草扒完两碗饭，人流就开始往晒谷场去了，先来的精心挑选一个好位置，晚来的只能退到晒谷场后面的斜坡上，不过听不见怨言，一派的欢欣鼓舞。

通往晒谷场只有一条小路，夹在溢满水的稻田中间，人流像外出觅食的蚂蚁，在细窄的小路上流淌。

银幕挂起来了，天边起了一抹晚霞，金黄洒在银幕上，耀眼得紧。

这个激动人心的黄昏，只有一个人对干仗的《铁道游击队》兴趣不大。他蹲在离晒谷场不远的土坡上，定定地看着迤逦而来的人流。他的旁边还有几个壮实的小伙，都是他的亲戚，每个人眼里都是腾腾的火气，模样像要吞下迎面而来的每一个人。

刘小把的手一直揣在兜里，兜里有把细窄的篾刀，他的手一直攥着刀把。

他在等，等那几个让他每晚都在梦里杀过好几回的人。

最先看见的是酒疯子，夹在几个老者中间，一只手还悬在胸前，吊着手的白布都变得黢黑了。精瘦精瘦的胡卫国看上去又轻又薄，他走路的样子也奇怪，没有一脚是踩踏实的，仿佛飘着的一样。等飘到土坡边，刘小把挡住了他继续飘远的方向。

"好狗不挡路。"胡卫国说。

刘小把没答话，两眼血淋淋地盯着他。倒是后面一个后生说话了："狗日的杀人犯。"

"哪个是杀人犯？请你管好你那张嘴。"看样子，胡卫国来之前是喝了两口的。

"你不是杀人犯，哪个是杀人犯？"后生咄咄逼人。

"那他呢？"胡卫国往身后一指。

此刻，路上只有林北孤零零过来的影子。近了，林北往这边瞥了一眼，没说话，还没有越过去，刘小把伸手拦着了他。

林北伸手挡开刘小把伸过来的手，径直往前走，土坡上几个人忽然纵身跳下来，把路封死了。

"我是杀人犯，他呢？"胡卫国问。

刘小把还是不说话，胡卫国哼了一声，狠狠地撞上来，像是想突围。刘小把一甩肩膀把酒疯子甩了回去，猛地抽出了篾刀。然后他说："把你们三个畜生都砍了，杀人犯就没了。"

这个万无一失的方案是刘小把昨晚在油灯下提出来的。吃完晚饭父母就开始了漫无边际的长吁短叹。自从三个畜生回来后，刘老把一家就没有清静过，不断有人登门，开口就问老把这事儿咋搞。这时候的老把总没话，他的话都在肚子里，但说不出来。

肚子里藏了啥话，老把也理不抻抖。反正有话，还很多的话，像锅糊糊，又像绕成一团的乱麻，顺不出个赵钱孙李。于是老把就开始叹气，他发现只有叹气才能让自己好受一些，叹气能排出肚子里鼓胀的那些东西。刘小把不这样，他有自己的打算，他血气方刚，他年轻力壮，他不能像父母那样只能毫无意义地做些吐纳就完事。

油灯的灯芯有点细，一直没能直起腰，燃得窝窝囊囊，最后顺势滑进了油碗。老把妻赶忙把灯芯挑出来，捻到碗沿靠好，屋子里才慢慢有了轮廓。

"把三个都杀了，我姐的仇就能报了。"刘小把冷冷地说。

老把两口子都吓了一跳，老把妻想想就骂："胡打乱说，这样干，你那小命也没了。"

"你看三个狗日的，天天在寨子头活蹦乱跳的，我姐眼睛啥时候能闭上？"刘小把吼。

儿子的话戳到了老娘的痛处，老把妻就哭，老把眼睛也红了。

灯芯忽然噼啪一声，炸开一团耀眼的纷乱。

篾刀很亮，看样子刚磨过，刀口泛着青幽幽的光。刀横在刘小把胸前，胡卫国没敢跨过去。僵持了几分钟，胡卫国往后退了一小步，刘小把不领情，往前跨了一大步，两人之间只剩下一把篾刀的缝隙。

电影开场了，按照惯例，先放映的是科教片。今天放的是稻谷的病虫害防治，一个男人背个喷雾器在银幕上呼呼地喷，一个看不见的女人在说话，说这是啥病，这是啥虫。虽说这些和庄稼人息息相关，但银幕下的不领情，巴不得背喷雾器的早点滚蛋。妈的，要枪没枪，要炮没炮，要首长没首长，要轰隆隆没有轰隆隆。依据放映员的说法，科教片才是正片，后面干仗的那叫加映。可在庄户人心里头，这两者刚好被掉了个个儿。

放映机在吱吱地转，银幕下的人都耐着性子。一些娃娃不耐烦了，嚷着要看打仗的。放映员不高兴了，对着黑压压的人群吼，谁家娃娃？还不管好！猴跳舞跳的，耽误了农技知识学习谁负责？这时候人群中有人弓着腰跑过去把叫嚷的娃娃抓过来，屁股上给两巴掌，晒谷场上就只有银幕上说外地话的女人的声音了。

终于，背喷雾器的男人走了，银幕上开始出现了激动人心的数字倒数。游击队来了，还是铁路上的。下面一阵欢呼，很快归于平寂。眼睛死死盯着银幕，像是见着了一大堆金子。

萧明亮坐在放映机旁，这是他固定的观影位置。放映员一般是不让人靠近放映机的，所以，能坐在放映机边上，是身份的象征。他喜欢这个位置，一面听着放映机吱吱的声响，一面看着银幕上的烽火连天，是一种十分独特的享受。

刘洪队长刚爬上火车，一个社员鬼头鬼脑朝放映机这边靠，放映员一把拦着，说退开退开，社员说我有重要事情找队长。萧明亮过去，社员把他拉到一边，说不好了，刘小把和林北干架了，都动刀了，你去看看吧。

队长赶到的时候，一堆人还僵持着，像一个危险的火药桶。刘小把依然不屈不挠地把小学教员和酒疯子挡在面前，倒是几个助拳的有些心猿意马，脑袋不停地往晒谷场那头转，晒谷场正炮声隆隆呢！几个小年轻表情纠结，一副意欲开赴前线而不得的痛苦模样。

"还干上了呢！游击队啊？"队长站在坡上喊。

刘小把回头睐了萧明亮一眼，没答话。

"你个小狗日的刘小把，都学会提刀弄斧了，咋不学你刘洪爷爷呢，也弄支盒子炮耍耍。"队长骂。

几个想和刘洪队长并肩作战的小青年很配合地向后退了几步。队长是个劝架的老油条，看见了松动的部分，就开始分化瓦解。拿手往几个年轻人一戳，队长吼："关你几个卵事，还不去看电影！"几个人一听，呼啦散去了。

刘小把仍然没有放弃，还横在那里。队长对两个人一挥手，说你们俩过来，看他还能咬你两口。酒疯子脑袋一扬，推开刘小把的手，径直往晒谷场去了。林北没有去，他转身走了。

沿着小路，林北走得很慢。暮色四合，大地疲累得没有一点声息，倒是远处的晒谷场枪声四起，战斗激烈。

更远处的土坎上，张维贤拉着两个女儿的手，看着慢慢走来的林北。然后他对两个女儿说，电影我们不看了，回家。两个姑娘互相看了看，懂事地点了点头。

十三

这些日子，林北总是起得很早，起来就提着弯刀到后山砍白杨。中饭时分，能背回来一大捆白杨条，拇指粗细的白杨条，顺着院子扦插。没两天工夫，白杨条就将屋子围成了一圈。白杨这东西烂贱，随便折下一枝，往地里一插，要不了多久就郁郁葱葱了。

插完最后一枝，林北先到水缸边咕噜噜灌了一气，洗了一把脸，顺便把白汗褂洗了。刚把白汗褂挂好，老娘在屋里喊吃饭。

中午饭很随便，老娘下了两碗面，舀了半碗糟辣椒。老娘把面条端上桌，返身给儿子撬来一坨白亮亮的猪油。老娘刚转身，林北把还没有融化的猪油挑出来塞进了老娘的碗底。等老娘抖抖索索回来，林北已经收碗了。老娘就责怪，说看你那样儿，几百年没吃饭似的。林北抹抹嘴说，妈我想去学校看看，好久没去了，学校就三个老师，少一个都转不过来。老娘点点头，说你顺便去公社称半斤盐巴。老娘坐下来，把面条搅拌搅拌，碗底成了大庆油田，油珠子争先恐后往上冒。老娘怔了怔，看着门外笑着摇了摇头。

出门前，林北总是要打扮一番的。照例要穿上那件咔叽布的中山装，左上方的口袋里插上那支珠江牌钢笔。

到了学校，已经开始上课了，教室里有琅琅的读书声。

　　　　滴答，滴答，
　　　　下雨啦，下雨啦！
　　　　麦苗说：
　　　　"下吧，下吧，
　　　　我要长大。"
　　　　桃树说：
　　　　"下吧，下吧，
　　　　我要开花。"
　　　　葵花子说：
　　　　"下吧，下吧，
　　　　我要发芽。"
　　　　小弟弟说：
　　　　"下吧，下吧，

我要种瓜。"

滴答，滴答，

下雨啦，下雨啦！

林北顺着走廊，往教室那头走去。他用一只手摩挲着老旧的木栏杆，走得很慢。栏杆很光滑，每次经过这里，他都用手轻轻滑过去，像用指尖去触碰一本老旧的历史书。房子是以前一户地主的，板壁房，虽说有些老旧，但还依旧牢实，漆工也好，风吹日晒没能褪去那层黝黑。

唯一一间办公室在走廊尽头，光线不好，走廊很长。所以，穿过走廊的过程就是眼睛适应黑暗的过程。办公桌还在，积满了灰，上面还有一摞学生的作业本，已经批改完毕的，上面六个本子判了满分。林北端起一摞本子，用手轻轻拂了拂上面的灰尘。打来一盆水，林北把桌子认真擦了一遍，然后坐下来，侧着耳朵听，读书声嫩嫩的，兴奋地撞击着鼓膜。

两个小学教员对林北的到来还是显出了一丝隐约的诧异。在走廊，两人还有说有笑，折进屋，笑声和笑容都凝固了，招呼也显得淡淡的："来了？"然后缩在各自的一亩三分地，都不出声。

"这段时间你们受累了。"林北说。

两个人相互看看，嘴角慢慢拉开一线笑。

"熊老师，下面这节课我来吧！"林北说。

对面的熊老师点点头，然后把身子倾过来，将敲钟的铁棒递给了林北。

站在课钟前，林北有些恍惚。当当当，当当当，头道钟过，操场上空无一人。头道钟和二道钟间隔三分钟，可林北觉得格外地漫长。

跨进教室门的那一刻，林北居然有些紧张。他不知道迎接他的会是一些什么样的眼神，他怕失去以前拥有的很多东西，虽说这些东西看不见，摸不着，但是对一个老师来说，它比十二分工分重要得多。

定了定神，他昂首挺胸地跨了进去。

娃娃们刚才还像一堆出林的麻雀，看见林北走进来，瞬间变得鸦雀无声。站在讲台上，林北往下面扫了一眼。每个孩子都带着笑，像见到了久别重逢的老朋友，前排的一个男娃娃还挂着一吊鼻涕朝林北甩过来一个鬼脸。林北喉咙一下变得硬硬的，鼻子酸酸的。好半天，他才稳住了情绪，下面的娃娃们也不急，一直直视着他们的林老师。

"翻开书。"林北说，"同学们，今天我们学习第十九课《数星星的孩子》。"

下面顿时嚷成一片，半天林北都没有听明白。他指了指前排吊着鼻涕的男娃娃说："你说。"男娃娃站起来，面部一紧，把鼻涕缩回鼻腔，瓮声瓮气地说："这几课都上完了，熊老师上的，都到《骄傲的孔雀》了。"

林北点点头，下面忽然有人小声嘀咕："熊老师没有林老师上得好。"嘀咕声刚落，一大堆人立马跟着附和。

林北觉得这是他上得最好的一堂课。尽管没有备课，但是有种情绪驱使他上得格外卖力，简直是使出了浑身的解数，下面的娃娃个个听得眉开眼笑。此后很久的岁月里，林北都会想起这堂课，四十分钟里的每一个细节，甚至板书到哪个字时粉笔断掉了，走出教室先踏出的是左脚还是右脚，他都记得。

散学后，林北去供销社打盐巴，还咬了咬牙给老娘买了一块钱的水果糖。老娘牙齿不好，水果糖在嘴里好久都化不掉，但就是喜欢含着，还跟林北说，含上一颗水果糖，从头发丝到脚指头都是甜的。林北想着就想笑，满满一口袋水果糖，够老娘甜上好一阵子了。

天气怪得很，阴阳脸，山这头黑云滚滚，山那边阳光明媚。林北在一堆黑云下小跑着回家，得快些才行，这种架势，暴雨说来就来。林北奔跑的姿势很好看，虽然肩上挂了一个黄挎包，但看不出一点负重的迹象，腾云驾雾样的，仿佛一纵身就能飞起来。

迎面飘来几件花衣裳，有蓝格子花，有青碎花，都是寨子里含苞待放的花骨朵儿。远远见到林北，刚才还摇曳多姿的花衣裳静止住了，还相互把手攥在一起，警惕地闪到路边。林北放慢了脚步，擦肩的一瞬，他侧目瞟了一眼，姑娘们头埋得很低，嘴唇紧张地咬着，脸色也不好，泛着白，样子像是看见了不干净的东西。等林北的身子越过去，几件衣裳很快就飘远了。

以前，也有这样的偶遇，但情形却不太一样。远远地，就能听见一声羞答答的"林北哥"，喊他的姑娘也低着头，但是嘴角会挂着一线笑，脸上红云翻卷。林北这边应一声，那边一甩头，满腹心事地跑远了。还有准备得很充分的，或许就是专程等林北散学后来迎他的，羞答一番后，猛地把一个东西塞过来，然后扭头就跑。不用说，鞋垫，姑娘们针线好，把心事都绣里面了，一针一线都惊心动魄跌宕起伏。隐晦点的，绣对戏水的鸳鸯；奔放些的，干脆直接绣上四个大字：心心相印。

林北脚步慢了下来，他飞不起来了，几个姑娘把他腾云驾雾的功夫给废掉了。学生们纯净的眼神带来的一丝慰藉也很快就随风飘散了。以前没觉得这有多重要，现在才发现，原来这是很重要的。

云层越来越厚了，天色变得昏暗，隐隐还有雷声，就差天边的一道闪电了，等那束亮光划过，就该骤雨倾盆了。

十四

张维贤很满意刚出锅的麻糖。他站在糖房里，把刚刚凝固的麻糖绕在木棍上，一圈一圈地扭动。大女儿站在锅边，等木棍上绕满了，伸出两只细细的胳膊，扯断父亲和糖锅之间的藕断丝连。小女儿往宽大的簸箕里撒上一层玉米面，张维贤将一团麻糖往簸箕里一甩，弯下腰喘了两口气，然后就笑。拍打拍打还温热着的麻糖，张维贤说这锅好，真好，姑娘们，你们看这颜色，多白啊！这白苞谷熬出来的就是比黄苞谷熬出来的强，颜色好不说，更甜呢！

吃完饭，张维贤给床上的女人抹了一把脸。坐在床沿边，他兴奋地对女人说："做了这样久麻糖，遇上一锅最好的了，等明天凝干了我抱来给你看，好白哟！味道也正。"女人笑笑，说是你手艺好。张维贤伸手摸了摸女人的额头，女人看上去很憔悴，脸色也不好，长久不见阳光，让她像一件易碎的白色瓷器。

等天气好了，我抱你出去晒晒太阳。张维贤说。女人摇摇头，说还是算了，我怕见光，刺眼，脑袋还会痛。再说麻糖出锅了，打麻糖的人该来了，怕碍着你，等把这锅麻糖打完了再说吧！

天还没有亮张维贤就起床了，先到糖房里看了看，麻糖已经凝好了,伸手一按,硬邦邦的。他从柜子里把打麻糖用的錾子、锤子和秤盘拿出来,先把錾子用布抹了一道,然后把家什整齐地摆放在条桌上。

推开门,张维贤拉条凳子坐在屋檐下,他对这锅麻糖充满了信心。现在,就等天亮了。

终于,天边出现了那轮破壳的蛋黄,耸动着从山背后爬上来。大女儿给张维贤打来一盆水,让他洗脸,张维贤一挥手,说等我喊完了再回来洗。

爬上村口的高坡,村庄还没有醒过来,还浸泡在一片耀眼的橘黄里。张维贤清了清嗓子,双手拢着嘴,对着村庄喊:麻糖出锅了!麻糖出锅了!

回来,两个女儿正往外搬条桌。抹了一把脸,张维贤端条凳子往桌子后一坐,锤子和錾子敲得叮当响,一脸红光地唱起了麻糖歌:

叮叮当,叮叮当,
麻糖香,麻糖甜。
走乡串户换零钱,
老人舔舔眉眼笑,
娃娃舔舔笑开颜。
麻糖香,
哄人家姑娘。
麻糖甜,
哄人家零钱。
叮叮当,叮叮当。

闺女蹲在水缸边给老娘洗衣服，一直歪着脑袋看着父亲笑。等张维贤唱完，大闺女站起来，甩甩两手的水，说爸，装粮食的箩筐你还没有准备好呢，难不成你是想把换来的粮食装进衣兜？闺女说完哈哈笑。张维贤脖子一直，慌慌点头说是是是，姑娘没白养，眼力见儿好呢！

日头慢腾腾地往上拱，热闷劲儿也越来越浓。顶着日头，身上很快起来了一层细密的汗珠，浸湿了衣服，粘在后背，难受得像揭掉了一层皮。

两个闺女倚靠在大门的两边，一会儿看看父亲，一会儿看看日头。

日头当顶了，麻糖匠成了一只油锅里的虾米。他坐在凳子上，左也不是，右也不是，最后实在坐不住了，腾地站起来，力气大了，把板凳都拉翻了。他也顾不得去扶翻倒的凳子，径直跑到院子外，伸长脖子往小路瞧。窄窄的道路上有蜻蜓在飞舞，热风摇着路边的蒿草，送过来一阵阵闷人的黏糊味儿。

没见过这样的情形，以往一嗓子，能把一个庄子喊得生龙活虎，此刻院子里早就人头攒动了。男男女女，老老少少，手里都提着一包粮食，眼巴巴地盯着麻糖匠叮当作响的锤子和錾子，生怕别人眼大肚皮小，一股脑儿把簸箕里面的香甜给敲打走了。见到有阔绰的，旁边人就大喊，留点儿吧，要甜大家甜。

张维贤坐在凳子上，眼睛死死盯着簸箕里的一大团麻糖。日头把他的影子从身前推到身后，最后瘦瘦长长地粘在檐坎上，如同一条抻细的麻糖。

夕阳西下了，没人会来了。夕阳下去了，明天还会上来，而他的麻糖，却永远不会有人理会了。他没有想到，一辈子最得意的一锅麻糖，竟然成了绝唱。

那一晚，麻糖匠张维贤坐在一轮孤月下，月光映着他面前的一团雪白，风轻轻地扬着簸箕里的豆面，像平地起来的一层薄雾。两个女儿坐在檐坎上，一直看着她们的父亲，她们的父亲仿佛陷入了沼泽地，正被一团柔软慢慢地吞噬。

忽然，张维贤拿起錾子和锤子，开始一小块一小块地錾麻糖，錾着錾着，月夜下起来了歌声：

　　　　叮叮当，叮叮当，

　　　　麻糖香，麻糖甜。

　　　　走乡串户换零钱，

　　　　老人舔舔眉眼笑，

　　　　娃娃舔舔笑开颜。

　　　　麻糖香，

　　　　哄人家姑娘。

　　　　麻糖甜，

　　　　哄人家零钱。

　　　　叮叮当，叮叮当。

一滴眼泪砸落在簸箕里，洇出一个规则的圆圈。

十五

林北起得比老鼠还早，踏上去小学的路上时，田里的蛙声都还依然嘹亮。黎明前的山野有湿答答的味道，鼻子一抽，就能含住一团清爽。

小学教员的心情很好，一路嘘风打哨。

到了学校，还不见人影。林北从黄挎包里取出来一张折叠好的塑料布，将塑料布展开，铺在空洞洞的窗框上比了比，用剪刀剪出一块正方形，找来一块断砖，从包里摸出几枚细铆钉，乒乒乓乓钉上了。太阳才冒出半个脸，两个教室的窗户已经钉完了。就剩一个教室了，林北站在操场上，得意地瞻仰了一下劳动成果。歇口气儿，在上课之前就能把一个学校钉得密不透风。

把剪裁好的塑料布铺上去，取下叼在嘴里的细铆钉，按好，举起砖头正准备敲打，身后忽然有人喊：

"林老师。"

林北转过头，熊老师正站在身后，腋下夹着一沓本子。

"哦！熊老师来了。"林北笑着招呼。

熊老师咳嗽一声，说林老师，先别忙了，我有个事儿跟你说一下。林北说不忙不忙，只剩两扇窗户了，等钉完再说吧！

"怕不行，这事有些急。"熊老师说。

林北回过身，把砖头放在地上。塑料布只有一颗钉子挂着，一放手，就斜掉下来，闪出一个大洞。

拍拍手，林北说啥事你说吧。熊老师说还是到办公室说吧。

一前一后回到办公室，林北刚坐下来，熊老师就端条凳子坐在他的面前，双脚并拢，两肩上抬，面部也绷得紧紧的，严肃得像开公社大会。

"嗯，这事啊，咋说呢？我啊！"熊老师样子很为难，报丧样的难以启齿。

林北笑笑，他从对面人的表情已经看出了一些端倪，他知道即将揭晓的肯定不会是好事，但如果是坏事，他不知道能坏到什么程度。

"你说吧，没关系。"

"是这样的，公社书记让我给你传达一个公社的精神。"熊老师模样很难看，咬咬牙，他接着说，"公社研究过了，不让你再上课了。"

"为啥？"林北猛然起身，对着传达公社精神的同志一声大喝。对面凳子上的摇摇头。林北情绪激烈，吼着喊："就算枪毙，也该有个罪名吧？这可不是运动那阵子，可以胡乱扣帽子、定罪名。"

"你不要激动，这是公社的决定，我只负责传达，我想，应该是那事儿吧！"

"啥事？"

"就是……就是那个事情。"

林北前倾的身子僵住了，像被冻在寒冬里一般。他的脸也由潮红变成了灰白，愤怒被抽空了，只剩下茫然。

屁股重新落到凳子上，林北怔怔地看了看对面的熊老师，然后他说，对不起，我不该冲着你吼的。熊老师嘴唇动了动，没说话。

林北站起来，拉开抽屉，取出属于自己的几本书塞进挎包，然后向门外走去，走到门口，他忽然转过身，从包里摸出一把细铆钉递给熊老师，说："教室窗户还没有钉完，天气要转凉了，得给钉上才行，要不娃娃们受不了，剩下的就烦劳你了。"

上课铃响了，操场上一阵喧闹。林北靠在墙后，他没有穿过操场，等到操场上安静下来，他才顺着墙根走出了学校。学校后面的山坡是片茶场，茶树修剪得圆滚滚的。林北坐在茶林里，目光穿过茶树之间的缝隙，正好能见到他的班级，可惜窗户给钉上了塑料布，看不见里面的面孔。窗户虽然钉上了，但没能挡住琅琅的读书声：

> 一只乌鸦口渴了，到处找水喝。乌鸦看见一个瓶子，瓶子里有水。可是瓶子很高，瓶口又小，里边的水不多，它喝不着。怎么办呢——

林北忽然喉咙一哽，他哭了，先是呜咽，继而号啕。就是被绑走的那天他也没有这样哭过。上一次这样的号哭，还是六岁那年，母亲怀疑他偷了家里的东西，痛打了他一顿，他才这样惊天动地地哭过。

哭完了，他就躺在茶林里，闭着眼，聆听学校里点点滴滴的声息。打完最后一道钟，喧闹渐渐散去了，天地一下陷入了无边的沉寂。黄昏急不可待地爬上来，温暖逐渐退去，凉意顺着脊背钻进身体，那一刻，林北觉得自己如同一具已经完全僵硬的尸体。

十六

一进傍晚，乡村就被惬意和舒适包裹住了。吃完饭，男人们趿着两片拖鞋，松松垮垮摇晃到晒谷场，找一片舒适的地头坐下来，卷上一支烟，云山雾罩地吸；女人们手里总有活儿，纳鞋底的，缝缝补补的，最抢眼的就是那些哺乳期的女人了，怀里搂个嫩薹薹，屁股挂在晒谷场边的石凳上，撩开上衣，拉出白花花的乳房就开始喂奶。男人们的话题总是宏大，真三国，假封神，说起西游笑死人之类的。肚子里有典故的，还会说些薛刚反唐啊、薛仁贵征东啊这样偏僻的古事。争论是难免的，诸如三打白骨精的顺序、三英战吕布的地点等，轻则面红耳赤，重则日妈肏娘。

等月亮上来，晒谷场就聚满人了，东一摊西一摊。娃娃们在大人堆里奔跑，笑声、骂声、喊叫声此起彼伏，倒是不远处的庄子反而显得冷清了。

胡卫国是踏着月光来的。胡卫国能顺利地混进人群，并成功躲在老得连自己三个儿子都不太分得清楚的秦二爷身后很久而不被发现，就是因为月亮的昏黑。月亮终究不是太阳，虽说都盘子样大小，光亮却差得远了。所以要把伟大领袖比作太阳，而不是月亮。如果不是胡卫国迫不及待地跳出来想冒充知识分子，他也不会被发现。群众的眼睛再雪亮，在两眼一抹黑的状况下还是会暂时分不清楚东南西北的。

当时讨论的是《三国演义》。东边一个说，论武功，吕布第一，接下来就该是关张赵马黄。大家都点头，表示通过。秦二爷身后忽然传来一声冷哼，一个声音阴阳怪气地说，不要忘记了，许褚和马超可是大战了一百多回合未分胜负的，还有典韦、张辽、徐晃，哪个是吃素的？

众人回头，一下全愣住了，灰白的月光映着灰白的脸。本来大家以为，暴露了身份的胡卫国应该灰溜溜走掉才对，可胡卫国不，他大马金刀地把枯朽的秦二爷一拨，掀出一个空位坐下来，对着众人一板一眼地说："说到讲三国，龙潭哪个敢和林北比？跟你们说，林北单独给我说过三国，算是嫡传了吧？所以我的这个才是正宗的。三国名将，光比干仗还不行，还要比带兵。说到带兵啊，就不得不说——"

给老子滚！人群中忽然有人说。

胡卫国把脑袋歪过去，说你说啥？我没有听清。

滚！滚蛋的滚！那人说。

凭啥？

凭啥？就凭你是个杀人犯。那人冷笑。

胡卫国把两条腿掰开，叉着胯，也冷笑："我还跟你们说，老子是进过班房的，日子虽说不长，但也算背了这个名分。没听过那句话吗，'不怕虎，不怕狼，就怕对方蹲班房'。就算我是杀人犯，能把我咋的？跟你们说，在班房里，老子是提起板凳跟公安干过的。"

又一个人冷笑："真是吹牛不上税，跟公安干？被公安干还差不多。"

胡卫国一下站起来，呼呼喘了两口气，气势汹汹地指着那人说："日你妈，有本事你起来，看老子不打你个红花朵朵向阳开。"

那人看了一眼胡卫国，没吱声。胡卫国一甩手，大踏步走了，走出去几步，就唱起了凯旋歌：穿林海，跨雪原，气冲霄汉——

等胡卫国走远了，那人才低声吼：有本事不要走，回转来，老子照样揍你个狗日的乌蒙磅礴走泥丸。有人就奚落他，说要不我把他给你喊回来。那人慌忙扯住说话人的衣袖，说算了，我怕揍死他。

胡卫国走了，一阵短暂的沉默后，大家渐渐舒展开来，笑声又起来了。

生产队长萧明亮躺在床上，晒谷场上的笑声不时撞进屋来，撞得一盏油灯忽明忽暗。老太婆还保持着刚成亲时的习惯，轻易不出门，更不去晒谷场，她听不惯喷粪样的玩笑，总是床上那点破事儿。想想，老得连脱裤子都费死天力了，哪还有富余力气干那些闲事。生产队长喜欢老太婆这习惯。在乡村，女人喜欢乱串，叫摆寨，是个贬义词，好多是非都是摆寨摆出来的，还有摆到其他男人床上去的呢！萧明亮盯着他的老太婆，和刚结婚那阵子一个样儿，正在油灯下一针一线地走。老太婆纳鞋底的功夫好得很，密密匝匝的，鞋帮都烂掉了，鞋底照样硬实。

"公社把林北的小学教员给抹了。"萧明亮忽然说。

呀！老太婆一惊，把针从脑门上拿下来，看着萧明亮问："为啥呀？"

"还不是那事儿。"

"那事不是过去了吗？咋还这样呢？"

"过去？怕是一辈子也过不去了。"

唉！老太婆长叹一声。把缝衣针别在鞋底上，她幽幽地说："造孽啊！听说张维贤熬了一锅麻糖，一块都没有换出去。"

萧明亮翘起身来，斜靠在床头，他正色地问："你说，三个人之中，有一个是坏人，有两个是好人，是该把他们都往好人里头扒拉呢，还是都往坏人里头扒拉？"

"好人有两个，占大头，我看该往好人里头扒拉。"老太婆说。

"可这样就便宜了那个坏人。"萧明亮心有不甘。

"按你这样说，都往坏人里头扒拉，那不是可怜了两个好人。"

"日他娘的，复杂啊！比结算一年的工分还要复杂。"萧明亮一声长叹。

不是所有人都像生产队长那样为难，他们用行动证明着自己归类得简单明了。

走在路上胡卫国就想好了，回家烫一个脚，灌二两酒，唱三首歌，然后就睡觉。胡卫国的理想很朴实，他憧憬过，等共产主义了，他也要奢侈一回，烫脚的水里得加几片生姜，喝酒每次半斤，睡觉得有床印着牡丹花的被子。

爬完一个斜坡，月亮隐到云层里去了，道路变得影影绰绰。不过还好，拐个弯就能到了。拐弯的当口胡卫国果断地打乱了回家后的安排，还是先喝酒，唱歌和泡脚一并完成。云层很厚，道路变得更依稀了，只有些模模糊糊的白。刚拐进弯道，胡卫国就什么都看不见了。一个麻袋兜头罩下，接下来胡卫国听见了噼噼啪啪的捶打声。从敲打的声音和疼痛的程度，胡卫国感觉击打他的凶器有锄把，有脚杆，对了，还有扁担。击打很有力，是敌我矛盾的打击法。胡卫国忽然觉得，泡脚和喝酒变得很遥远了，他很后悔，出门前应该先喝上二两的。

十七

　　天刚亮，赤脚医生萧德学打开门，看见院子的草堆里睡着一个人，血糊糊的，一动不动。仔细看，一条血线往外延伸，血已经凝固了，死黑色。萧德学是见过大阵仗的人，剿匪那阵子，他给解放军当过临时医护，断胳膊断腿见得多了，所以他没有慌。他先把披着的衣服穿好，才慢慢靠过去。草堆里的人面朝下扑着，只见着一个鼓鼓的后脑勺。萧德学并起两指，搭在耳根下探了探，然后站起来朝屋里喊：娃儿他妈，起来看稀奇了。

　　女人套着个肥嘟嘟的汗衫出来，站在大门边伸了一个懒腰，伸到一半就僵住了。半天，女人才像烤化的蜡像，两手垂下来，她问：死了？

　　萧德学站起来答：还有一口气。

　　谁啊？女人又问。

　　萧德学翻烙饼样地把地上的人翻转过来，转来转去打量了好一阵子才笑笑说："原来是他。"

　　女人跑过来，仔细看了看也笑："都成块血豆腐了，不是不报，时候未到啊！"

　　"你去通知萧明亮，我看着。"萧德学说。

　　女人睐了一眼男人："莫非你想救他？"

　　男人白了一眼女人："废话多，让你去你就去。"

　　女人甩着两扇屁股跑远了。萧德学蹲下来，给地上的把了把脉，眉头就蹙起来了。他先伸手把胡卫国的衣服解开，然后把裤子褪到膝部。

　　生产队长跑来院子，赤脚医生正坐在大门槛上看朝霞，满面的红光，像个镀金的乡下菩萨。

"你狗日的闲心还好呢！"萧明亮骂。论辈分，萧明亮是萧德学的叔。萧德学笑笑，指着天上的太阳说："二叔你看，太阳带晕了，雨水怕是要密集了。"

萧明亮没有理会他，径直过去蹲下来，看了看转头问："死了？"

"差不多！"

"死了就是死了，啥叫差不多？"

"如果不马上救他，他就完蛋；如果救得及时，他还有缓过来的可能。"

萧明亮叹气："谁干的？"

萧德学也叹气："谁都有可能。"

萧明亮抬起头，眼睛顺着血痕看过去，站起来叹了一口气说："狗日的是拼着最后的气力爬过来的，看样子是不想死啊！"然后他转过头问萧德学："咋个才能救活他？"

"这个模样，要下血本，需要的家什都是宝贝。"

"哪些宝贝？"

"他这模样，首先要护住心，准确地说要护住心包，心包是心脏最重要的部分。打个比方，龙潭是个心脏，生产队长就是心包。"萧德学笑笑，接着说，"中医祖宗把心包比作宫殿，所以又叫心宫，像他这样严重的外伤，需要下药让心包不至于移位。"

萧明亮有些不耐烦，嚷着说："不要和我念磕嘴经，老子懂不了那些弯弯绕，就说需要啥子药吧！"

"牛黄、犀角、黄连、黄芩、生栀子、朱砂、冰片、明雄黄、郁金。"一口气数完，萧德学斜着眼看着萧明亮，"少一味都不行，哪样不是金宝卵？"

萧明亮倒吸一口气，他挠挠头说："犀角这一味最金贵，穷乡僻壤哪里有？看来狗日的是死定了。"

"也不一定。"赤脚医生叉着腰看着地上的活死人说，"我试过，可以用水牛角代替，药效几乎不受影响。"

这个时候，赤脚医生的院子里已经聚满了人，三三两两聚成一堆一堆地说着悄悄话。最后，刘老把和刘小把父子俩也来了。小把扒开人群，过去瞧了瞧地上的胡卫国，还伸出脚踢了一下地上血糊糊的脑袋，地上的修养好得很，一点声息没有。报应啊！老把仰天长叹。

赤脚医生过来了，对着众人喊："来两个汉子，帮我把他抬到屋里去。"

院子里安静了下来，大家都看着萧德学，但是没人动。萧德学又喊了一声，还是没人动。萧明亮站出来，伸手按图钉样地点了三个汉子，说你们过来帮忙。

三个人还没站出来，刘小把先站出来了，他横起袖子在鼻子上一拉，问："想干啥？"

"干啥？救人！"萧明亮说。

刘小把脑袋一偏，吼："杀人犯你们也救？"

萧明亮还没开口，人群开始骚动起来，有声音大的："管他搓球，成龙上天，成蛇钻草。"

赤脚医生往前两步，蹲下来捞住胡卫国两条胳膊，准备将他立起来。

刘小把忽然冲上来，抽出一把明晃晃的篾刀，对着萧德学喊："今天我刘小把放句话在这里，谁要敢救这天杀的，老子活剐了他。"

萧德学抬头斜了一眼刘小把："你公社书记啊？"

有人上来劝赤脚医生："这种浑人，不值得，就当他被枪毙了。"

刘小把红着眼，怒火冲天地盯着萧德学。怕儿子嘴上无毛，办事不牢，刘老把带着几个亲戚也气势汹汹地加入了进来，捞脚挽手地站在刘小把身边，像往一架熊熊燃烧的火堆上添了几根干柴。萧德学站起来，左右看了看，然后他低沉着对众人说："我萧德学是个医生，眼睛里只有活人和死人，没有好人和坏人。我今天也放句话在这里，胡卫国我救定了，谁要敢阻拦，就试试。"

刘小把篾刀一横，两眼喷火："你是不是想试试我这篾刀快不快？"

萧德学朝人群喊："娃儿他妈，我要铡药了。"

女人应一声，转进耳房，一转眼又闪出来，噔噔噔跑到赤脚医生面前，两手一伸，把一把两尺来长的铡药刀递了过去。萧德学接过铡刀，刀锋朝上，伸出拇指轻轻横在刃口刮了刮，有轻微的嗞嗞声，仿佛寒风掠过发肤。庄稼人都知道，这是属于锋利的声音，磨刀的时候，都用这种方式测试刀锋。

"耍狠是不是？老子提着铡刀砍土匪的时候，你还不晓得在哪个偏坡等投生呢！"萧德学的声音和手里的铡刀一样锋利。他一挥手，对着女人和队长喊："过来帮我一把。"

萧明亮扒开人群，过来对刘小把吼："收起你那根烧火棍。"扭头又对刘老把吼："你刘家父子难道想农民起义？惹火我了，一并给他妈的专政了。"

"桂花不能白死了呀！"刘老把又伤心了，眼泪突突地冒。

赤脚医生的老婆和生产队长一头一尾把胡卫国捞起来，跌跌撞撞往屋里去。刘小把大喊一声，扬起手里的篾刀就往前冲，刚冲出两步就被拽住了，回头刚想翻脸，一看是他爹。眼泪花花的爹，两手拽住他的衣服，一字一顿地哀叹："算了，这天下都成坏人的天下了。"

萧德学提着铡刀站在大门口，俨然转世做了赤脚医生的关公。

人群慢慢散去，往院子里丢了一地的冷嘲热讽。

"晓得的是杀人犯，不晓得的还以为是他萧德学的亲爹。"

"这样下去，这寨子迟早要成土匪窝。"

"救得活一次，总救不活他一世。"

十八

龙潭的冬天总有几拨像模像样的雪，不仅来势凶猛，持续时间也长。被皑皑白雪抹去容貌后，天地间就见不着人迹了，只有逼眼的煞白。庄稼人的冬天是惬意的。围着火塘，丢一把玉米在火塘沿边，噼噼啪啪炸开一粒粒的玉米花，夹起来，吹吹灰尘，丢进嘴里，就能嚼出满嘴的清香。倒是老人们，冬天总让他们忧心忡忡，万物凋零了，入眼的残败如同即将走完的人生，触景生情，只剩下忧烦和缄默了。好多身有疾患的老人，多数都在冬天离世，天气的恶劣不是主要的，要命的是一望无际的凋敝。

火塘上的药罐咕嘟嘟翻腾，盖子是片厚纸板，上面还插了一根筷子，药沫从罐沿溢出来，把火焰浇成了黄色。林北小心翼翼地把药倒进碗里，放到窗台上，轻轻把窗户推开一条缝，风就涌了进来，吹得碗口的热气四处飘荡。里屋传来了老娘的咳嗽，咳嗽声很虚弱，像一星即将到头的烛火。林北折进屋去，把被窝给老娘掖好，刚想转身，老娘一把抓住他的手，老娘的手有透骨的冰凉。林北转过去看着老娘，老娘想说话，但发不出声，只是喉咙里有咕咕的声响。林北把耳朵凑过去，他听得很努力，但是依然听不明白老娘的话，他只能一个劲儿地点头，点了两下头，林北眼泪就下来了。他清楚，老娘怕是挨不过这个冬天了。

老娘的病来得让人猝不及防。公社抹掉林北的小学教员后，林北只能扛着锄头下地挣工分。站讲台的时间长了，让他的庄稼把式很不成模样，脸红筋胀努力一天，也只能挣得七八个工分。想想站在讲台上的日子，文绉绉一天就能挣满满的十二分。这不是要命的，要命的是没人愿意和林北站在一块田土里干活，男男女女离他远远的。休息的时候，远远一群人说说笑笑，只有他，一个人孤零零坐在土坎边。无聊了，扯根茅草放进嘴里嚼，嚼得满嘴的清苦。收工回家的林北没有话，从早到晚都显得凄凄惶惶。老娘就劝他，说人是三节草，三起三落才到老。林北就叹气，像被人扔进了见不到底的深渊，下落，一直下落，就是落不到底。悲伤很快传染了，渐渐老娘也跟着叹气，接着就病倒了，进入腊月，连说话都困难了。

赤脚医生萧德学来看过几次。最后一次是四天前，搭完脉，萧德学就下判决书了："回天无力了，准备后事吧！"萧德学走后，林北一个人蹲在屋檐下，看着天地间的一片惨白，痛哭了好长时间。爹死得早，他没什么印象，如今老娘也要走了，就剩下他一个人了。

老娘是腊月十九落的气。这个时间林北一直守在老娘床前，让林北惊奇的是，老娘落气前的回光返照很是振奋和清晰。夜晚，一直昏睡的老娘忽然两眼一睁，一把抓住林北的手，口齿清楚地对儿子说："幺儿，我要走了，你爸都等我好久了，这头实在容不下你了，你就早点过来。"那一夜，林北抓住老娘的手一直坐到天亮。鸡叫了，林北把老娘搬到堂屋停放完毕后，雪又开始下了。

搓根麻绳系在腰上，林北开始挨家挨户地请人。龙潭有这个规矩，家人离世了，孝子要挨家挨户请人帮忙安葬，磕一个头，抹一把泪，人家就会把你扶起来，说一声节哀，扛上桌子板凳就往你家来了。

踩着厚厚的积雪，林北挨家挨户跪了一通。情形都差不多，跪在院子里喊一声，屋里出来一个人，斜着眼看看跪在雪地上的人，转身折进屋去了。还是有心软的，看见林北腰上那根麻绳，四下张望一番，才点点头说知道了。

最好的待遇是在生产队长和赤脚医生家，两个人都过来把林北扶起来，都叹了一口气，都拍了拍林北的肩膀，都表示马上就过来。

经过刘老把家门口，林北没敢跨进去，留下几个凌乱的脚印，一直往前去了。

回到家，林北先给老娘点上一盏过桥灯，跪在地上烧了一沓纸钱，然后坐在门槛上，定巴巴地看着蜿蜒远去的那条胖乎乎的小路。

赤脚医生先到，肩上扛了一张桌子，接着是生产队长，腋下夹了一条板凳，再接着就是几个沾点亲带点故的了。

几个人坐在屋檐下，没人出声，静静地看雪花在天地间翻卷。一直到黄昏，生产队长才站起来，扭扭硬直的脖子说，估计没人会来了，不管如何，得先把道士先生请进屋。

丧事和节气一样萧索，人手不够，不敢葬得太远，在屋后随便挖了一个坑，几个人连拖带拽才算把林北老娘落了坑。

十九

好多年后还有人说，那场大火啊，烧得那叫妈的一个干净！

正值三伏，烈日早把一草一木都晒得干脆了，放个屁都能震出一阵烟来。那些黄得透骨的干草，仿佛放进手里一搓，就能握住一把火。这样的节气，正是火神革命热情高涨的时候，稍一疏忽，就还给你一个干干净净。

忙活了一天的生产队长光着身子躺在篾席上，烙饼样地翻了十多个来回，都没能睡过去。倒是队长家属耐得住暑气，四仰八叉躺在一边，鼾声气势恢宏。队长暗暗骂了一句，翻起来走到院子里。没有风，依然闷热，队长跑到水缸边，舀瓢凉水灌下去，才算有了半丝惬意。反正睡不着，萧明亮干脆拉条凳子坐在院子里，瞪着一轮月亮摇扇子。

远处有狗叫，断断续续的，接着就有了火光。开始萧明亮以为是烧山灰的，自从高举广积肥促生产的旗帜以来，家家户户烧山灰，这活儿轻松，一背篓山灰就能换回三天的工分，所以社员们积极性高涨。

慢慢地，萧明亮发现，远处的火光有些不对劲，半个庄子都染红了。他猛地立起来，踮起脚尖往起火的地方看。看了一阵

256

他明白过来了，转身冲进屋子，对着老婆子喊，起来，快起来，有人家烧起来了。

老太婆翘起来，迷迷瞪瞪地问，烧了，谁烧了？

萧明亮吼，我先过去看看，你快起来喊人，挨家挨户喊，要快。说完跑出去，跑到院子边又折回来，从水缸边捡起洗脸盆，往火光冲天处跑去了。

离近了，萧明亮才看清楚，起火的是麻糖匠家，半边茅草屋已经被舔干净了。远远地，热气就扑面而来，呛得人一阵眩晕。

队长红光满面地站在院子里，看着上蹿下跳的火苗，队长平生第一次感觉到无助和渺小。冲到水缸边舀了一盆水，端着水呆呆看着噼啪炸响的房子，他不知道该往哪里泼。最后，他怪叫一声，狠命把水抛上屋顶，一道水亮的弧线钻进火苗，连声哧响都没有，仿佛往奔腾东去的大河里撒了一把泥土。

几步跑到屋后的土坡上，萧明亮扯着嗓门对着庄子声嘶力竭地大喊：快来人，起火了。喊了好久，一个庄子死去了一般，见不到半个人影，一直喊到喉咙发痒，才看见有人从远处跑来。队伍规模小了点，六七个人，但齐整，老中青三代都有。跑在最前面的是赤脚医生萧德学，尾巴上是萧明亮的老太婆，每个人手里都提着一个脸盆。

麻糖匠媳妇做了一个梦，梦见自己在溪水边洗衣服，河面很宽，两岸有山，很高的山，捣衣声在两岸之间清脆地回响。蹲在河边淘洗衣服的时候，不小心，一件衣服跟着水流漂走了，女人慌忙跳进水里，弯着腰去捞那件衣服，老够不着，她往前探了一步，脚下一滑，水就到脖颈了。女人慌了，拼命往岸边爬，刚要跑到岸边，女人惊奇地发现，河水忽然变得滚热，还黏糊糊的，像一锅面汤。女人惊叫着举起双手，令她更惊惶的是，高举着的两只手成了两副可怖的骨架。

女人在惊叫声中醒来，睁眼就看见了头顶上耀眼的火光。她掐了掐脸，生生地疼，这不是梦了。她就大声喊张维贤和两个姑娘的名字，喊了两声她就沮丧了，她的麻糖匠四天前就背着骗匠箱子出门了，两个姑娘去娘家那头吃喜酒去了。本来两个姑娘商量，让姐姐去，妹妹在家照看老娘，可她不依，让两个姑娘都去。她有自己的想法：一是路途遥远，两个人一起有个照应；二是这些年两个姑娘只能在家照顾自己，她想让她们出去透透气。反正就一天工夫，她让姑娘们把吃的用的给她放在床头，还吩咐她们放心去耍一趟。

女人没有惊慌失措，她看了看火势，应该是从左边的偏房开始烧起来的，堂屋还没有完全燃着，只要快，还有逃生的机会。女人咬着牙把两条腿搬到床沿边，闭着眼费力一滚，扑通一声砸落在地上，落地很实，疼得她眼泪都下来了。稍微缓过气，她就开始朝门边拼命地爬，爬进堂屋，她四下看了看，高兴了，堂屋还没有烧起来，呼吸也顺畅了许多。又歇了一口气，她终于爬到了大门边，双手抓住大门的底端，只需要轻轻一拉，她就能逃脱劫难了。

女人没能拉开那道门。

她开始大叫，门被她砸得砰砰乱响，努力了一阵，徒劳无功。女人反而安静了下来，她艰难地翻过身，靠着大门，看着火势一点一点把堂屋吞噬掉。烟雾从四处涌来，很快就什么都看不见了，只有耀眼的红光。

生命快到尽头的时候，女人彻底安静了下来。她有些后悔，后悔没有把那件白色的的确良衬衫给穿上，那是张维贤给她买的，她嘴上说费钱，心里却喜欢得不得了，做好都快半年了，她还一次都没有穿过呢。

浓烟夺走她意识的最后一刻，她看见张维贤牵着两个姑娘站在她面前，一直咧着嘴大笑，笑得没规没矩的。

几个人站得远远的，火光映着他们的脸，表情都被火给烤化了，流汤滴水。

他们努力过了，水缸里的水空了。赤脚医生萧德学全身湿漉漉的。冲进院子，他先跑到水缸边往身上浇了一盆水，然后低着头就往火里冲，冲了三次都被火苗给逼了回来。

晚了，太晚了。萧德学看着开始垮塌的房屋叹气。

不知道屋子里有几个人？生产队长也叹气。

几个人就这样看着，他们先是站着，然后坐着。一架屋子噼里啪啦地烧，一直把天边烧红了，烧得一轮红日喷薄而出，火才彻底熄灭了，只剩下一摊难看的焦黑和袅袅飘荡的青烟。

萧德学走近那片黑色的废墟，大门还嵌在门框上，虽然已经乌黑，但还能看到门从外面给扣上了。萧德学高兴了，朝着院子边大声喊：屋里没有人。

几个人跑过来，萧明亮眨着血红的眼睛问，你咋晓得没有人？

你看，萧德学指着大门说，门从外面给扣上了。

萧明亮点点头，伸手推了推大门，没推开。

一个小年轻喊，退开，然后飞起一脚，大门轰然倒下。

老太婆看见门板下露出的那条焦黑的人腿，当场就哭了，她跑到院子里，把手里的盆子往地上一砸，哭得更伤心了。

生产队长用脚踢了踢摔落在地上的门锁，黑着脸说："火是从外面烧起来的，下手的人把门都扣上了，看样子是不想留活口了。"

此刻，在五十里外的赵家堡，重新捡起骟匠行当的张维贤刚开始今天的第一单生意。一头五花大绑的猪崽被按在他的脚下，鲜嫩的阳光照着张维贤笑吟吟的脸。他从箱子里取出骟猪刀抹了抹，主人家端来一盏油灯，骟猪匠把刀子放在火焰上过了几道，一只手捞起猪崽的两个蛋蛋，骟猪刀轻轻一划，一抹，一带，一扣，就攥住了两粒雪白。把两颗蛋蛋递给主人家，张维贤呵呵笑着说，加一把芹菜，就能炒一盘味道鲜美的猪卵蛋了。

缝合完毕，洗净手，张维贤接过主人递来的一块八角钱，把箱子往肩上一甩，说好了，圈里头的从今以后就只能一心一意长肉了。

走出不远，张维贤取出铛铛，小木棍一敲，声音脆脆的，当当当，当当当。

　　骟猪匠，走四方，
　　晒太阳，敲铛铛。
　　你家猪儿不长膘，
　　快快请我来帮忙。
　　一刀割掉俩蛋蛋，
　　过年猪油一水缸。

萧明亮铁青着脸，背着手，从石板路上嗒嗒地走过。愤怒让他的脸都变形了，怒气沉积在胸口，像塞了一把干谷草，他吞吐不顺畅了，嘴大大张着，胸口的积郁就是排不出来，终于，龙潭的生产队长发蛮了。

他狠狠地踱到晒谷场，往空荡荡的坝子中间一站，一手叉腰，一手指着不远处的寨子，背着一轮朝阳开了黄腔。

哪个狗日的干的？有本事你站出来，我骗了你个猪日的。还有你们这些男男女女，都给老子听好，你们不配在这地头吃喝拉撒。装睁眼瞎是不是？自古以来，遇火泼水，就算遭火的是你杀父仇人，都得先救火对不对？现在好了，杀人犯房子烧光了，婆娘也烧成炭棍棍了，恶有恶报了，你们心头安逸了，世界太平了。你们这些烂贱货，良心都让狗吃了。老子日你们先人板板，老子日你们先人板板，日一百遍、一千遍、一万遍。

寨子里头有担着水桶往水井去的男人，听见晒谷场的叫骂，侧着耳朵听了听，快着步子跑远了；还有起来打扫院坝的女人，刚把一堆腌臜拢成一堆，晒谷场的咒骂随风飘来，听不多久，扔掉手里的扫帚，慌慌地逃进屋里去了。

萧明亮站着骂，走来走去骂，最后坐下来骂。一直把太阳从身后骂到头顶，他都还在骂。

最后，萧明亮哭了，嗡嗡地啜泣。一只蚂蚁从他脚边爬过，他愤愤低下头，一泡浓痰就把昂首挺胸的蚂蚁给水葬了。

二十

又到薅头道苞谷的时候了，从龙潭山顶放眼望去，半边山坡全是昂扬的战天斗地。锄头飞舞着，铲起漫天的尘土，和尘土一起飞扬的，除了鼓声，还有整齐的号子。

日出东方啊！嗨嗬！

照亮四方啊！嗨嗬！

拓土开荒啊！嗨嗬！

颗粒归仓啊！嗨嗬！

哎哟喂，哎哟喂。

这样动人的劳动场面中，总有一个不协调的音符，一垄过去，又一垄过来，他都一如既往地坚守在最后。他也不是不努力，瞪着眼，流着汗，抖着腿，但锄头不听使唤，没有高明的庄稼把式的从容潇洒，有的是拘谨、笨拙，慌不择路。还会串垄，薅着薅着就薅到别人的垄沟里去了。最要命的是铲苗，铲苗又叫断根，是专指那些生瓜蛋子在薅苗的过程中，把幼苗给铲掉了。生产队对铲苗有严格的控制，薅一天苞谷，如果铲苗超过五棵，这一天你就白干了，一个工分没有不说，还得给你记一次红叉。一年累计红叉到了十个，年终你卵毛都别想分到一根。

刚进午后，转行后的乡村教员已经铲掉了三根幼苗。第三根本来可以避免的，他已经把这棵可怜的苞谷苗伺弄好了，草也除了，土也松了，护苗的土坯也刨好了，于是他拖着锄头走向下一棵，刚在下一棵幼苗前站好，后面传来一声咳嗽。

咳嗽声是刘月仙发出来的，她的咳嗽能让人魂飞魄散。刘月仙是生产队的记分员，手里端着一个红本本，红本本上统帅和副统帅一起站在城楼上挥手。副统帅摔死后，记分员很悲愤地把瘦精精的副统帅脑袋给挖了一个黑窟窿。

林北转过头看着身后的女人。每次看见她，林北都会惊奇。他弄不明白在粮食这样精贵的岁月里，这个女人是如何把自己喂得一肥二胖的。他仔细观察过，女人身上的油膘都是货真价实的，绝不是营养不良凸起的浮夸。她胖得很踏实，步子稍微大一点，竟然有了颤巍巍的富态。不幸的是，女人的脸很小，还有密集的雀斑，像是不负责任地往上面撒了一大把黑芝麻。这样，庞大的身躯和狭窄的面孔形成了让人惊恐的反差。不过，女人让社员们惊恐的倒不是这种反差，而是她手里那支龇了舌头的灌水笔。

在很多社员心里，记分员的权力在生产队长之上。所谓县官不如现管，别看生产队长平时总是牛皮哄哄地叉着腰指手画脚，可都是虚的。记分员呢，一笔下去就能决定你吭哧吭哧干一天，甚至干一年的收成。女人能得到这个高贵的活路，缘于她有个高贵的亲戚，公社书记是她表哥。展示自己和公社书记的关系，成为女人生活和劳作中极其重要的部分，甚至都成了她表述某件事的前缀，格式是这样的：我表哥跟我说——

林北看着刘月仙，刘月仙也看着林北，四目相对，林北有了一个激灵。女人眼睛很小，却光芒四射，仿佛沙漠里饥渴的旅行者突然看见了一弯绿洲，又像是常年饥荒的庄稼汉发现了一块可供耕种的肥土地。林北本能地躲闪了一下，想避开女人黏稠的目光，但女人的目光依旧热辣辣地跟了过来，甩都甩不掉。

"心虚了？"女人说。

林北慌忙摇头。

女人指着林北屁股后面说："自己看。"

林北慌忙转过头，脸一下就白了，刚刚薅完的那棵幼苗，被拖着的锄头齐根拉断了。

"我不是故意的。"林北急忙说。

记分员诡谲地笑："我表哥跟我说，要随时提防坏分子对大好

263

形势的破坏。你要是故意的，罪就大了，那就不是画个叉叉这样简单了，怕就该扭送公社了。"

我……我……我……林北笨嘴拙舌，讲台上的口若悬河都让狗吃了。

女人昂首挺胸，一副公事公办的架势，本本一翻，林北一眼就看见了自己的名字，名字后面有两根细黑的棍子，一横一竖。女人计分用"正"字，挖断一根一横，再挖断一根一竖，好多英雄汉，在这一横一竖间连大气都不敢出。女人横着画了一道，笔尖龇开了，没出水儿，女人恼怒地甩了甩，还是没出水儿。林北跨上前，从衣兜里掏出自己的珠江牌钢笔递过去。女人有了短暂的惊讶，把笔接过去，迟疑了一下，然后她似笑非笑地看着林北，模样儿很怪，仿佛面前的落难秀才没有穿衣服似的。

上上下下暧昧地打量了一番面前的小伙子，女人才歪歪扭扭地问："记，还是不记？"

林北嗫嚅着。"说啊！"女人双乳一挺，歪着脑袋说。笑了笑她接着说："林老师，你说不记就不记，我听你的。"

在林北印象里，这个女人不是这样的。还站讲台那会儿，林北和刘月仙偶尔路遇，她都会礼貌地喊一声林老师，不歪脑袋，不挺胸脯，喊得贤惠，喊得敞亮，哪像现在这种肉包子打狗的喊法。

林北怔了怔，往后退了一步，冷冷地说，你记吧。

女人嘴角一拉，扯出一线冷笑，果断地在笔记本上狠狠地添了一横。

把钢笔递回来，女人凑过来悄声说：你这笔真好使，不晓得下面那支笔是不是也一样好使？说完哈哈大笑。

林北面红耳赤，不敢接话，把笔装好，慌忙转过身继续薅苗。

收工的时候，夕阳已西沉，留一把绯红在天边。林北坐在山梁上，收工的社员们有说有笑，迤逦在山腰那条狭窄的松林小道上。

收工前，林北成功挖断了今天的第六根苞谷苗，不仅白忙活了一天，还多了一个红叉。已经第八个红叉了，再努一把力，就能成功地白干一年了。

林北呆呆地看着天边，那片绯红仿佛很远，远得是那样地虚无；又仿佛很近，近得一伸手就能捞一把绯红在手里。还有残留的霞光，从山那边笔直地投射出来，刺透云霞，荡开耀眼的漫天血红。

扯一根青草放进嘴里，林北慢慢咀嚼。林北喜欢这种草的味道，丢一根在嘴里，苦、酸、甜接踵而至，最后融合成一种说不清道不明的混乱。草的名字叫铺地叶，烂贱得很，立春后，就能漫山遍野铺开一片嫩绿。一直到第一拨雪来临，其他的花花草草都枯黄了，只有铺地叶还在咬牙坚持。所以龙潭的冬天不是决绝的萧索和残败，放眼望去，山前山后都还能觅到一些生命的顽强。林北尝试了多种野草，还是铺地叶好嚼，还好找，随便一坐，一抓，都能握一把在手里。

嚼完最后一根，林北站起来，把锄头扛在肩上，往山下去了。

下完坡，就是龙潭的松林了，被太阳炙烤了一天的松林，此刻正散发着幽幽的松香味，跟着晚风一阵一阵荡过来。一只松鼠鬼头鬼脑地从树后跑出来，在厚厚的松针上抬起前爪看着林北，林北蹲下来，也看着松鼠。

林北想找块石子吓一吓小松鼠，低着头四下环顾，他没有看见石子，却看见了一对帆船样的大脚。

林北猛然立起来，然后他看见了硕大的身躯上安放着的那颗微型脑袋。

刘月仙的目光是炽烈的，甚至是急切的，像一九六〇年的饿殍看到了半斤肉包子。

"我一直等着你。"

"等我干啥？"

"我不绕弯弯了，我喜欢你，从好久以前就喜欢你了。"

"说话注意些，你是有男人的人了。"

"我表哥跟我说过，我男人配不上我。"

"对不起，我要走了。"

"我可以给你重新记工分，要不你一年就白忙活了。"

"我不需要。"

"你还想不想站讲台改本子？"

迟疑了一下，林北肯定地答复："不需要了。"

说完他提起锄头往前走，女人一迈步，一道肉墙横在面前。

"你敢走我就敢喊。"

"喊啥？"

"说你要强奸我。"

"就你？谁相信？"

"都会相信，不要忘了，你是杀人强奸犯。"

"胡说八道，我不是。"

"已经是了，龙潭人都认为你是，我只要一喊，你就更是了。"

林北像一朵枯萎的花，他缩着脖子问："为什么要这样干？"

"以前，龙潭哪个姑娘的眼睛不在你身上？就算有了男人的，谁在心里不跟你野一回？那阵子像我这样的，想都不敢想。

现在好了，你在龙潭早就成泡臭狗屎了，可我不嫌你，我不管你是不是杀人犯，我就想跟你野一回。"

让开，林北大吼。女人斜着眼说，你敢迈出一步，我就喊。

林北左脚迈出。

"来人了！"声音高亢激越，惊起一林飞鸟。

林北蹲下来，伤心地哭了。女人懂事地弯下腰安慰林北，说你不要哭了，倒像是受了多大委屈样的。我跟你说，要不是我一直惦记你，这地头谁会嫁给你，只怕你到死那天也不知道女人是啥子味道呢！我不嫌弃你，你倒嫌弃我了。

女人伸出胖乎乎的手，拉着林北的手说，来吧，跟我来，地方我都找好了，松针好厚的，软和着呢！

那个迷人的黄昏，天地在林北的眼里完全褪色了，那些曾经的骄傲和美好，在女人起起伏伏的姿势里被一点一滴地抽取了。女人的汗水滴落在他苍白的脸上，砸得他钻心地疼。他突然发现，一切的憧憬原来都是虚幻，虚幻得像天边的一抹云，眨眼间，就被扯得七零八落。他侧着头，不敢看女人扭曲变形的脸。一只松鼠从树后跑出来，探头探脑，还抬起前爪抹了抹脸。最后，女人起来了一声酣畅的尖叫，吓得松鼠掉头就跑。林北不知道，这只松鼠还是不是刚才见到的那只，它们的模样太像了，一样的毛色，一样的尾巴，一样的表情，一样的自由自在。

二十一

迷人的乡村夏夜，田地里蛙声一片，白亮亮的月光铺开一地，还有风，能把每一个毛孔都吹开。进入下夜，晒谷场上的喧闹逐渐散去了。男人女人走在回家的路上，走出去很远了，环顾一下左右，发现娃娃们还在晒谷场追逐，就扯起嗓子吼：挨千刀的，还不快点回家，晚了看不打断你的狗腿。奔跑着的娃娃就停下了，把小路上远去的咒骂声听真切了，像是真怕狗腿被打断，就往回家的小路跑去了。

最后，晒谷场只剩下一地清寂的月光。

三个人散落在晒谷场上，离得远远的。

这片地头只有下半夜才属于他们，人声鼎沸的场景在他们的记忆里已经模糊了。

最先来的是胡卫国。他瘸了一条腿，高高低低地从昏黑里走来，找一块石磙坐下来，接着就是断断续续的咳嗽声。赤脚医生萧德学救活了他一条命，但没能保住他一条腿，从床上下地后，龙潭在他眼里就变得高低不平了。农活是干不了了，萧明亮就对社员们说，还是要废物利用，让他去守水库，每天能挣个半大娃娃的工分。虽然只有成年人的一半，还是勉强能活命了，只是烧酒没的喝了，连肚子也只能混个囫囵饱。

张维贤离他不远，背靠着炕房，缩在一片阴影里，得仔细看，要不你都发现不了。张维贤的新家就在晒谷场不远处的土坡上，一个松枝搭成的窝棚，刚搭成那阵子老漏雨，萧明亮批了几捆稻草给他，加盖了稻草，紧凑多了。房子烧掉以后，他把两个姑娘分别送到了两个姨妈家。一个人住在窝棚里，他觉得还算踏实，就是做饭不太方便，露天的，坛坛罐罐都在窝棚外，逢上落雨，就只能饿肚子了。除了房子变窄了，张维贤话也变得少了，有时候半个月没有一句话，下地就埋着脑袋干活，干完了埋着脑袋回家，回了家埋着脑袋睡觉。他发觉自己脑袋越来越重了，脖子越来越酸了，走路都只能盯着脚背了。

晒谷场边有几架风簸，风簸是用来扬稻谷的，一人来高，顶上一个大豁口，底下两个出谷口。扬谷的时候，先把卡子卡死，把晒干的稻谷倒进大豁口，手把着卡子，慢慢把谷子放下来，手摇动扇叶，一架风簸就风起云涌了，秕谷和尘土从风簸后面的出口飞扬而去，沉甸饱满的谷子就滑进下面的箩筐。林北以前最喜欢干扬谷这活，就是当小学教员那阵子，他都会在农忙季节来晒谷场帮一把手，他觉得这实在是个天才的发明，体现了劳动人民无穷的智慧。他站在一架风簸前，轻轻摇着把手，思绪跟着扇叶骨碌碌转。那时他也这样转着把手，前前后后都是年轻姑娘，笑吟吟地看着他，眼神里都是欢喜。想了很多，摇了一阵，林北靠着风簸坐了下来。

这个时候的晒谷场，隐秘得像躲进云层的月亮。

此刻，三个人都举着头，看着月亮在云端上飞奔。

昏黑里，晒谷场起来了歌声，是胡卫国，他的声音很小。

　　月亮出来亮汪汪，
　　从生到死愁断肠。
　　人说人生三节草，
　　三穷三富见阎王。

胡卫国唱罢，咳嗽一声，张维贤在屋檐下的阴影里接上唱。

　　一十三岁离家后，

269

漂泊一生好凄凉。
见只见：
泥瓦匠，住草房。
纺织娘，没衣裳。
卖盐的，喝淡汤。
种粮的，吃谷糠。

林北把歌声接过去，声音已经远离年龄而去，苍老混浊。

等到白发染银霜，
两腿一蹬见阎王。
阎王老爷台上坐，
善恶终有一本账。
刀山火海不得去，
全赖有根好心肠。

唱完了，天地重新陷入沉默。

这样一人一段的低歌，不知道是从哪天开始的，反正很久了。没有约定，没有招呼，显得格外蹊跷。第一次，也是一个月亮很好的夜晚，张维贤坐在他的窝棚前，听着一坝子的闲聊打闹逐渐散去。他的表情不再生动，像块旱得脆硬的老板土。他的心思也不再活泛了，好的坏的都不想，过去现在也不想。盯着一根草，或者一汪水，他都能定定地盯上大半天，心思还不会跑，一直跟着，风摇着草，心思也跟着左摇右晃，水安静地摊开，心思也安静地摊开。这样很好，沮丧、绝望都被挡住了，就百毒不侵了，就不会有软塌塌的感觉了，步子也迈得开了，锄头也抡得圆了。看见路边交媾的两条狗，还会会心地笑一个。可就在那一晚，诡异得很，张维贤竟然想去晒谷场坐一坐，这个念头一起来，他拔腿就走。

到了晒谷场，张维贤才发现，昏黑里早就坐了一个人。胡卫国坐在青石磴子上，不停地咳嗽。两个人相互看了看，没有招呼。张维贤径直走到屋檐下，把自己藏进了一团黢黑。

最后，林北也来了，晃晃悠悠地走进晒谷场，去鼓捣坝子边的风簸，鼓捣了一阵，也坐了下来。三个人枯坐了好久，胡卫国忽然有了歌声。

唱词是龙潭连五岁娃儿都能唱全的花灯调儿。胡卫国唱完第一节，就埋头开始咳嗽。歌声没有停止，张维贤接过去了。张维贤唱了几句，不唱了，中间有了暧昧的断裂。过了好久，林北的歌声才响起来。

接下来，这个古怪而蹊跷的仪式被保留了下来，晒谷场的上半夜给了喧闹，下半夜给了歌声。

月亮西斜，该是回家的时候了。

三个人艰难地站起来，拍打拍打，准备离开。晒谷场边忽然传来咳嗽声，萧明亮来了。其实他不是刚来，他一直都在，蹲在一棵火棘树后，听夜晚升起的歌声。三个人的歌声在月夜下仿佛寒霜一般，刺透皮肤，直抵骨髓。这哪是歌声，简直就是挨了枪子的野狼在林子里发出的哀嚎。萧明亮听到了很多，除了歌声，他还听到了三个人长时间的沉默，听他们有气无力的心跳，听那些听不见的东西。早些时候，有晚归的娃娃给他说，晒谷场半夜有人唱灯调。开始他不信，后来说的娃娃越来越多，他才决定来看看的。

看见队长站在坝子边，三个人都惊讶了，然后他们慢慢围拢来，队长像寒冬里的一堆篝火。

决定几乎是在瞬间完成的，往地上啐了一口痰，萧明亮对面前的人说："两个好手好脚的，你们走吧！能走多远走多远。"

三个人沉默，长时间的沉默。要知道，以前张维贤和林北好几次都提出来要搬离这个地头，队长不同意。每次都骂，出去了就是心虚了，再有，万一上头问起来，我如何交代？

队长看了看拄着拐杖的胡卫国："你是走不了了，不过你狗日的没皮没脸，抗击打能力强，就这样赖活着吧！"

队长说完，转身走了。走出去几步，他又回头："走的两个，明天来我家一趟，我还有些粮票。"

林北接过话："我们不要你的粮票。"

队长一跺脚，有了火："日你先人板板，我是怕饿死你狗日的。"

队长走出去好远了，张维贤忽然在身后问："我们还回来不？"队长停下来，身子定了定，没答话，投进一片朦胧。

二十二

今年晒谷场的热闹来得格外早。往年，都是秋收冬藏后，各家各户按照工分分取实物的日子，才会有这样的人声鼎沸。今年水稻刚刚扬花，晒谷场就闹腾开了。偌大的晒谷场堆了几大堆杂七杂八的东西，锄头、犁铧、粪箩、背篼，大到打谷用的灌斗，小到一把镰刀。和往年分取东西的日子相比，今天没有了兴高采烈和欢天喜地，每个人脸上都是茫然。

那些脸，老的、嫩的、正徘徊于老嫩之间的，瞪着一坝子的东西，目光游离，神情惶然。晒谷场边一排整齐的洋槐树上，一排拴了十多头耕牛，老的瘦的、高的矮的、黄的灰的。和焦躁的人群相比，牛群倒是显出了一贯的淡定和从容，它们悠闲地甩着尾巴，左左右右，驱赶着讨厌的苍蝇。

早晨起来还能看见一头的乌云，等把东西搬放完毕，乌云就像水田里被耙子耙散的积粪，变成了乌亮亮的稀稀拉拉。进入正午，太阳羞答答拱出来了，但不敞亮，只有淡淡的一个圆圈。

晒谷场连夜搭起来一个台子，台子不高，像课堂里的讲台。生产队长是新的，萧明亮卸甲后，推荐了他。新的生产队长个子不高，站在台子上没能显出更富裕的高大，冒出的一小截脑袋让后排的人都瞻仰不到。幸好队长声音洪亮，滚雷似的，一出声，槐树下的牛背上腾起一片苍蝇雨。

队长说：昨天晚上我一夜没合眼，就想今天该怎样给大家说这事情。这事情很复杂，一句两句说不抻抖，想了好些文件上的词儿，都感觉不对路，就只好漂白了说。是这样，根据上面的想法，我们伺候庄稼的式样要变。一句话说完，单干，不一窝蜂了。田土、农具、耕牛这些叮叮当当都分下去，把国家和集体的该交的交齐了，剩下的就是自家的了。从今以后，多劳多得，少劳少得，不劳不得，那些干饭端大碗、干活靠侃侃的懒汉，好日子算是到头了。队长话落，人群成了马蜂窝，嗡嗡嘤嘤，都在竭尽全力地表达着。

和热闹的晒谷场相比，寨子倒寂寞了，狗们全都在树荫下闭着眼睡觉，它们不知道，政策变了，土地下放了，好日子要来了；蜻蜓成群结队地盘旋在半空，簇簇拥拥，拉帮结伙，怕是大锅饭还没吃够吧！

老队长萧明亮坐在院子边的老槐树下，没去晒谷场，他让老太婆去了。他不愿意去，他累了，他现在就怕嘈杂，呜呜哇哇，耳朵都闹麻了。

何况，他还有客人。

客人坐在他面前，稀疏的头发黑黑白白地间杂着，端起茶碗喝了一口，眯着眼看着远处的晒谷场。

"老黄，真退了？"萧明亮问。

老黄点点头。然后他呵呵笑，指着猪圈边上那间屋子说："我还记得你家的猪粪味儿啊！"

萧明亮双手合十，连说："对不起，对不起，你这一提啊，我都脸红啊！"

老黄摆摆手，他表情凝重，凝视着萧明亮的眼睛，半天才低沉地说："唉！该说对不起的是我啊！该脸红的也是我啊！"

"老黄你这话怎么说的？"

老黄目光移到远处，莽莽苍苍的大山往远方蜿蜒而去。

"我这趟来，是赶着来给胡卫国道个歉。"

萧明亮呵呵笑，说："你给他道什么歉？这歉道不了了，也不用道了。"

"为啥？"老黄问。

"死了！年初死的，肝腹水。"萧明亮答。

老黄往后一仰，一声长叹。

萧明亮把身子往前凑了凑，对老黄说："还有一件你想不到的事情。"

"哦？"老黄也往前凑了凑。

"他死前跟我说，那件事是他干的。"萧明亮说。

"他给你说是如何杀人的了吗？"老黄问。

萧明亮摇摇头说："这倒没有。"顿了顿他又说，"都承认了，承认了就行了。"

老黄笑着摆摆手说："那就不会是他干的。"

"人之将死，其言也善；鸟之将亡，其鸣也哀啊！"萧明亮说。

沉默一阵，萧明亮忽然说："两个跑到外地的这下可以回来了。"指指远处，他又得意地说，"分的东西两个人都有份。"

老黄低沉着说："回不来了。"

"为啥？"萧明亮问。

"两个都死了，病死的。我去调查过，都是癌症，一个肝癌，一个肺癌。那个小学老师，死的时候只有六十多斤。"

老黄从兜里取出两个信封，往萧明亮膝盖上一拍，说："两个人死之前给公安局写的信，都说那事是自己干的。"

太阳升得老高了，晒谷场的热闹还在持续，家家户户都守着一堆东西，笑容跟着阳光一起流淌。分完这些叮叮当当的东西，就该分土地了，那才是真正的激动人心呢！龙潭人觉得，好日子真是来了，双臂一伸，就能把幸福抱得结结实实，无论如何，都是跑不脱的了。